Für

Heidi Bruinot
zur guten
Lesestunde!

Breitenstein,
Weihnachten 73

Hans Däpping

Jacobs Kisten

HANS DÖPPING

Jacobs Kisten
Roman

Erste Auflage Mai 2004

© Verlag Rockstuhl
Lange Brüdergasse 12, 99947 Bad Langensalza

Datenerfassung: Christel Faulhammer, Angersbach
Lektorat: Angela Cremer, Freiensteinau
und Helga Horschig, Schlüchtern
Umschlaggestaltung:
Lekkerwerken, Wiesbaden
Satz: Sebastian Cremer, Wiesbaden
Titelfoto: Xenia Kempter, Ingelheim

Alle Rechte vorbehalten.
Nachdruck oder andere Arten der Reproduktion
– auch auszugsweise – nur mit Genehmigung des Autors.

Druck und Bindung:
Druckhaus „Thomas Müntzer", Bad Langensalza.

ISBN 3-937135-59-6

Verlag Rockstuhl
Lange Brüdergasse 12 in D-99947 Bad Langensalza
Telefon: 0 36 03 / 81 22 46 und Telefax: 0 36 03 / 81 22 47

www.verlag-rockstuhl.de

Alles wird aufhören; nur Glaube, Hoffnung und Liebe nicht; aber die Liebe steht am höchsten.

1. Korinth. 13, 13

- meinen Kindern - meinen Enkeln - meiner Gefährtin -

inhalt

9	POST AUS DER FREMDE
12	DAGAS; HANS-JACOB
14	ZWEI KISTEN VOLLER SEELE
24	DER UNSICHTBARE GAST
26	SINGE, FRAU! SINGE!
29	GESPRÄCH MIT EINEM TOTEN
33	WAS DIE SEE ALLES ZUDECKT
41	CIRQUE CHAMBARD
53	MEIN LIED ERSTARB
61	H A S S
68	ADOLF ABROLAJT
74	HEIMKEHR
78	JEDE LIEBE IST ANDERS
90	JAGDKOMMANDO
94	ADIEU, MEIN FRITZ!
99	PROVOKATION
108	DIE FALSCHE MARIA
115	‚... DER DAS LICHT BEI SICH TRUG ...' ODER ‚HAINE HEILIGER LÜGEN'

123	GESICHTER DER LIEBE
133	LIPPENBLÜTLERCREMEHÜTCHEN
140	TISCHNACHBARN
144	MARJA
171	... SIE HABEN WENIGSTENS ZUGEHÖRT ...
179	EISENBAHNGESCHICHTEN
187	TROCKNE DIE TRÄNEN UND GREIFE ZUM PFLUGE
203	ER HAT EINMAL UM MICH GEWEINT
212	HANNI
225	ARNE
228	NOTIZEN
230	ENZE
237	DIE BIRKEN JACOBS
242	SAG' JA ZUM TODE
245	RRRRROCK PRRRROBIERRRREN
252	RÖNNES ZUG
275	BERTAS RÖNNE-GESCHICHTE
279	STEHE AUF UND GEHE DEM MORGEN ENTGEGEN

POST AUS DER FREMDE

„Madam", hatte dieser Baum zu mir gesagt, „Madam! Hier sin Ihne Ihr Kist!"

Es hatte geklingelt, und als ich öffnen ging, bemerkte ich den riesigen Schatten durch das milchige Glas der Haustür. Ich verharrte und rief nach draußen:

„Wer ist denn da?"

„De Milchmann net, awer Zillich un Co. Mir bringe Ihne Ihr Kist!"

Da gab es aber keine Kisten, die ich erwartete. So öffnete ich, um den Irrtum aufzuklären.

Zuerst reckte sich mir ein mächtiger Bauch entgegen. Mein Blick huschte zum Boden. Dort standen zwei Kisten. Ich blickte nach oben. Da lachte mich dieser Turm von Mensch an. Das musste Zillich und Co. sein. Er streckte mir ein Papier entgegen: „Wenn Se unnerschreiwe däte!"

„Was soll ich denn unterschreiben? Ich habe keine Kisten bestellt!"

Nun hätte sich ein Dialog entwickeln können zwischen Zillich und einer kleinen alten Frau, bei dem ich wohl kaum die Kraft gehabt hätte, die Kisten von mir zu weisen. Zillich jedenfalls guckte erwartungsvoll über seine Halbbrille, hob die Augenbrauen und schob das Kinn nach vorn. Er nickte mir zu wie einem Kinde vor dem ersten Sprung ins Wasser.

Jetzt hob Zillich und Co. das Papier vor sein Gesicht und las.

„Is des Ihne Ihr Adress odder net?" Er hielt mir das Gedruckte entgegen.

„Ja", nickte ich, „ja, aber ..."

„Warte Se!" winkte er ab, „hier hawwe mir aach de Absender. Könne Se des lese? Ich maan, ohne Brill?"

Ich nickte und hatte plötzlich einen schmalen Mund.

„D-a-g-a-s" buchstabierte ich wie ein Kind beim Lesenlernen. Und ich wiederholte den Namen mehrmals: „Dagas – Dagas - Dagas!"

„Sehe Se", nickte Zillich jetzt und lächelte, „des sin doch Ihne Ihr Kist! Awwer des hawwe mir öfters, dass de Leut ebbes bestelle un wann mirs dann bringe, isses aus'm Kopp un aus'm Sinn. Unnerschreiwe Se nur, Madam, mir misse noch weiter zu annerne Leit!"

So unterschrieb ich den Empfang zweier Kisten mit dem Absender Dagas, Zillich riss den für mich bestimmten Bogen Papier ab, griff mit der einen Hand nach dem Trinkgeld, mit zwei Fingern der anderen an das Mützenschild, knickte ein wenig ein, nickte, lächelte, sagte noch „Adjes!" und wandte sich seinem Laster mit den anderen Kisten zu.

Zillich war abgefahren und ich stand noch immer in der Tür, vor mir zwei Kisten, wie sie Schatzsucher erträumen. Die Behältnisse waren aus festem Holz und mit Eisenbändern beschlagen. Du lieber Himmel, wie sollte ich die denn ins Haus bringen. Ich versuchte, die kleinere Kiste anzuheben und ich seufzte.

Bertas Mann war es dann, der mir die Kisten bis in die Diele wuchtete und anerkennend nickte über seine körperliche Leistung. Berta ist meine Putzfrau und ihr Mann heißt Conny. Conny führte zwar die Finger nicht zum Gruß an die Mütze, aber er nahm seinen Lohn mit hellen Augen und einem breiten Lächeln entgegen.

Nun also hatte ich meine zwei Dagas'schen Kisten in der Wohnung. Ich setzte mich auf die kleinere davon und betrachtete die andere. Mit den Fingern fuhr ich leicht die Eisenbeschläge ab und bemerkte, dass die Kisten ja verschlossen waren und mir kein Schlüssel gegeben war.

„Dagas", sinnierte ich. „Dagas – du Klippenmensch – und ich dachte, du sagtest es damals nur so hin, dass du mir die Kisten zur Versteigerung senden würdest – nach deinem Tode!"

Und ich saß bis in die Dunkelheit auf der Kiste und strich immer wieder mit den Händen über Holz und Eisen, wie alte Menschen aus der Zeit fallen, bis der Morgen graute.

Mit der Tagespost kam ein gepolsterter eingeschriebener Brief, in dem die Schlüssel für die Kisten steckten.

Es war Bertas Findigkeit, dass wir die Schlösser öffnen konnten. Die Schlösser mussten im Uhrzeigersinn entriegelt werden. Und es war Berta auch, deren Finger zitterten, als sie den ersten Deckel hob.

„Beschriebenes Papier", sagte sie leise und sah mich fragend an. „Alles beschriebenes Papier?"

„Ja", nickte ich, nahm den Deckel mit behutsamen Händen und schloss die Kiste wieder.

„Und in der anderen?" fragte Berta mit großen Augen.

„Probieren Sie", sagte ich.

Berta schüttelte den Kopf. „Machen Sie es!"

So tat ich es ihr nach und hob langsam den Deckel. Der Blick der jungen Frau wanderte zwischen dem Inhalt der Kiste und meinen Augen hin und her. Wie ratlos klang ihre Stimme:

„Hier auch – alles beschriebenes Papier?"

„Scheint so", antwortete ich und lächelte.

Und als Berta für diesen Tag ging, drehte sie sich noch einmal zu dem Zimmer mit den Kisten und schüttelte mehrmals verständnislos mit dem Kopf.

DAGAS; HANS-JACOB

Berta war also gegangen und ich hatte mir einen Sessel gerückt und mich gesetzt, mit dem Blick auf die Kisten, die da wie dunkle fremde Besucher schweigend standen.

Letztes Licht des Tages fiel auf das Eisen und seinen Glanz. Der Abend ging in die Nacht, die Kisten wurden zu Schemen. Ich erinnerte mich bis dahin, als ich die Behälter zum ersten Male sah. Das war in Dagas Haus auf der Klippe. Da war eine lange Zeit in unser Leben gegangen, bis wir uns zufällig wiedersahen und natürlich einander nicht erkannten. Es war dann an einem der Tische in der Pension, in der ich mich eingemietet hatte, dass da mehrmals Dagas Name genannt wurde. Da fragte ich mich, ob das wohl der Dagas sei, der eine Zeit zu meiner Jugend gehörte. Hans-Jacob Dagas hieß da einer in der Prima und auf alten Bildern zu Hause in abgegriffenen Alben würde ich ihn erkennen, Hans-Jacob den Stillen mit den hellen Augen.

Es gibt solche Menschen, die mehr durch ihre Augen sprechen als durch ihre Stimme. Zu ihnen gehörte Hans-Jacob Dagas. Bestimmt hätte ich ihn vergessen, wenn da nicht Olga gewesen wäre. Doch, Olga hieß sie und sie war vieler Jungen Schwarm. Hans-Jacob hatte sie auch in seine Träume gesponnen und ihr Gedichte geschrieben. Mit seinen hellen Augen und im Lächeln hatte er sie ihr zugesteckt. Aber Olga, die Verwöhnte, hatte diese Gedichte in der Klasse ausgebreitet, sie dem Gelächter der anderen preisgegeben.

Da war Dagas noch stiller geworden. Er erfüllte seine schulischen Pflichten und nach dem Abitur verlor ich ihn aus meinem Leben. So fragte ich an dem Tisch, von dem aus ich den Namen Dagas mehrmals erwähnt hörte, ob man von einem Hans-Jacob Dagas rede. Ja, das tat man, und ein Eigenbrötler sei er, der Jacob, und einer, dessen Augen stets auf der Suche seien – wonach auch immer. Ja, und er sei ja nun schon – wie viele Jahre waren es denn ? – beim Seeamt und habe das Haus auf den Klippen. Familie? „War mal. Der Jacob is scha so'n Alleiniger!"

Da begann ich zu rechnen von der Zeit an, da Hans-Jacob und ich von der Schule gingen bis zum heutigen Tag. Ich schrieb ihm einen kleinen Brief unter meinem Mädchennamen und kündigte ihm meinen Besuch im Hause auf der Klippe an.

Den Abend davor stand ich lange am Fenster meines Zimmers und starrte auf das unbewegliche Licht über den Klippen . Es stand schier wie ein Wachtfeuer, vor Jahrhunderten als Warnung und Hilfe für die Seeleute gezündet.

Beim Frühstück bestätigte mir der Wirt, dass vor den Zeiten bei „Sssturm un bannig sleten Wetters" von den Menschen an der Küste solche Feuer gezündet wurden für die christlichen Seefahrer. Aber Jacob? Nee doch! Der habe damit wohl nix im Sinn! Und der Wirt gab mir noch eine Wegbeschreibung zu „Jacobs Boude, bequemer für ältere Damens".

Manchmal überraschte mich mein eigenes Staunen, wenn ich in den Fotoalben geblättert hatte, wenn ich dabei das Kind, das ich einmal war, das Mädchen oder die junge Frau von damals mit dem verglich, was mir jetzt mein Spiegel zeigte. Meine Eitelkeit erwartete doch immer den Glanz der Frische. Und bei meinen letzten Passbildern, die ich sehr kritisch besah, lächelte der Fotograf und sagte leise: „Sie sind es wirklich!"

ZWEI KISTEN VOLLER SEELE

So versuchte ich mir auf dem Wege zu Dagas diesen Menschen auf der Klippe vorzustellen.

Ich spürte, wie mich meine Eitelkeit auf dem Gang zum stillen Hans-Jacob begleitete.

Es stockte dann doch mein Schritt. Da waren ein junges Mädchen und ein junger Mann – gemessen am Leben – eine kleine Zeit gemeinsam zur Schule gegangen und es war nichts zwischen ihnen gewesen, was die Erinnerung zum Aufheben einschloss. Nur der Name war es, der da so neugierig machte. – Nur der Name? Oder gab es eine Sehnsucht, alte Bilder wieder zu beleben? War das Sehnsucht und Neugier zugleich? Lauerte gar eine Hoffnung auf eine Sensation in mir? Suchte ich irgendeine Bestätigung? Eine Anerkennung? Was machte mich so unsicher?

Weit und blau stand der Himmel über mir. Das Wasser wiegte sich in leichter Dünung. Wie schwere Koggen lagen mächtige Wolken blendend weiß vor dem Winde.

Hans-Jacob Dagas saß unweit seines Hauses auf einem kantigen Stein und winkte mir einen Gruß entgegen. Dann kam er auf mich zu.

Nun standen wir voreinander und suchten uns im Gesicht des anderen. Seine Augen lächelten, verhielten in den meinen, hoben sich in die Ferne der Koggen und kehrten zu mir zurück.

„Ollo", sagte er dann leise. „Ollo Rösler, die als einzige der Klasse den Beifall Herrn Doktors Hess bekam. Nach dem Vortrag über Euphorion durch Fräulein Rösler klatschte Hess Beifall und verneigte sich – vor der Kultur – wie er sagte."

Ich erinnerte mich nicht, ob das damals so gewesen war. Ob Dagas da etwas verwechselte oder mir nur schmeicheln wollte? Doch fuhr er fort:

„Welch einen Euphorion hob Fräulein Rösler da mit leuchtenden Augen ins Licht! Erinnerst du dich? Welch einmalig schöner geflügelter Knabe belebte in deinen Worten das Klassenzimmer, wie es sich ins Unendliche weitete, bis der Knabe die Liebe des Zeus zurückwies und durch ihn vom Blitz erschlagen wurde. O ja, Fräulein Rösler, es war zu spüren in deiner Empörung, dass der edle Knabe und nicht doch lieber der grimmige Zeus im Feuer verkohlte. Die Klasse saß in Bewunderung und Doktor Hess klatschte Beifall!"

Er sah mich wie jemanden an, dem er auf die Sprünge helfen müsse.

„Erinnerst du dich noch?"

Nein, ich erinnerte mich nicht, dass ich den Knaben Euphorion durch das Klassenzimmer schweben ließ, auch wenn es Doktor Hess war, dessen Unterricht ich mit Hingabe folgte. Aber ich lächelte in Dagas noch immer leuchtende Augen. Da nahm er meine Hände und drückte sie.

„Willkommen, Ursula Rösler, Ollo gerufen." Und er hob meine Hände an sein Kinn.

„Ollo – war das von zu Hause her?"

„Wie das so ist", antwortete ich. „Den Namen habe ich mir wohl als Kind selber gegeben. So blieb er in der Familie und mit mir kam er zu den Menschen meines Kreises."

Da ging der alte Dagas um mich herum und besah vor allem mein Gesicht. Dann nickte er: „Es ist noch eine Menge Ollo von damals geblieben. Warst du nicht blond?"

„Ja, ich war blond – damals und eine lange Zeit danach noch."

„Blond passte auch zu dir!" Er lachte. „Und jetzt darfst du durch mein Gesicht spazieren und den Hans-Jacob von damals suchen." Damit wendete er sein Gesicht.

„So bin ich von Luv", nickte er, „und so sehe ich von Lee aus!"

Ich war ganz verunsichert und sah mich um, ob es für dieses Spiel auch keine Zeugen gäbe.

„Hier ist niemand außer uns, dem Himmel, dem Meer und der Erde", sagte er. „Ich danke dir für deinen Brief. Es ist schön, dass du gekommen bist. Welche Überraschung nach einer Zeit der Ewigkeit! Wir werden erzählen müssen! Aus- und einpacken! Und ich hoffe, dass du gute Stunden im Hause auf der Klippe finden wirst. Lass uns ein Stück in den Wind gehen!"

Das war der Beginn der Begegnung mit Dagas nach all der Zeit.

Aber so frei, wie er sprach, wie er auf mich zugekommen war, so gehemmt war ich anfangs und besonders dann, als er mich in sein Haus bat. Und ich trat mit einer so großen Scheu ein, wie ich sie vorher noch nie bewusst empfunden hatte. (Ob dieses Haus auf der Klippe jetzt leer stand? Oder saß wieder jemand unter der Lampe – lesend, schreibend? Es war ein Licht, das wie ein Schein der Hoffnung, der Geborgenheit wirkte, manchmal vom Schrei eines Seevogels angerufen. Dort war ein gewisser Jacob zu Hause, den ich nach der Zeit zweier Leben wieder traf, dessen gefurchtes Gesicht mit den leuchtenden Augen sich mir eingebrannt hatte.)

„Tritt ein!" hatte er mich nach dem Gang hoch über dem Wasser aufgefordert und die unverschlossene Tür seines Hauses aufgestoßen. Ich zögerte, in die Dämmerung des Raums zu treten, als gehörte ich nicht in dieses Haus.

Dagas trat an mir vorbei und ließ das Licht aufflammen. Dann sah er mich an, als wollte er das an mir lesen, was da in mir vorging. Erst stand ich, wendete meine Augen, ließ sie auf dem Vielen ruhen, das dieses fremde Zimmer barg. Dann ging ich die Wände ab, wie man das in einem Museum tut.

Dagas hatte sich an die Tür gelehnt und die Augen geschlossen. Ich meinte eine Spannung zu fühlen, wie sie zwischen ihm und mir entstanden war mit meinem Eintritt in das Haus, als warte er auf mein erstes Wort.

„Lass deine Welt erst ein wenig auf mich zukommen", bat ich.

Da standen, hingen und lagen so fremde glänzende Dinge, die ich nicht kannte – aber der Schifffahrt zuordnete. Dagas bestätigte mir, dass er zur See gefahren war.

„Und da bringt man dies und jenes mit."

Ich kannte das vom Besuch eines Seemannshauses her, das nun Museum war. Und in manchen Wohnungen der Menschen an der Küste hatten sich die Dinge gesammelt, die von den Seeleuten aus aller Welt mitgebracht waren. Zu diesen Erinnerungen gab es besondere Geschichten – aber die Gegenstände blieben denen fremd, die sie nicht selber ins Haus brachten.

Ich verglich das, was ich sah, mit meinem Zuhause. Was nicht geerbt war, hatten mein Mann und ich nach unserem Geschmack angeschafft. Die Herkunft der Dinge war mit keiner Romantik verbunden.

Dagas hatte das Haus auf der Klippe leicht verfallen übernommen. Er hatte es wieder auf die Beine gestellt und viel Licht eingelassen. Mit der Zeit hatte er aus aller Welt das alles zusammengetragen, was sich meinen Augen bot.

So stand ich, sah und blieb doch fern von allem, was da auf meine Sinne einwirkte. Jacob schien das zu spüren: „Es sind keine Heiligtümer, sie dürfen auch angegriffen werden", sagte er mit feinem Spott in der Stimme. „Sie werden dich schon annehmen."

Das war es aber, dass ich mich nicht angenommen fühlte. Mir war noch in keinem fremden Hause so zu Mute gewesen wie jetzt hier bei Jacob. Ich fühlte mich ausgeklammert, als ob auch mein Atem sich nicht mit der Luft hier mischen würde. Ich stand wie unter einer Schuld, die ich mir damals aufgeladen hatte, als ich über den Spott Olgas zwar nicht lachte – aber auch nicht protestierte, als sie die Gedichte Jacobs wie ein Gaukler auf dem Markte feil bot. Konnte so etwas über Jahrzehnte aufgerechnet bleiben?

Doch griff ich beherzt nach den Dingen, die Jacob von den vier Winden her mitgebracht hatte. Manches hob ich ihm entgegen. Er antwortete wortkarg mit einem Namen aus der weiten Welt.

Dann stand ich vor den Kisten, die später zu mir kommen sollten. Ich berührte die Eisen, wie ich sie länger danach wieder abgreifen würde. Jacob zog die Behälter inmitten des Raumes und nickte mir zu sie aufzuklappen. Ich tat das zögernd, fast widerstrebend und scheu. Ich wehrte dem, was sich mir aufdrängen könnte.

Jacob hatte sich an den Türrahmen gelehnt und die Arme verschränkt. Er beobachtete jede meiner Bewegungen. Das hemmte mich noch mehr, nach Papieren in den Kisten zu greifen, die da gefaltet und gestapelt lagen – weißlich, grau und bräunlich getönt.

„Keine Heiligtümer", sagte Jacob noch einmal und ich wehrte mich: „Was wir so verschließen, sind Tabus für jedermann." Und so hob ich das eine und andere oben liegende Päckchen nur an, wie ich zu Hause gelegte Wäsche zählte.

Die Truhen waren gefüllt mit Handgeschriebenem. – Wie verboten Berührtes schob ich die Blätter zurecht. Ich musste an Olgas Spott denken – und ob Jacob seitdem sich selber eingeschlossen gehalten habe.

„Die Fülle eines Lebens?" fragte ich laut. „Oder seine Leere?"

Jacob lachte: „Die sieben Leben einer Katze! – Oder die Gerüche der Winde, wie sie zu uns getragen werden aus dem Buche der Kindheit – aus der Sonne der Sommer – aus dem Klagen der Glocke zu einem sinnlosen Sterben – aus den Slums der Elenden – aus Abschied und Sehnsucht – aus dem weiten Feld der Jahrzehnte. Wie man will!"

Ich war an das Fenster getreten und sah in den verschwimmenden Horizont. In mir schwang das nach, was er eben sagte vom Klagen der Glocke zu einem sinnlosen Sterben. Auf unserem Spaziergang über der See war er plötzlich stehen geblieben und hatte mich an der Schulter gegriffen, dass es schmerzte. Und er hatte zu jenem Horizont gedeutet und es stockend erzählt, dass dort das Boot mit seinem Jungen und seiner Frau gesunken sei. Dann waren wir die Klippen hinabgestiegen.

„Hier", sagte Jacob, „haben wir erst den Jungen gefunden – und später die Frau." Er sagte das, als sei er weit fortgegangen von den beiden, die seine Liebe waren.

Da erst fiel mir auf, dass Wände, Regale oder Möbel keine Fotos zeigten.

Aus welchem der sieben Leben einer Katze war Jacob ausgetreten? Mich packte wieder die Beklemmung. Ich ging nach draußen. Wir saßen auf der Bank vor der Tür und tranken Tee. Wir schmeckten den Wind, wie er von der See her wehte. Das Dämmern fiel in den Abend – wir saßen nebeneinander – aber es war so viel Raum zwischen uns, dass keiner die Wärme des anderen fühlte. Wir sprachen wenig und ich spürte bei dem, was ich sagte, dass Jacobs Sinne sich in das teilten, was ich preiszugeben willens war aus meiner Zeit – und in die sieben Leben einer Katze.

Ich hatte Dagas besucht. Wir hatten – der eine weniger, der andere mehr – scheu Türen voreinander geöffnet. Aber keiner hatte es gewagt, bei dem anderen einzutreten. Als ich ging, begleitete mich Jacob bis zum Sandweg unter den Felsen. Dort nahm er meine Hand und neigte seine Stirn hinein.

„Danke, Ollo Rösler, ich danke dir für deinen Besuch!" Er gab meine Hand nicht frei und drückte sie fester. „Wir wissen nicht, wodurch sich unsere Wege wieder einmal kreuzten. Wir haben auch nicht viel voneinander erfahren in der kleinen Zeit, die wir zusammen sein durften. Aber unsere jetzige Begegnung war bestimmt, woher auch immer."

Er ließ meine Hand frei und schwieg. Ich aber dachte: „Du lieber Himmel, Jacob, wenn da nicht zufällig in der Pension jemand einen Namen sagte, der mich hellhörig werden ließ, gingen mir die vielen Papiere in deinen Kisten nicht so im Kopfe herum!"

Und weil ich einen sentimentalen Abschied fürchtete, sagte ich leichthin: „Lassen wir es, wie es ist. Wir durften gute Stunden zusammen verbringen."

Als ob er meine Gedanken fühle, schüttelte er den Kopf: „Ich meine das ernst, dass du mit einer Botschaft auf die Klippen kamst. Dir werde ich meine Kisten anvertrauen, ehe sie nach meinem Tode in fremde Hände kommen, in solche, wie sie Olga hatte."

Ich erschrak und war hilflos. Ich muss wohl gestammelt haben: „Jacob, was soll ich mit zwei Kisten voller Seele?"

„Du wirst den richtigen Weg finden. Ich möchte nicht, dass Fremde meine Truhen ausräumen und damit mich selber aufklappen und in mir lesen. – Du kannst ja die Papiere vernichten – oder versteigern lassen!"

„Doch nicht versteigern, Jacob!"

„Warum nicht? Auf dem Markt der Eitelkeiten?"

Ich spürte Hans-Jacobs Lächeln in der Dunkelheit. Er zeigte dahin, wo mein Heimweg verlief. Ich nahm sein Gesicht in meine Hände und lehnte meine Stirn gegen die seine.

„Leb wohl!" sagte ich zu dem Manne und in die Nacht.

„Dass du in Liebe behütet bleibst", sagte Jacob leise. „Dich und deinen Euphorion werde ich ewig auf meiner Habenseite verbucht wissen."

Ich ging und drehte mich nicht mehr um. Ich spürte, wie Hans-Jacob Dagas noch immer stand und mir nachsah.

„Dass du in Liebe behütet bleibst!" So unterschrieb Dagas auch in dem Brief an mich, mit dem mir die Schlüssel zugesandt wurden. Und der Mensch, den er beauftragt hatte, mir die Kisten zu senden, ließ es mich wissen, dass Dagas' Asche in das Meer gestreut worden sei.

„Ollo!" las ich zum wiederholten Male. „Wenn du meinen Brief liest, bin ich schon fortgegangen von meiner Klippe. Das heißt, man wird mich wegfahren, meinen Leib dem Feuer geben und die Asche in die See, wie es mein Wille ist. Selbst wenn da noch jemand wäre, der an meinem Grab stehen könnte, würde ich nicht anders entscheiden. Ich will für die anderen im Erinnern bleiben, wie man mich kannte und annahm. In die Nacht tiefer Erde versenkt, bliebe von meinem Körper ein Nichts. Aber eins geworden mit dem lebendigen Meere, kann ich neuem Leben dienen. Das ist ein Stück meiner Philosophie. Mit meinen Kisten möchte ich dir keine Last aufbürden. Ich sende sie dir mit einem unendlichen blinden Vertrauen. Du fragtest bei unserem Abschied, was du mit zwei Truhen voller Seele anfangen solltest. Ich weiß es selbst nicht. Manchmal schon erwog ich, die Papiere zu verbrennen und die Asche über die Klippen wehen zu lassen. Wenn mir der Freund verwehrt war, mit ihm in meinen Papieren zu lesen, so lag das nicht zuletzt an mir selbst, der ich mich nach dem Bootsunglück von Hanni und Arne verschloss.

Ich vertraue dir an, was da in der Unendlichkeit eines einzigen Lebens (erinnerst du dich an Bollmans Philosophie?) in das Gezeitenbuch der Jahre einfloss. Vielleicht trage ich drüben leichter an dem, was ich an Schuld mitzunehmen habe, wenn du für mich bittest?!

Wenn es dir zu schwer wird, mein Leben in deinen Händen zu wissen, so schicke die Blätter durch den Wolf und gib die Fetzen auf einem Berge den vier Winden wieder. Sie werden sie dahin tragen, woher sie gekommen. Wenn ich nur könnte, so sänge ich dabei ...."

Jacob – ach Jacob! Wie soll ich kleine alte Frau zwei Kisten mit den Wirrnissen deiner Seele bewältigen? Ich habe keine Klippe vor dem Hause, bunte Fahnen gestriften Papiers ins Meer wehen zu lassen.

DER UNSICHTBARE GAST

Da ich jetzt weiterschreibe über Jacobs Seele in den Kisten, muss ich mich immer wieder selber finden. Mit jedem von Dagas beschriebenem Blatt – und ich lese die Papiere meist nicht nur einmal – gehe ich aus mir selber fort. Dagas ergreift Besitz von mir, als führe er mich mit seiner festen Hand auf meiner Schulter. Und er lässt mich an seiner Seite weite Wege wandern. Was ist das für ein Mensch, der da so viele Stunden seines Lebens zu sich selber ging – oder wie soll ich das ausdrücken? Wer schreibt solch ein Lebenstagebuch? War das wirklich der Auslöser, dass da ein flottes Mädchen mit dem Namen Olga etwas in Jacob tötete?

Zuunterst in der kleinen Kiste fand ich Bogen, wie wir sie in unseren damaligen Diarien beschrieben. Es war *Gedichte an eine Einzige* darauf zu lesen und wie in energischem Trotz durchgestrichen worden. Auf der Rückseite eines an Dagas gerichteten Briefumschlags, der zwischen diesen Gedichten steckte, stand mit Bleistift hingeworfen: „Weg damit!" und „Man kann nicht früh genug erkennen, wie reizvoll sich Dummes und Oberflächliches kleiden."

Dann griff der Krieg nach Hans-Jacob Dagas. Gebündelte Feldpostbriefe habe ich ungeöffnet gelassen. Den Namen seiner Mutter las ich als Absenderin und den einer anderen Frau. Es war nicht der von Hanni. Die Tür zu diesen Räumen wollte ich nicht öffnen. Aber ich saß mit diesen Briefbündeln in der Hand und es war mir, als ginge ich dabei weite Straßen in mein eigenes Leben zurück.

Es kam mich immer wieder das Seufzen an, wenn ich in die Fülle der Seiten griff. Es liegt mir nicht, im Unbekannten zu forschen und da Beziehungen herzustellen. Und wenn ich aus dem Leben Jacobs lesen sollte, so musste ich die Kisten umpacken – das heißt, das Unterste nach oben kehren. Davor schreckte ich am meisten zurück. Es kam der Unwille in mir auf und manchmal dachte ich, Dagas könnte sich an mir für Olga rächen wollen. Aber ich hatte von Berta ein großes Bücherregal ausräumen und für Dagas' Schriften Platz schaffen lassen. Da also deponierte ich sie und klebe gar Zettel mit Zeit- oder Ortsangaben an die Ränder. Wie zur eigenen Befreiung von der drückenden Hand Jacobs hatte ich laut gesprochen: „Hans-Jacob Dagas! Vergiss nicht, dass du hier bloß Gast bist!"

So lag ich mit mir selbst im Widerspruch zwischen meiner Neugier und der Abwehr des Besitzanspruchs Jacobs. Wie auch soll man das Leben eines fremden Menschen aufklappen? Dasselbe Bild zeigt sich uns sich stets verändernd, je nachdem, wo es sich uns bietet: im hellen Licht eines Sommertages – im Grau der Novemberdämmerung – im peitschenden Regen eines Frühlingssturmes ...

Bilder waren es denn auch, in deren Unbeweglichkeit ich mir Stationen von Dagas' Leben einprägte, ja, manches brannte sich in mein Inneres.

Zwischen den Feldpostbriefen lagen Fotos des weichen milchgesichtigen Soldaten Dagas. Unter einem wie dumm machenden Stahlhelm fragten die Augen eines Knaben nach der Zeit. In einem Umschlag fand sich ein Packen anderer Aufnahmen. Dagas steht im Schlamm einer Rollbahn. Dagas sitzt im Freien auf einer Munitionskiste und lässt sich die Haare schneiden. Dagas lehnt sich an einen Panzer. Dagas lacht in einer Paradeuniform einem Mädchen zu. Dagas an einem Totenkreuz.

Und da liegt ein Brief dabei. Er schrieb ihn seinem toten Freund. Kurt hieß der. Kurt Schwerdt. Es ist die Totenklage eines Verlassenen in der Einsamkeit. *So ziehen Reiher in die Nacht!* Immer wieder spüre ich Dagas' fragendes Rufen in eine Unendlichkeit. Und so sitze ich, halte die Papiere noch in der Hand und suche nach Antworten auf die gebliebenen Fragen eines Toten. Es gibt Stimmungen dabei, wie sie mich einst beim Lesen Stormscher Novellen erfüllten.

Ja, Dagas nimmt mich nicht nur in sein Leben mit allem Elend und jeglicher Freude – er bringt mir auch die Stille, die heilen kann.

Was ist das für ein Mensch, dieser Hans-Jacob Dagas, der auf Schiffen durch die Welt kommt und auf Sansibar ein Freudenmädchen singen lässt? Sansibar – du lieber Himmel – ich muss den Atlas aufschlagen, weil ich nicht mehr weiß, auf welcher Seite Afrikas die Insel liegt.

SINGE, FRAU! SINGE!

In der Rauheit einer Seemannskneipe – liebe Zeit, was soll ich mir bloß darunter vorstellen? – in dieser lärmerfüllten und verräucherten Bude also kauft sich Dagas ein Mädchen für ein paar Stunden. Aber er geht nicht auf irgendeine Absteige mit ihm.

„Komm zu mir", hatte er gesagt. Die Frau hatte nur genickt und folgte dem Fremden. Da war auch noch ein Zuhälter mit sehr wachen Augen. „Geh du auch gleich mit!" hatte ihn Dagas aufgefordert. Das tat der Kerl – misstrauisch und mit Abstand.

Dagas führte das Mädchen zum nahen Meer. Wer das dann gesehen hat, konnte berichten, wie Dagas dort die Frau an der Hand nahm, sie zog und mit ihr am Strande rannte – wie der Mann die Frau hob und im Kreise schwenkte – wie er mit ihr den Wellen entgegenging – wie er lachte und sang dabei ... Ja, und da fragte er nach einem Preis und gab die Dollars. Dabei forderte er: „Singe du jetzt, Frau! Singe!"

Und das muss man sich schon einmal vorstellen, dass da ein ganz anderer Dienst als der der körperlichen Liebe verlangt wird. Das musste auch die Frau erst verstehen. Denn sie schüttelte den Kopf und sah hilflos nach dem Luden, dem sie zu dienen hatte. Aber der stand wie ein Klotz. Der hatte seine Dollars schon in der Tasche. Dagas jedoch war nicht zu entrinnen. Er schwang die Frau und sang, er trug sie ein Stück ins Wasser und drehte sie im Kreise.

„Sing!" rief er immer wieder. „Sing!" – Und er lachte und setzte sie auf die Füße.

Da begann die Frau plötzlich zu lachen und – sang.

Dieser verrückte Fremde, der sie da bezahlt hatte für diesen eigenartigen Dienst, dieser Dagas, kniete plötzlich vor ihr, umschlang ihre Knie, wiegte den Kopf und summte mit. Ja, das war wirklich so.

Was da gesungen wurde an einem Strand der Insel Sansibar – gesungen von diesem Freudenmädchen? Ich weiß es nicht – und es steht nichts geschrieben. Vielleicht waren es Kinderlieder? Lieder der Armut oder Sehnsucht? Gesänge für das Meer? – Liebeslieder gar – schlimme oder solche der Reinheit? – Ich weiß es nicht.

Während das Mädchen noch sang und sich dabei wohl aus seiner eigenen erbärmlichen Welt entfernt hatte, ließ es der Mann aus seinen Armen. Er stand auf, griff mit beiden Händen in das Haar der Frau und presste seine Lippen auf ihren noch singenden Mund. Dann lief er am Strand entlang in die Nacht.

Das Papier über dieses Bild aus Jacobs Leben lag weit unten in der kleinen Kiste. So war auch die Zeit über die Frau von Sansibar längst hinweggegangen. Ich aber halte die Geschichte in meiner Hand und frage mich, ob Jacob sich damals an dem fremden Strand letztlich von Olga befreien wollte – von ihr befreien und sich an ihr rächen. Er kaufte Liebe und verschmähte sie – er zwang der Frau seinen Willen auf, das Unerwartete tun zu müssen – er riss sie im Taumel an sich und mit sich in das Wasser – er spielte mit ihr – er kehrte ihr Inneres ins Licht – und verließ sie, als sie ihm gehorchte und glücklich zu sein schien.

Freilich brauchte ich immer wieder einmal Abstand von dem Regal und Jacobs Beichten. Manchmal erzählte ich Berta die eine oder andere Begebenheit aus der Welt, die ich da zufällig gehört hätte. Als ich ihr *von dem Mann auf Sansibar* berichtete, legte sie den Staublappen zur Seite und setzte sich. Sie sah durch das Fenster und ich spürte die Sehnsucht in ihren Augen.

„Da ist so ein armes Luder aus seiner Enge geholt worden – statt zu huren hat es gesungen – war das eine gute Stunde für das Mädchen – oder war danach das Elend um so größer? Aber da hatte sie mal so ein Verrückter aus ihrem Dreck geholt. So für ein Stück Sonne in der Nacht – meinen Sie nicht auch?" Sie lachte und tippte sich an die Stirn.

„Jetzt habe ich selber so was Verrücktes gesagt mit der Sonne in der Nacht!"

„Das gefällt mir aber", antwortete ich.

Als Berta weiterarbeitete, spürte ich, wie sie der Geschichte nachsann.

GESPRÄCH MIT EINEM TOTEN

Meine Wohnung ist groß, und so kann ich immer dann, wenn Berta in einem Zimmer arbeitet, mich so weit zurückziehen, dass mich das Brummen des Staubsaugers nicht mehr erreicht. Ich genoss es bisher, meine Zimmer nacheinander auszuwohnen, und spielte gar in meinem Inneren stets mit einem Umzug in eine andere Behausung. Da machte ich mich auf mich selber neugierig und zum Entdecker. In meinem Wintergarten zu dem Blühbunt nach draußen ging ich regelrecht in Urlaub. Ich genoss es tief, dort zu sitzen, die Beine hochzulegen und mit einem Buch zu streiten – das heißt, jeden Satz mit einem Kommentar zu lesen, mit einer Kritik. Und – das Buch verlor immer. Ich sprach spöttisch zu dem Namen auf dem Buchrücken: „Meine Liebe," oder „Mein Lieber, mir machst du nichts vor!"

Das Spiel wiederholte sich oder setzte sich fort in den anderen Räumen und gar in der Küche. Nun aber wartete ich fast ungeduldig, dass Berta das Zimmer mit Jacobs Regal verließ. Ich wurde immer süchtiger, mich im weiten Leben Jacobs zu verlieren. Wie man den Inhalt einer Schatzkammer Stück für Stück erforschen würde, so ließ ich die Bilder aus Jacobs Zeit aufleben.

Wenn ich das vorige Bild *Die Frau von Sansibar* titelte, so suchte ich beim nächsten nach einem passenden, treffenden, charakteristischen Wort. Wie Dagas nämlich den Brief an seinen gefallenen Freund Schwerdt geschrieben hatte, so hatte er ein *Gespräch mit einem Toten* aufgezeichnet.

Auf einem der Schiffe, mit dem Jacob durch die Meere trieb, hatte es einen Streit gegeben, bei dem ein Kontrahent zu Tode kam. Wie Dagas schrieb, gab es an Bord keine Kühlkammer für Verstorbene, in der sie zu einem Begräbnis an Land aufbewahrt werden konnten. Wer also starb oder gewaltsam aus seinem Leben gedrängt wurde, bekam ein Seemannsgrab. Und dazu kann ich nur sagen, was ich darüber einmal las. Ähnlich schilderte es Jacob. Der Tote wurde in Segeltuch gehüllt und verschnürt wie ein Paket. Der eingewickelte Leichnam wurde auf einem mit Stücken einer alten Ankerkette beschwerten Brett festgezurrt und nach einer bestimmten Zeremonie dem Meer übergeben. Das soll eine ziemlich sachliche Handlung sein.

Dagas hatte es übernommen, den Toten für seine ewige Fahrt durch die Ozeane vorzubereiten. Vielleicht fand sich niemand außer Jacob, denn der Getötete war bei der Mannschaft nicht nur unbeliebt, sondern gar verhasst. Ich will nach Jacobs Notizen schreiben:

„Da lag einer an Deck in seinem Blute und seine Augen starrten in die Weite des Himmels. Die anderen umstanden den Toten mit verschränkten Armen und ihre Gesichter gaben keine Antworten. Als sich dann alle abwandten, hielt Jacob eine Totenwache. Dabei redete er mit dem stumm Gewordenen:

‚Bist du schon drüben, Grottke? Du hattest keine Zeit, dich vorzubereiten auf den längsten Weg. So etwas muss die Seele verwirren. Denke nicht, dass wir beide jetzt hier alleine sind. Die anderen haben dich umstanden und nichts gesagt. Du weißt, wie schwer du es allen gemacht hast an Bord. Und so ist das jetzt auch noch. Die da weggegangen sind in ihre Pflichten oder Freiwachen, die hast du noch lange nicht losgelassen. Und den schon gar nicht, der dir das Messer in den Leib stieß. Das muss ich dir sagen. Du weißt selbst, wie sie dir alle aus dem Wege gingen, weil jeder Unfrieden in dir wohnte und du ihn den anderen vor die Füße warfst. Sie sagten auch, dass du deine Frau misshandelt hast. Du hast sie mit dem Jungen hungern lassen und die Heuer in Puff und Suff geschleppt. Sie haben dich in deiner Kotze liegen sehen und gewünscht, dass du krepierst. Das bist du ja nun auch. Ob du je wolltest, dass man dich einen Christenmenschen nennt, das weiß ich nicht. Aber ich bin einer, so ein Bisschenchrist, und so werde ich dich nicht in deinem Blute lassen. Ich werde dich säubern. Ich werde deine Taschen leeren und den Inhalt deiner Frau schicken. Ich werde ein Brett wie eine schräge Rutsche aufstellen und ein Segelstück drüber legen. Der Benjamin, den du kujoniert hast, wo immer es ging, der Benjamin wird mir helfen, dich auf das Brett mit dem Tuchstück zu legen. Und ich werde ihm sagen: Es ist gut nun, geh nur, denn du hast dem stummen Kerl hier verziehen, weil du mir geholfen hast. Ich werde dich einwickeln, ich werde dich für die See dicht machen und gut verschnüren. Da bleibst du ganz beieinander bis zum jüngsten Gericht. Davon weißt du ja. Ich will das Brett auch mit einem Stück alter Ankerkette von der *Annegret* beschweren, damit du nicht wie Treibgut gesichtet werden kannst und sie dich rausfischen. Wer weiß, wie du dann aussiehst. Nein, du wirst durch die Meere treiben und Zeit finden, deinen Frieden mit der Welt und Gott zu machen. Ich meine, wenn du mit Gott mal gesprochen hast. Ja, und wenn du dann fertig bist für die Reise in die Ewigkeit, dann werden dich alle, die auf Freiwache sind, noch einmal umstehen. Sie werden mit ernsten Gesichtern nach Luv oder Lee gucken – oder in die Weite der See bis zum Horizont, wo Himmel und Wasser sich die Hand geben. Und was sie denken – ich weiß das nicht. Vielleicht haben sie dir dann auch verziehen. Das geht immer besser, wenn einer auf die große Fahrt gegangen ist – wie du. Und weil ich nun mal der bin, der bis zuletzt bei dir ist, hier auf dem Pott meine ich, so werde ich auch ein Gebet für dich und uns alle sprechen, bis der Käpten das Zeichen gibt, damit du Hochzeit mit dem Meere feierst. So wird das alles sein, Grottke. Und an Land werde ich dafür sorgen, dass deine Frau und dein Junge noch deine ausstehende Heuer bekommen.'

Ja, so wird das alles gewesen sein, denn da liest sich noch eine Notiz: ‚Grottke – Ps. 32, 2.3.5 – letzte Heuer von 237,80 Dollar durch Reederei an Frau Gr.'"

Die *Geschichte Grottkes* liegt noch lange auf dem Tisch im Wintergarten. Ich lese mich da und dort wieder fest und suche, ob ich einen inneren

Bezug zu den Weiten des Meeres habe. Die Bilder kommen mir wieder, als ich auf Deichen in das Grau beginnender Abende ging mit dem fortwährenden Blick auf die See.

Da stand ich öfter still, dachte und sprach gar in das weite Gewoge. Doch da gab es auch die Sehnsucht nach dem Nirgendwo, wie ich mir sagte. Ich wusste das Ziel meines Sehnens nicht.

WAS DIE SEE ALLES ZUDECKT

Nun habe ich andere Blätter zu denen von Grottkes Tod gelegt. Sie gehören zu diesen *Meermenschen*, die so ganz anders sind als die meines Kreises.

Jacob hat sie *Was die See so alles zudeckt!* überschrieben. Auch diese Blätter nehme ich mehrmals zur Hand, diese mir fremde Welt besser verstehen zu können. Ich lese:

„Was die See so alles zudeckt!

Der Urlauberstrom ist wieder verebbt. Der *Ssstrand* weitet sich längs des kommenden und gehenden Meeres. Ich war mit Scheepers unterwegs. Wir trugen das Nasszeug über den Gummistiefeln und patschten und schmatzten durch die leichte Brandung. Der Wellenfluss umspülte uns, ab und an blieben wir stehen. Der Sandsog deckte unsere Spuren, wie wir sie traten. Wie Knaben so spielen, drehten wir auch die Absätze hart in den

Sand. Zweimal wischte das Meer mit seinem Wasserlappen drüber und löschte unsere Zeichen.

‚Was die See alles so zudeckt!'

Scheepers hatte die erkaltete Pfeife noch im Munde und drückte die Worte zwischen die Zähne. Er schob und drehte mit dem Stiefel einen Flaschenhals aus dem Boden und hob ihn auf. Das Glas war geschliffen vom fortwährenden Geschiebe. Scheepers hob das Stück gegen das Licht, schwenkte, drehte, wendete es, sah gar von beiden Seiten durch das Rohr des Halses. Er reichte es mir.

‚So'n lütten Schiet!'

Ich lachte wie er auch, richtete das Rohr gegen den Horizont und sah ebenfalls von zwei Seiten bis in die Wolken. Die Sicht verengte sich so, wie ich es noch als Junge in Abenteuerfilmen sah, wenn die Kamera etwas wie aus einem kleinen Loch zog, es mehr und mehr vergrößerte und die Gefahr sich schier aus dem Nichts blähte und drohte. Ich reichte Scheepers den Fund zurück, er steckte ihn in die weite Jackentasche. Wir stapften weiter.

‚Ja', wiederholte er nach einigen Schritten, ‚was die See so zudeckt'.

‚Janson', antwortete ich, ‚Janson hat sie auch nie mehr hergegeben.'

Scheepers war stehen geblieben und nickte. Er zog sein großes Sacktuch und schnäuzte sich. Noch mit dem Tuche in der Hand zeigte er zum Meer.

‚Im *Loch* soll das gewesen sein – wie man vermutet – keiner weiß es recht – nein, hier ist er nicht wieder aufgetaucht – aber – wer weiß, wo ihn die See wieder an Land geworfen hat – vielleicht hoch im Norden – die Strömungen ziehen weit. Er hatte ja seine Ringe dabei.'

Ich nickte und starrte auf Scheepers dicken goldenen Ohrring.

Mir hatte es einer gesagt, dass die Seeleute früher edle Ohrringe trugen wie andere eine Börse mit Geldscheinen. Wenn die See sie nahm und in irgendeiner Fremde wieder an Land spülte, so barg man die unbekannten Toten, nahm ihnen die Ringe ab und verkaufte sie. Mit dem Erlös wurden die Begräbniskosten abgedeckt.

Seeleute waren zu allen Zeiten Christenmenschen und in ihrem harten Dienst Gott anheim gegeben.

Ich lud Scheepers auf ein Glas ein. Wir konnten noch draußen sitzen. Das Haus gab Windschutz. Zwischen uns stand das Kohlebecken. Die Gerüche von Tabakrauch, glimmender Holzkohle und salziger Luft mischten sich. Wir tranken und schmatzten in den Wind.

Scheepers klopfte die Pfeife auf den Steinen vor ihm aus. Ich hatte gespürt, wie etwas in ihm arbeitete seit den Worten, dass die See alles zudecke.

‚Janson', sagte ich laut.

Scheepers sah mich an.

‚Warum fuhr Janson noch raus? In seinem Alter saßen die anderen doch schon am Hafen rum oder auf den Bänken vor den niedrigen Häusern!'

Scheepers nickte: ‚Im Hafen rum, ja – aber vielleicht braucht's dazu so etwas wie ein ruhiges Gewissen oder schwere Hände, die auf den Schenkeln liegen wollen!'

‚Warum sollte Janson kein ruhiges Gewissen gehabt haben? – Warum hätten seine müden Hände nicht auf den Schenkeln ruhen wollen?'

Scheepers hielt sein Glas gegen das Abendlicht. Er schwenkte den Wein, trank in kleinen Schlucken.

‚Ich denke, das Unglück hat Janson umgetrieben – das Unglück seiner Leni mit dem Korsaren.'

Ich suchte in dem Schatten von Scheepers Gesicht. Von seiner Leni wusste ich nichts – auch nichts von einem Korsaren. Scheepers schenkte sich in seiner bedächtigen Art nach.

‚Leni war das Kind von Jansons verstorbener Schwester. Und von dem Vater des Kindes wusste niemand Richtiges zu sagen. Jedenfalls kam das Mädchen sehr klein zu Janson und seiner Frau. Selber hatten beide kein Kind. Leni war ein zartes Mädchen. Manche nannten es nur das Nixlein, weil das Kind so leichtfüßig schritt, hüpfte und tanzte, als schwebe es über dem Wasser. Das tat es mit der Anmut, wie unsere Frauen sie haben. Denk nur an Klotens Mathilde, das Federchen, die sich beim Erntetanze wiegt wie die Gräser in den Dünen. Ja – also – die Jansons waren vernarrt in die Kleine. Als sei es ihr eigenes, so hingen sie an dem zarten Ding. Und sehr anstellig war Leni und gut zu ziehen. Da kann man sich denken, welches Glück im Hause Jansons wohnte. Lichtens war das und sonnig.

Ja, bis nun aus dem Kinde eine schöne junge Frau gewachsen war, nach der sich die Männer die Augen ausguckten. Donners! Die Burschen strichen um Jansons Haus wie die Kater um Minjens Katzen. Aber da war ja auch die Leni wählerisch – das konnte sie auch sein. Noch einmal Donners!

Na – ich will es kurz sagen. Da hatte keiner Glück bei Leni, bis es den Korsaren hier an den Strand warf. Der Korsar! Also Jacob – das war so ein Kerl mit grauem Licht in den Augen und mit Händen, die da griffen und nicht mehr ausließen. Arbeiten konnte er wie eine Mühle, das Essen schaufeln wie ein Treidler. Er trank wie Störtebecker und tanzte – Mann, konnte der tanzen!

Da kannst du dir schon denken, wie das weitergeht. Leni und der Korsar kommen beim Tanzen zusammen. Und da packte sie wohl der Teufel! Das hättest du erleben sollen.

Janson passte das nicht und schon gar nicht, dass man von dem Fremden nichts wusste als den Namen, wie er so in die Nordländer passte. *Oke Sveinson* habe ich ihn im Erinnern. Ob das stimmt? Jedenfalls sprachen wir nur vom Korsaren, wenn wir von dem Draufgänger redeten. Du weißt ja, dass man die Fremden erst einmal taxiert und abwartet, was da für 'n Kerl in der Hülle steckt und ob der überhaupt eine christliche Seele hat. Sonst war ja nichts zu klagen. Aber der fuhr ja unter die Frauen wie der Fuchs in den Gänsestall.

Da ging das Gerede bald um über das Tanzpaar. Man sah doch, wie der Fremde um Leni warb und ihr nicht nur beim Tanze zu Füßen lag. Alle wussten aber auch, dass die Jansons den Korsaren nicht mochten und eine Liebschaft ihrer Leni zu dem Kerl schon gar nicht. Dazu wurde die junge Frau noch schwanger! Gut, da denkt man sich eine Hochzeit und ist neugierig drauf. Aber ich sagte ja schon, dass der Kerl graues Licht in den Augen hatte. Ab und zu verschwand er in die Stadt und einmal brachte er von dort noch ein liederliches Weibsbild mit. Da half alles nix, was die Jansons anstellten mit Bitten und Flehen, mit Drohungen gar.

Wie das Leni wohl getragen hat?

Eines Tages, sie ging wohl im siebenten Monat, da war sie verschwunden. Da wurde gesucht und gehofft. Der Korsar kam in Verdacht, er wurde von der Polizei verhört und wieder entlassen. Bis – ja, bis eines Tages Leni weiter oben angeschwemmt war. Das tote Kind hatte sie noch in ihrem Bauche.

Wie sie das angestellt hatte und den Tod im Wasser suchte, kann man nur raten. Aber geschehen war das doch. Also Polizei, Ärzte, Leichenöffnung, Neugier, Misstrauen, Verdächtigungen – endlich die trostlose Beerdigung. Du kennst ja die Leute und ihre Reden.

Der Korsar war fortgegangen – das Leben ging weiter, wie man so sagt, bloß die beiden Jansons hatten graue Gesichter. Das ging so die fünf Jahre, können auch sechse gewesen sein. Da war der Korsar wieder da und manche wollten ihn gar an Lenis Grab gesehen haben. Weil ja nichts Gerichtliches gegen ihn vorlag – ein tüchtiger Seemann war er doch – so konnte er bei Danielsen zum Fischfang mit an Bord gehen. Der Korsar griff zu wie kaum einer. Recht war das den Leuten nicht, was Danielsen da tat. Aber sie schwiegen und das war wie eine harte Wand.'

Scheepers hielt inne und schnitt mit der gestreckten Hand in die Luft wie zur Drohung oder zum Bau einer solchen Wand. Er stand auf, beugte sich über das Kohlebecken, sah zu mir.

‚Aus Arabien?' fragte er und hielt die Hände in die Wärme.

‚Biserta', antwortete ich. ‚Das wird alles mit dem Handhammer geschlagen. Man feilscht bei einer Tasse Mokka!'

Wir standen auf und schlenderten ein Stück zum Klippenrand. Das Meer rauschte zu uns herauf und wob im milchigen Grau.

‚Wenn man es verstehen könnte', sann Scheepers in die Weite. ‚Wenn man diese Ewigkeit nach Janson fragen könnte – nach Janson und dem Korsaren.' Wir standen mit geschlossenen Augen wie Lauschende. ‚Tja' nahm Scheepers wieder das Wort. ‚Eines Tages kam die *Selma* ziemlich havariert zurück. Danielsens *Selma*. Nach einem Sturm war sie wie ein gezauster Vogel eingelaufen – und ohne den Korsaren. Der war draußen geblieben.

Mit vier Mann an Bord war die *Selma* ausgelaufen. Mit dreien kam sie zurück. Das waren Danielsen, Klaas und Janson. Keiner wusste zu sagen, wann und wo der Korsar abblieb. Wenn man erst den Kopf geschüttelt hatte, dass Danielsen Janson und den Korsaren zusammen an Bord nahm, so gab es bald vielfältige Mutmaßungen und Gerüchte. Natürlich forschte die Polizei. Danielsen, Klaas und Janson wurden mehrmals verhört. Ihre Aussagen stimmten darin überein, dass die See hoch ging und der Sturm mit dem Schiff spielte. Da hatten alle acht Fäuste ihre Aufgaben im Griff. Es war nicht zu klären, wer zuerst den Korsaren vermisste. Aber gehandelt wurde schnell. Sie warfen die Leinen mit den Ringen. Der Anker kam raus. Aber bei dem Höllengang der See?! Bei dem Schlingern und Stampfen des Schiffes! Kaum drang der Schrei des einen zum anderen. Sie blieben und trieben sich bald die Augen aus dem Kopf, bis die Nacht gekommen war. Gegen Morgen beruhigte sich der Sturm. Sie blieben vor Anker und holten die Leinen mit den Ringen ein. Später fuhr Danielsen weite Kreise und sie forschten sich die Augen rot.

Als sie nachmittags einliefen, sah man schon vom Kai aus, dass mit der *Selma* etwas nicht stimmte. Alle, die danach rausfuhren, hielten die Augen offen. Aber es gab keine Spur mehr vom Korsaren. – So orakelten manche und brachten den Teufel mit ins Spiel.

Janson sprach kaum noch ein Wort. Trost nahm er von niemandem an. Er konnte sich ja denken, dass die einen oder anderen ihn mit dem Seegang des Korsaren in Verbindung brachten – wenn das auch nicht laut gesagt wurde. Aber du weißt ja, wie da immer wieder alte Geschichten aufgerührt werden, von denen dann auch Bücher erzählen.

Ja also – Janson redete kaum noch und schwieg ganz, als ihm die Frau gestorben war. Man sah ihn dann öfter an ihrem Grabe und an dem von Leni. Und da habe er erst gesenkten Hauptes gestanden, dann sei sein Blick in die Weite des Horizonts zum Meer gegangen. Bis er eben alleine rausfuhr und in der See geblieben ist.

Im Kruge haben sie gesessen und mit ernsten Gesichtern Danielsen und Klaas ausgeforscht, denn das gehe schnell zu mit dem Düwel und seinen Gesellen – noch dazu bei solchem Sturm, den keiner überschreien kann. – Und Fietsche damals – wie den das Stag auf hoher See erwürgte. – So wurde alles aus den Schädeln geholt, was sich an Erlebtem und Gesponnenem eingenistet hatte.

Aber nee, da war nix, was zu reden wäre. In dem Wettersturm hatte keiner vom anderen etwas mitgekriegt. Was soll man anders sagen als die Wahrheit und nichts als die Wahrheit? Wenn nicht das Unwetter den Korsaren über Bord holte, dann muss es der Gottseibeiuns gewesen sein. Und vor dem mögen sich alle hüten.

Gott habe alle selig, die in der See geblieben sind.

Amen."

CIRQUE CHAMBARD

Manchmal beobachte ich, wie mich Berta heimlich taxiert. Sie steht dann vor Jakobs Regal, hat eine Hand am Kinn, einen Finger vor ihrem Mund und geht mit den Augen dieses geordnete Chaos von Papier ab, wobei sie unauffällig nach mir zu schielen versucht. Ich muss für sie interessanter geworden sein, seitdem mein Leben mit den Kisten begann. Es ist, als ob sie mich mit der Frau vergleiche, die ich vorher für sie war. Bertas Neugier tastet mich ab.

Und wie sie das tut, so stelle ich mich lange versunken vor den Spiegel. Ich starre in mein Gesicht, ohne es zu fixieren, bis mein eigenes Bild zergeht, sich Augen, Nase und Mund verdoppeln und ich mir fremd bin. Wenn ich das mit gelöstem Lächeln versuche, fallen meine Züge verschwommen in eine kalte Starre. Dabei beschleicht mich das Gefühl, der Clown Jacob stünde hinter mir mit hochgezogenen Brauen und lachendem Munde. Denn das gehört mit hinein in die sieben Leben einer Katze, dass Jacob mit einem Zirkus zog und wohl hartes Brot aß. Das war in Frankreich gewesen. Dort war Jacob mit dem Fahrrad unterwegs. Um sich eine Stange Weißbrot zu kaufen, hatte er das Gefährt nur kurz an die Wand einer Boulangerie gelehnt. Da wurde es ihm gestohlen.

Das las ich und auch das von seinen Clownerien, und ich muss in meinem Kopf ordnen, was da an Notizen, Skizzen, Entworfenem und wieder Gestrichenem, an Tagebuchpassagen, beigefügten Zeitungsabschnitten und Bildern aus bunten Blättern gebündelt und abgelegt wurde. Da hatte sich wieder ein Stück grell-farbigen fremden Lebens in mir eingenistet, und mit meinem fernen Schulfranzösisch saß ich die stillen Stunden der Nächte, damit ich die Stationen des *CIRQUE CHAMBARD* durch Frankreich ordnen konnte. Wenn ich dann also müde in das Bad ging und den Tag abwerfen wollte, starrte ich mir ins Gesicht, verzog es, hob die Stirnfalten, riss die Augen auf, kniff sie zu, ich versuchte gar mit den Ohren zu wackeln und fletschte die Zähne. Aber ich blieb mir fremd dabei. In meinem Herzen gab es kein Eckchen für Clownerien. Die müssen wohl auch aus der Seele springen – nicht aus dem Antlitz.

Und: Wie sollte ich diesen Abschnitt aus Jacobs Wanderleben überschreiben? *Achmed – Subuida – Die Spieluhr?*

Die Geschichte begann in der Stunde, da Jacob aus der Boulangerie trat, sein Rad nicht mehr fand und ratlos stand. Da trat ein Kind auf ihn zu, reichte ihm ein Plakat.

„Besuchen Sie den Cirque chambard!" rief eine Knabenstimme. „Cirque chambard!"

Der Junge sah zu Jacob auf und ihre Augen begegneten sich. Hierzu lese ich bei Jacob:

„Ich vergaß meinen Schrecken und meine Ohnmacht über den Verlust des Fahrrades, als ich in die Augen des Kindes sah. Es waren dunkle Augen von großer Schönheit, von einer zwingenden Tiefe. Und so viel Bitten, wie bei seiner Werbung für den Zirkusabend in seinen Worten lag, so fordernd waren die Augen, als seien sie dem Knabenalter längst enteilt. Unsere Blicke blieben ineinander. Und während ich das Kind abwechselnd links oder rechts fixierte, blieben seine Augen über einem trotzigen Munde fest in den meinen. Als ich nach Ort und Uhrzeit der Vorstellung fragte, gab er mir lächelnd Auskunft und im Aufleuchten seiner Augen vermeinte ich einen Triumph zu spüren."

Ich habe diese Notiz Jacobs mehrmals gelesen und auch mehr als einmal mit in meinen Schlaf genommen. Diese erste Begegnung zwischen dem Jungen und Jacob war das, was man ein Schlüsselerlebnis nennt.

So nahm sich der Bestohlene auch keine Zeit, den Diebstahl seines Vehikels anzuzeigen. Er stand vielmehr schon lange vor Beginn der Zirkusvorstellung bei den Fahrenden. Jacob notierte:

„Ich erinnerte mich meiner Kindheit, als solche Kleinzirkusse in die Dörfer kamen mit einer dressierten Ziege, einem seiltanzenden Kinde, dem Dummen August, einem Akrobaten mit Körperverrenkungen, mit rotärschigen Affen und einem Zirkusorchester, bestehend aus einem Trompeter und einem Pauker. Und beide, der Trompeter und der Pauker, hatten noch einen Feuerspeier und den stärksten Mann der Welt abzugeben, der sich auf den Boden zu legen hatte, dem man einen Schmiedeamboss auf die Brust hob, damit ein massiger Zuschauer ohne Hemmung mit einem schweren Hammer auf diesen Eisenklotz einwuchtete."

Der Junge entdeckte Jacob bei dem Affenkäfig, und so fand die Begegnung vor der Boulangerie hier ihre Fortsetzung. Das Kind nahm von dem Manne Besitz. Jacob war von dem Knaben gefesselt.

„Ich bin Achmed, Monsieur", hatte er gesagt und Jacob angelächelt.

„Ich bin Jacob", hatte der Mann genickt.

Da war ein Band geknüpft worden, das durch den Diebstahl an Jacob verstärkt wurde. Zwar hatte man später bei der Polizei sein Elend mit Verständnis aufgenommen, Hilfe war jedoch nicht zu erwarten. Und mit dem Rade war auch das aufgeschnallte Gepäck Jacobs verloren.

In der Not fahrender Leute waren sie nun zusammengekommen: Achmed, Subuida, die Menschen vom Zirkus und Jacob. Achmed und Subuida waren Geschwister. Sie waren in Tunesien geboren – aber ihre Eltern hatten sie zur Arbeit nach Frankreich verkauft. Diese Arbeit verrichteten sie im Zirkus bei ihrem bärtigen Patron.

Im Elend kommen wir Menschen wohl eher zueinander als zu den Stunden, da jeder seinen Besitz zu pflegen oder gar zu sichern hat. Für Brot und Unterkommen ward Jacob zunächst Clown, ein *artiste* im *Cirque chambard*. Da zog er mit über die Dörfer wie weiland der Pauker mit dem Amboss auf der Brust.

Wie es mit Jacobs Französisch stand, weiß ich nicht. Für seinen Zirkusdienst war es wohl nicht wichtig. Jacob hatte den stummen, den in seiner Liebessehnsucht Gequälten zu spielen – zusammen mit Subuida und Achmed. Da waren nun drei für eine Zeit zusammengebunden, die das Leben ins Ungewisse ausgestoßen hatte. Als *Subuida, Achmed und Jacco* wurden sie nach den blechgrellen Einlagen des Trompeters und des Paukers angekündigt.

So geschah es vor einem neugierigen Publikum, dass da eine kräftige gebauchte Tonne in das Rund gerollt und aufgestellt wurde. Der Deckel war zu einer ausladenden Tanzfläche erweitert. Diese Konstruktion wurde auf ein Gestell mit einem horizontal spielenden Wagenrad gehoben. Eine Speiche des Rades war durch einen Hebel verlängert worden. So zeigte das eine Skizze Jacobs.

Jetzt konnte das Spiel beginnen. Demoiselle Subuida schritt gesenkten Kopfes im Tanzkleidchen in die Manege und verneigte sich, ohne den Blick zu heben. Der Patron hob das Persönchen auf die Tanzfläche. Jetzt trieb Achmed den zerzausten und stolpernden Jacco mit einem Stöckchen zu dem Hebel an der Speiche. Der Knabe schnippte mit dem Stecken und gab Jacco durch Zeichen zu verstehen, dass er den Hebel zu fassen und wie ein Esel im Göpel zu gehen habe. Der Clown aber stand wie gebannt vor der erstarrten Tänzerin. Er faltete die Hände, drückte sie an sein Herz, hob es sich förmlich aus der Brust, um es dem Persönchen auf der Tonne zuzuwerfen. Vergeblich bemühte er sich um eine Regung der Angebeteten und fiel in tiefe Trauer. Da gab der lachende Achmed fröhlich zu verstehen, dass Jacco nur am Hebel gehen und das Fass drehen solle, so bewege sich auch die Tänzerin.

Wie muss Jacco da ein großes Tuch gezogen, sich die Augen gewischt und in den Stoff geprustet haben. Seine Muskeln zeigend, begann er das Rad und somit die Tonne zu drehen. Da erwachte die Tänzerin zum Leben. Sie zog ihre kleinen Kreise, sich dem Publikum, sich Jacco zuneigend, ihn anlächelnd – und sich doch immer wieder von ihm entfernend. Da hielt der Clown verzückt inne, ließ den Hebel aus den Händen, fiel auf die Knie, warf seine Kusshände, seine zitternden Arme flehentlich der geliebten

Tanzperson hinstreckend. Doch siehe, sobald Jacco die Tonne nicht mehr drehte, verfiel Subuida in eine Starre und wurde zur leblosen Puppe.

So wiederholte sich das Spiel zwischen dem Sehnsüchtigen und der Figur auf der Tonne: Jacco reckt die Arme sehnsuchtsvoll der Liebe zu. Subuida steht wie ein Porzellanfigürchen ohne Regung. Achmed treibt Jacco mit dem Stöckchen zur Arbeit an diesem Göpel. Subuida tanzt, verneigt sich vor Jacco, wirft ihm einen tiefen Blick zu, dreht sich und schreitet. Jacco aber ist hin- und hergerissen von seinen Gefühlen. Und er kann nur mit der geliebten Tänzerin einen Blick wechseln oder lachen, wenn er dreht und dreht und dreht.

So verlassen ihn schließlich die Kräfte. Er fällt in den Staub. Er schluchzt und reckt die Arme. Achmed schnippt mit dem Stöckchen auf ihn ein. Da verfällt Jacco selbst in die Leblosigkeit.

Endlich kommt der Paukist, dem man sonst den Amboss auf die Brust hebt. Er zeigt seine Muskeln, deutet auf Jacco, hebt ihn auf und trägt ihn als Paket fort. Achmed geht mit gesenktem Gesicht hinter ihm. Subuida steht noch in Starre, bis der Pauker auch sie unter den Arm nimmt wie ein Spielzeug – und der Beifall einsetzt.

Ich finde einen Zeitungsausschnitt mit der Überschrift *Achmed – Subuida und Jacco – der ewige Traum?* Es wird ein Provinzblatt gewesen sein, das vom *Cirque chambard* berichtete und davon schrieb, ob nicht jeder einmal sich als ein Jacco im Geschirr seiner Träume und Sehnsüchte quäle, bis er – erschöpft und ausgebrannt – gefühllos aus der Kulisse gebracht würde.

Da ich das lese und darüber nachdenken muss, berühren mich diese gedruckten Zeilen stärker noch als Jaccos Narrenspiel. Mir war es nicht wie Jacob gegeben, tief in mir Verborgenes, was mich schmerzlich einschnürte, auszuleben, es offen auszuweinen. Ich hatte durch die kühle Strenge meines Vaters gelernt, mich zu disziplinieren. So blieben meine Träume und Sehnsüchte, die unser Familienleben nicht zu berühren hatten, auch später meinem Manne und meinen Kindern gegenüber eingeschlossen. Hätte ich wohl immer einmal in allen Jahrzehnten ein Jacco sein dürfen, hinter einer Maske weinen, klagen oder auch jubeln zu können, wäre in mir mehr Raum gewesen zur Erlösung, für das Licht, für das Verstehen?

Ich frage mich auch, ob mit Jaccos Schmerz und Verzweiflung noch immer die Wunde nicht verheilt war, die Jacob in der Jugend durch die schöne Olga zugefügt wurde.

Es ist nicht abzulesen, welche Zeit Jacob mit den Fahrenden unterwegs war. Aber das feste Band schlang sich um ihn und den Jungen, der da einmal wie auf dem Markte ferner Zeiten verkauft wurde unter Dreingabe der älteren Schwester – oder umgekehrt. Erst meinte ich, etwas falsch verstanden zu haben. Ich begriff nicht, dass in meiner Zeit ein solcher Handel durch eine Kulturnation geduldet war. *Zur Arbeit nach Frankreich verkauft.*

„Ich muss Lambert fragen", sagte ich mir. Lambert war lange in Kriegsgefangenschaft auch in Frankreich. Seine Erzählungen bestachen durch Sachlichkeit, Wahrheit. Und Lambert bestätigte mir, dass solcher Handel möglich gewesen sein muss. Er nannte mir Ort und Zeit, da er als Prisonnier und ehemaliger Sanitäter Gehilfe eines französischen Militärarztes wurde. Da hatte er mit französischen und Kolonialsoldaten zu tun. Zu dem Bereich des Arztes gehörte auch ein Bordell mit jungen tunesischen Mädchen. Lambert versicherte mir, die Mädchen seien von ihren Familien zur Arbeit nach Frankreich verkauft worden. Und er berichtete mir auch von dem seelischen Elend der jungen Frauen.

Ja – da steht ein verkauftes Kind mit den Augen aus einer anderen Zeit vor Hans-Jacob Dagas. „Besuchen Sie den Cirque chambard, Monsieur!" So begegnen sich ihre Blicke und es öffnet sich die Tür zueinander.

Ich zitiere aus Jacobs Schriften:

„Wir fahren nun schon einige Monate durch das Land. Achmed – ach Achmed! Er nimmt seine Schwester an der Hand und zieht sie und mich weg von dem Wagen. Wir gehen schweigend so weit fort, dass der Zirkus in uns wie versunken ist. Da, wo wir alleine sind, heißt der Junge mich setzen. Er hockt sich mir zur einen Seite, zur anderen bestimmt er Subuida. Das Mädchen gehorcht dem Bruder. Er spricht in den Lauten seiner Heimat mit ihr. So kommt es, dass sich Subuida bei mir einlehnt und Achmed seinen Kopf in meinen Schoß bettet. Er schließt die Augen und beginnt zu singen. Ich spüre, dass sein Singen eine traurige Geschichte erzählt, die Geschichte von den verkauften Geschwistern. Achmed geht fort in seinem Singen. Sein Kopf liegt schwer in meinem Schoß und Subuida weint lautlos, still. Wir sind verknotet miteinander. Ich weiß nicht, wann sich die Verschlingung löst. Ich weiß nicht einmal, ob ich das will."

Hier möchte ich sagen: „Jacob, du mein Jacob! Da treibt deine Asche nun durch die Zeit der Meere. Wusstest du, dass du Vater warst und Mutter, ein Engel gar? – Es sollte mich nicht wundern, wenn ich noch zu lesen bekomme, dass du mit den verkauften Kindern fortgegangen bist *auf dem Wege in die Zeit,* wie du das einmal schriebst."

Ab und zu erzähle ich Berta aus Jacobs Leben. Ich habe auch nicht mehr die Kraft, alles alleine zu tragen.

„Ja", sagt Berta versonnen, „ja, so sehen für mich auch die Engel aus, die mitten unter uns leben. Aber wir erkennen sie nicht."

Sie schweigt eine Weile. Dann sieht sie mich an und nickt: „Die Papiere nehmen Sie ganz schön mit. Passen Sie auf sich auf. So etwas kann Sehnsucht machen."

„Ach was!" antworte ich. „Sehnsucht! Wonach denn?"

Jetzt setzt sich Berta mir gegenüber und faltet die Hände zwischen den Knien. „Nach den Wolken", sagt sie lächelnd. „Nach den Wolken und dem Meer – ja!"

Zum ersten Male sehe ich die junge Frau lange an. „Wie schön sie ist", denke ich. Ein warmes Lächeln liegt um ihren Mund und ihre Augen bleiben in den meinen.

„Ja, Berta", sage ich leise, „wir erkennen die Engel oft nicht." Sie nickt und greift nach dem Staubsauger.

„Lassen wir das jetzt", bitte ich sie, „wir wollen in den Garten gehen. Ich lade Sie zum Tee ein."

Es ist ein weiter Sommerhimmel, unter dem wir nun sitzen. Wir sehen den Gebilden der Schleierwolken nach, wie sie sich verändern und schließlich auflösen. Ich hebe meine Hand. „Sehnsucht nach den Wolken!" rufe ich, und wir lachen uns an.

Zwischen Jacobs Schriften finde ich einen braunen Fetzen Packpapier mit arabischen Schriftzeichen. Weil sie mir gar keine Antwort geben können, gebe ich es auf, Spannendes oder gar Aufschlussreiches hineinzuheimsen. Sie können, aber sie müssen keinen Bezug haben zu den Kindern aus dem Zirkus.

Lambert weiß mit dem Zettel auch nichts anzufangen. Er meint, dass weder das Mädchen noch ihr Bruder eine Koran- oder andere Schule besucht haben würden. Menschen, die ihre Kinder verkauften, müssten wohl in den Slums zu suchen sein. Aber: Schulen in den Elendsvierteln?

Die Notizen über das Zirkusleben werden spärlicher und ich fiebere wie bei einem spannenden Buche nach dem Schluss zu einem guten Ende hin. Berta muss mir helfen, muss mit mir sichten. Wir gehen jeder für sich die unter uns ausgeteilten Blätter durch. Es ist eine hörbare Stille zwischen uns, bis Berta sich setzt und ihr Blick auf einem Papier verharrt.

„Hier ist etwas", sagt sie, „das könnte uns helfen!"

Sie hat „uns helfen" gesagt und ich senke meine Papiere, lächle sie wie eine Komplizin an.

„Das muss eine Zeit später notiert worden sein", sagt Berta versonnen und liest mir vor: „Unter diesem Himmel wurden die Kinder also geboren."

Berta schaut mich fragend an. „Das muss er doch in Afrika geschrieben haben. Er war doch in der ganzen Welt. Oder?"

„Lesen Sie weiter", bitte ich.

Berta tut es: „... die – Kinder – also geboren. Wohin sind sie gegangen, die ich liebte. Hat Aslan Wort gehalten, ihnen wieder die Heimat zu geben? ‚Das ist mein Onkel!' hatte Achmed eines Tages aufgeregt zu mir gesagt und auf einen Mann gedeutet, er sich unauffällig beim Zirkus aufhielt. ‚Mein Onkel Aslan ist das!'

Und nachts bin ich mit den Kindern unter die Sterne gegangen, bis aus einem Schatten *Onkel Aslan* trat. Das aufgeregte Miteinander der Kinder mit dem Onkel verstand ich nicht. Die Kinder waren die kommenden Tage nur wie erfüllt von dem neu Kommenden und ich spürte, wie sich Achmed leise von mir löste.

Wir hatten noch einige Vorstellungen, dann zogen wir wenige Dörfer weiter. Die Kinder ließen sich nichts anmerken von dem, was da kommen musste. Aber ich fühlte mich elend an Leib und Seele. So war es wohl in der sechsten oder siebenten Nacht nach dem Besuch des Onkels, dass Achmed und Subuida heimlich mit Onkel Aslan nach Hause gingen, wie sie es nannten. Man kann sich denken, welchen Aufruhr das bei den Fahrenden gab, als die Kinder verschwunden waren. Die Polizei wurde gemieden, aber ich zog es ebenfalls vor, mich in der Stille zu verabschieden.

Wo mögen sie gelandet sein, meine Kinder? Bei einem guten Onkel? Oder in neuem Elend? Allah! Allah! Gib meinen Kindern ... gib meinen Kindern ..."

Berta dreht das Papier und sieht mich ratlos an.

„Mehr ist da nicht zu lesen", sagt sie. „Da fehlt etwas wie abgerissen."

Eifrig und wie im Fieber suchen wir weiter. Es ist vergeblich. Da sehen wir uns an und unser beider hilfloses Lächeln fällt ineinander.

Von meinem kleinen Tisch, den ich gerne mit Büchern schmücke, hole ich ein Bändchen der iranischen Dichterin Forugh Farochsad. Es ist ein rotes Büchlein, verziert mit goldenen Verschlingungen. Der es mir schenkte, hatte mir ein Gedicht übersetzt. Es heißt:

> Ich spreche von tiefster Nacht –
> ich spreche von tiefster Finsternis,
> von tiefster Nacht.
> Kommst du in mein Haus,
> so bringe mir ein Licht
> und einen kleinen Spalt,
> durch den ich eine Gasse voll von
> glücklichen Menschen sehen kann!

Ich lese Berta und mir die Worte vor, die lange nach der Zeit des Clowns Jacco geschrieben wurden. Es ist still zwischen uns. Berta sieht aus dem Fenster:

„Wohin hat es Jacob wohl verschlagen, als er seine Kinder verloren hatte? Ob er sie gar gesucht hat?"

„Er wird sie nicht gesucht haben. Er hatte einen Auftrag zu erfüllen und das tat er. Danach hat er die Kinder Allah anvertraut."

„Ach ja", antwortet Berta leise, „wenn wir nicht mehr weiter wissen, dann fangen wir zu beten an. Hoffentlich ist es gut gegangen!"

„Hoffentlich! Allah ist groß!"

MEIN LIED ERSTARB

Je mehr ich mich mit Jacob befasse und in seinen Papieren lese, desto mehr verneine ich den Zufall. Mein Weg ist vorgegeben und ich habe ihn zu gehen.

Auch die Stunde, da ich Hans-Jacob Dagas an der Küste begegnete, war in mein Schicksal eingefügt. Wäre es anders, so könnte ich mich lösen von den Kisten und dem, was sie mir ins Haus brachten. Dabei befällt mich keine Begierde, auf Sensationen eines Lebens zu stoßen. Es ist vielmehr so, dass ich in Besitz genommen werde von Jacobs Aufzeichnungen, und selbst Bertas Fragen nach dem Wege Jacobs zeigen, wie auch sie gefangen wurde. Immer wieder einmal fällt mir ein Bündel unbeschriebenen Papiers in die Hände. Auf dem Deckblatt sind skizzenhaft Sätze zu Themen notiert, die Jacob sicher später bearbeiten und an eben den Stellen einfügen wollte, wo ich die Bogen fand.

Da heißt es zum Beispiel: „Die Frau am Meer – wartet seit Zeiten auf den Ausgefahrenen – nicht Wiedergekommenen – grauer Wind lässt ihr graues Haar fliegen – der Schrei der Möwen ist ihr Klagen -." Oder auch:

„Dieses Kindergesicht vor dem Kasperletheater – diese wissen wollenden, fordernden Augen – die zitternden Fäustchen – die Blässe vor der Teufelsgewalt – die Träne des Mit-Leidens – dieser Jubel der Erlösung ..." Und hier: „Das Haus der alten Gesichter – tote Fensterhöhlen – die Zeit ist eine knarrende Tür ..." Jetzt: „Sie trug ein fahnenrotes Kleid – ihr Blick in meinen Augen – ein geschenktes Lächeln – sie trägt die Sehnsucht auf ihrem Munde – meine Sehnsucht."

Jacob – wer warst du? Und – wer bin ich?

Erst dachte ich, dass durch ein Missgeschick einseitig beschriebene Blätter mit dem Gesicht aufeinander liegen und verklebt sind. Aber es sind deren zu viele, und da ich sie zu ordnen versuche, fällt mir auf, dass sie nur an bestimmten Punkten miteinander verbunden sind. Meine Hand fährt in die Zwischenräume und ich blase hinein. In dem Gebauchten versuche ich wie ein Detektiv zu lesen. Berta überrascht mich dabei und lacht. Bei dem Gedanken, dass Jacob selbst die Gesichter der Blätter verdeckte (aber wer sollte es sonst gewesen sein?), befällt mich eine Scheu hier weiterzuforschen. Ich lege den Stoß zur Seite und sortiere weiter.

Da ist ein Zeitungsabschnitt. Er ist grau geworden. Eine Frau von W. ist aus der Haft entlassen. Wegen vorsätzlichen Gattenmordes hatte sie über acht Jahre büßen müssen. Und dass es nur diese acht Jahre waren, wurde damit begründet, dass der Mord aus tief verletzter Ehre und Eifersucht erfolgte. – Am unteren Rand lese ich – mit Bleistift geschrieben: *von W. = Frau von Woytag.*

Warum bringe ich jetzt die verklebten Papiere mit dieser Notiz in Verbindung? Ich weiß es nicht. Es ist ein Gefühl, nichts weiter. So nehme ich mir den Stoß noch einmal vor und trenne die Blätter. Ich lege sie paarweise nebeneinander und erkenne zweierlei Schriften: die Jacobs und die einer Frau. Ja, es ist die klare, energische und ästhetisch-schöne Schrift einer Frau.

Es sind viele Paare, die ich ausbreite. Und es sind Briefe. Da ich sie lese, gebe ich ihnen auch einen Namen: *Die Briefe zueinander*. Es sind Liebesbriefe mit den Antworten darauf.

Manche sind als Gedichte geschrieben, andere in weitbogigen Gedankensprüngen oder stichwortartig im Erinnern an gemeinsam Erlebtes.

Die Frau schreibt *An Tasso* – der Mann *An Plato*. Und das verwirrt mich doch. Denn es ist auch eine sinnliche Liebe, die sich in großer Tiefe offenbart.

Es ist wie ein Einbruch für mich, von dieser Liebe zu lesen. Ich muss viel aufstehen, im Zimmer gehen oder ans Fenster treten.

Jacob, wer warst du? Wer war diese Frau?

Fast kommt Eifersucht in mir auf. Es sind so wunderbare Wege zueinander, die da gegangen wurden zwischen *Tasso* und *Plato*. Meine Eifersucht zielt auf das Einmalige, wohl in der Tiefe unbewusst Erträumte – aber unerfüllt Gebliebene. Ich sitze bis in die Nächte. *Tasso* hat sich der Unendlichkeit des Meeres verwoben. Und *Plato*?

Noch im stillen Dunkel halte ich die Papiere. Ich habe die Augen geschlossen, aus dem leisen Ticken der Uhr fällt die Zeit. Meine Sinne schwirren wie in Erwartung, Frau von Woytag käme zu mir in den Raum. Ich möchte sie sehen, mit meinen Händen befühlen dürfen, ich möchte sie ins Licht stellen und anlächeln. Zwischen ihr und Jacob war es die Liebe eines jungen Mannes zu einer Frau, die fast seine Mutter gewesen sein konnte. Es war die Verschmelzung von lodernder Glut und bedingungsloser Tiefe. – Ich vermag es nicht anders auszudrücken. Und es bringt eine große Sehnsucht in mein Herz. Sehnsucht wonach?

Es fällt mir immer schwerer, die Papiere zu chronologisieren. Wahrscheinlich verließ Jacob Frankreich in Bedrängnis, weil er mit dem Verschwinden der Kinder in Verbindung gebracht wurde. Er suchte den Weg über die Schweiz. Sicher wollte er nach Hause. Aber da kam es zur Begegnung zwischen der entlassenen Strafgefangenen und dem doch mehr flüchtigen Jacco. Der Frau war ihr Reichtum geblieben, geschützt durch eine hohe Mauer und eiserne Gitter. (Ich erinnere mich solcher Burgen des Luxus', solcher Festungen der Ausgrenzung. Durch die Gitter erblickt man von außen die Geborgenheit in Parks, spielende Wasser, leuchtende Blütenteppiche, majestätische Bäume.)

Ich denke mir, dass es nicht *Plato* war, mit dem *fahnenroten Kleid, dem geschenkten Lächeln und der Sehnsucht auf dem Frauenmund*, aber da gab es eine unbändige Kraft von Frau zu Mann und umgekehrt, dass die Frau – für welche Dienste auch immer - den Mann hinter der befestigten Mauer mit den eisernen Toren einstellte.

Jacob hatte es aufgeschrieben, wie die Leute über Frau von W. sprachen. Für die einen war sie die *sorciére*, die Hexe. Nur eine Hexe wie die W. könne so kaltblütig sein, so rachsüchtig, und vor geladenen Gästen eine Pistole nehmen und ihren Mann neben seiner schönen jungen Geliebten in die Stirn schießen. – Man könne eben nicht alles haben durch seinen Reichtum: einen jüngeren Mann und dessen ewige Treue. – Andere sprachen fast ehrfürchtig von der *abbesse*, der Äbtissin. Jawohl – sie hatte acht Jahre im Gefängnis gebüßt. Aber war sie nicht öffentlich betrogen worden? Öffentlich! Besudelt! Ihrer Ehre beraubt! Wurde sie nicht vom eigenen Gatten verachtet und vor aller Augen lächerlich gemacht, in den Dreck gezogen! Wer anders als eine Frau vermag das zu verstehen und gar zu verzeihen, wenn die so unter Hohn und Spott Weggeworfene zur Pistole greift und ihre Ehre wiederherstellt!

War das ein bitterer Stolz, in dem Frau von W. acht Jahre büßte? Wusste sie den alten Gott auf ihrer Seite: *Wer die Ehe bricht, ist des Todes!* Hatte sie diese Jahre hinter einem Panzer gelebt? Acht Jahre! Unaufhörliche acht Jahre. Ich nehme einen Block und rechne. Das sind bald dreitausend Nächte. Und es ist nicht eine einzige wie diese, da geschrieben ist:

Gib den Tag doch nun aus allen deinen Sinnen!

Hüll' dich mir ein! Ich hüte deinen Schlaf!

Ja, solches lese ich in Jacobs Papieren. Und ich erfahre auch, dass Tasso und Plato sich einschlossen in ihr Refugium hinter Mauer und Gitter. Plato aber hatte Tasso den Schlüssel gezeigt und gesagt: „Er öffnet dir die Welt – wann immer es dich fortzieht."

Ich möchte es gerne sagen können, welche Tiefe die Liebe zwischen Tasso und Plato hatte. Ich vermag es nicht — ich wünsche nur, solches Erleben gehabt zu haben.

Es ist nicht allein die Erfüllung von körperlicher Sehnsucht zwischen Frau und Mann bis dahin, da alle Grenzen fließen und es keine Floskel ist, wie zwei zu einem ineinanderwachsen – nein – es ist das Fortgehen aus den Bildern und Zeiten aller Tage.

Ich weiß es nicht, welche Menschen außer *Tasso* und *Plato* auf dem Besitz der Frau von W. lebten. Da ist nichts gesagt.

Es waren jedoch die einmalig geschenkten Stunden für einen Mann und eine Frau. Es waren Nächte, da sie am Feuer saßen. Die Frau hatte sich dem Manne eingelehnt und hörte seine Stimme. Erzählte er von dem Mädchen von Sansibar? Erinnerte er sich des Briefes an den toten Freund? Erzählte er von der letzten Reise Grottkes? Zeichnete er das Bild der tanzenden Subuida? Oder gab es da nichts von allem, als dass die Frau die Augen geschlossen und seine Hand an ihre Lippen geführt hatte?

„Wenn ich verglühe, will ich dir vergehen!"
„Ein jeder Tag mit dir – ist neues Leben!"
Wer hatte das gesagt?
„Ich geh mit deinen Füßen in den Tag!
Mit deiner Stimme will ich beten!"
Wem war das geschrieben?
„Meine Liebe zu dir umhüllt dich wie mit einem wollenen Mantel!"
„Wie schön du, meine Liebste, bist –
meine Wange schmiegt sich deinem Busen ..."
Und draußen schlug die Uhr.

Leben wir nur, wenn wir lieben?
Wir leben nur, wenn wir lieben!

Es wird kein solcher Abend gewesen sein, da das Feuer glimmte, wohl aber ein Irgendmorgen, dass die Gendarmerie Einlass begehrte zur Überprüfung der Papiere Jacobs. Und wenn diese auch nicht zu beanstanden waren, so hatte er doch das Land in wenigen Stunden zu verlassen. Es ist keine Begründung zu lesen und es muss zu Beginn des 2. Weltkrieges gewesen sein.

„Wo du auch bist – ich steh' an deiner Seite ..."

Jacob wird Soldat und hat zu dienen und zu kämpfen. Ich suche noch einmal in seinen Feldpostbriefen. Da ist Post mit der Schrift der Frau von W. dabei. Diese Briefe sind in Deutschland zur Post gegeben und nichts verrät, dass *Plato* gar nicht in Deutschland lebte. Es muss da eine Mittelsperson gegeben haben.

Ich finde bloß die Briefe *Platos*. Und sie sind wie Bilder, gemalt aus der gemeinsamen Zeit an den nächtlichen Feuern.

Ich lese sie mit immer größerer Wehmut, denn wie ich auch suche, es gibt keinen Anhalt dafür, dass es noch einmal eine persönliche Begegnung zwischen den Liebenden gab.

War das gar ein unbewusster, ungewollter Abschied für ewig, da *Plato* schreibt: „Den Befund des Arztes habe ich mit Trauer und Enttäuschung gelesen. Wie lange werden wir uns noch schreiben können? Es ist keine Stunde, es ist kein Augenblick, da ich dich nicht umfasse mit aller – auch der letzten – Kraft meines Leibes und meiner Seele ..."

Berta verweilte manchmal bei ihrer Arbeit. Sie stand, als sei sie in einer Arbeitsbewegung erstarrt und las in einer offen liegenden Ausarbeitung von Jacobs Schriften. Und heute griff sie nach einem Tuch und hielt es vor die Augen. Sie bemerkte mich, zeigte auf den Brief *Platos*.

„Wie sie das geschrieben hat", schnupfte Berta. „Ich glaube, so möchten wir alle geliebt werden – oder?" Sie trocknete sich die Tränen ab.

„War das das Ende?"

„Es kann der Schluss gewesen sein", antwortete ich und nickte.

„Heute Morgen fand ich ein paar Zeilen, die wir für die Antwort nehmen können, ob es der Schluss war."

Berta schnupfte noch einmal und zwinkerte. „Und?" fragte sie.

„Es sind Worte, die zu allem Endgültigen passen. Ich kann auch nicht sagen, ob es die eigenen Gedanken Jacobs waren oder in ferner Zeit geschrieben wurden."

Berta trat näher, als ich das Blatt aufnahm, damit sie mitlesen konnte. Ich hielt ihr das Papier vor die Augen. „Hier!" sagte ich.

Berta sah mich unsicher, fragend an. Dann las sie stockend wie ein Lesen lernendes Kind:

„Mein – Lied – erstarb – in die – Sonne – fiel der – kalte – der kalte – Reif – und mein – und mein Herz gefror. – Mein Lied erstarb. In die Sonne fiel der kalte Reif und mein Herz gefror."

HASS

Es ist ein grell-rotes Päckchen, auf dem mir das Wort HASS entgegenleuchtet. HASS ! Und die beiden SS sind in Runen gezackt, wie sie das Symbol für die SS waren. H A S S ! Die Zeichen springen mich an und mein Auge scheint zu erstarren. H A S S !

Meine Hände zittern, als ich das Band um diese Papiere löse. Ich lese weiter, bis ich den Tag vergesse. Ich lese die Geschichte einer kleinen tödlichen Liebe. Zu wenig verstehe ich von militärischen Ausdrücken. Denn da ist von einem Kfz 17 die Rede, von Funksprüchen und ihren Verschlüsselungen, von einem Vierradpanzer.

Aber irgendwo in einem Dorfe in Frankreich liegt eine Bäckerei am Rande des Ortes. (Schon wieder eine Boulangerie, denke ich). Neben der Bäckerei hat so ein Panzerfunktrupp eine Unterkunft zugewiesen bekommen. Die Funker haben die Möglichkeit, mit ihren Geräten Funksprüche zu senden und aufzunehmen. Und mit diesen Geräten können sie auch Radiosender empfangen.

Horst heißt einer der Funker und er ist der Jüngste im Trupp. (A ja, Funktrupp heißt das!) Horst ist 18 Jahre.

Der Bäcker von nebenan hat mehrere Kinder. Die älteste Tochter heißt Raimonde. Sie ist 17 Jahre alt und steht im Laden hinter dem Verkaufstisch. Ab und an tritt sie vor die Tür und hält ihr Gesicht in die Sonne. Dann öffnet Horst das Fenster und nickt ihr zu. Das Mädchen lächelt unmerklich. Mit Feinden nimmt man keinen Kontakt auf. Da sucht sich Horst einen Grund, mit Raimonde zu sprechen. Er betritt den Laden, als das Mädchen keine anderen Kunden hat.

„Bonjour, Mademoiselle", grüßt Horst und das Mädchen antwortet: „Bonjour, Monsieur!"

Und Monsieur Horst schlägt sein Französisch-Wörterbuch auf, weil ihm das eine oder andere unklar ist nach seinem Schulfranzösisch. Und als der Bäcker bei einer solchen Lehrstunde eintritt und Monsieur Horst fragt, ob er denn etwas von einem Radio verstehe, da bejaht das der junge Soldat.

„Alsdann!" Und der Bäcker geht und holt seinen Apparat, den sich Horst besieht und dann mitnimmt zur Reparatur. Denn Monsieur Horst versteht rein gar nichts von den Innereien eines Radios, wenn er auch ein guter Funker ist. Aber da gibt es noch den Funktruppführer. Der ist ein Kenner. Er sieht auf einen Blick, dass da nur etwas zu löten ist. Ruck-zuck ist das geschehen. Als der Laden wieder kundenleer ist, tritt Horst ein und übergibt dem überaus freundlichen Bäcker seinen Empfänger, mit dem er vielleicht in der Nacht englische Sender abhören möchte. Nein, der Bäcker hat auch nichts dagegen, wenn der Soldat seine Kenntnisse der so schönen französischen Sprache aufbessern möchte. Hier im Laden natürlich.

Und so vergucken sich Raimonde und Horst ineinander.

Wer das Mädchen ist, wie hübsch es ist, wie es sich gibt, das hat Horst vor Augen. Als er das Radio übergab, war er gar bis in die Küche von Madame gekommen und hatte scheu gegrüßt. Da fallen dann auch die Tage ins Dämmern und das Dämmern in die Nacht. Wenn Horst keinen Dienst hat, so öffnet er leise die Tür nach draußen und drückt sich an der Wand entlang. Und wenn die Eltern schlafen, schlüpft Raimonde aus dem Hause.

Da ist der große, wie altväterliche Nussbaum. Raimonde steht an seinen Stamm gelehnt. Horst tritt vor sie hin und reicht ihr die Hand. Ihrer beider Atem stockt fast vor Aufregung.

„Guten Abend – Raimonde!"

„Guten Abend, 'orst!"

Sie sind Kinder, die sich Sterne zeigen und auch einmal scheu die trockenen Lippen aufeinander legen. Sie horchen in die Stille, ihre Stimmen gehen nur zueinander.

„Frankreich ist schön!"

„Deutschland ist schön!"

„Wenn der Krieg aus ist – hol' ich dich nach Deutschland."

„Wenn der Krieg aus ist – ich komme mit nach Deutschland!"

Da erzählt Horst von zu Hause. Dort steht ein kleines Haus. Ein Siedlungshäuschen mit winzigen Zimmern. Ein Stall steht dicht dabei mit etwas Kleinvieh. Der Vater ist ein einfacher Eisenbahner. Die Mutter geht in die Schuhleistenfabrik. Da wurde Pfennig auf Pfennig gelegt, damit Horst zur höheren Schule gehen konnte. Und der Großvater legte auch ein paar Groschen dazu.

„Ja, wenn der Krieg aus ist, da möchte ich studieren", sagt Horst.

Und Raimonde träumt mit: „Wenn der Krieg aus ist, dann komme ich mit nach Deutschland. Ich kann in einer Bäckerei arbeiten."

Wenn der Krieg aus ist!

Aber da ist schon der andere Krieg gewesen, der von 1914 bis 1918. Und dieser Krieg brachte diesem französischen Dorfe böse Verwüstungen. Es wurden Häuser zerstört, die man bewusst nicht wieder aufbaute. Sie sollten Erinnern sein an das Böse und auch den Hass wach halten. Unkraut und knorrige Bäume wachsen aus den Ruinen.

„Das waren die Deutschen!" – Und nun sind es die Deutschen wieder. Es wurde nichts vergessen. Der Hass wurde konserviert, bis er nun wieder aufbricht.

Aber da stehen zwei Kinder an dem schweren Nussbaum und träumen in die Sterne.

„Wenn der Krieg aus ist, komme ich zu dir nach Deutschland!"

„Wenn der Krieg aus ist, Raimonde!"

Sie legen scheu ihre trockenen Lippenpaare aufeinander. Das Mädchen huscht wieder ins Haus. Der Soldat schließt leise seine Tür. Die Kameraden schlafen.

Wie wunderbar sind die Nächte unter dem Kreuz des Südens, sagt man. Das ist die Zeit, da die Nächte auch in Frankreich oder Deutschland wunderbar sind und Sternschnuppen in die Träume fallen.

Sie gehen leise weg von dem Nussbaum, die Kinder Raimonde und Horst. Sie gehen den Weg in die Felder. Sie halten sich an den Händen. Sie legen ihre Lippen aufeinander und träumen von der Zeit, *wenn der Krieg vorbei ist.*

Und es ist noch keine Stunde vergangen, dass sie wieder ihre Haustüren hinter sich schließen. Ihre Träume zueinander nehmen sie mit in den Schlaf. An den Tagen sehen sie sich durch die offenen Fenster oder Horst tritt mit seinem Wörterbuch in den Laden, dass ihre Augen sich küssen.

Doch die Nacht hat noch andere Augen als die der Sterne und der träumenden Herzen. Der Hass hat auch helle Augen. Sie durchdringen alles Dunkel. Es sind kalte, stählern leuchtende Augen mit grellem Licht. Er lauert im Untergrund, der Hass. Da sind Frauen, die bei den Deutschen Kartoffeln schälen, Gemüse putzen und anderen Küchendienst verrichten. Da ist Madame Degassu, die Friseuse. Sie schneidet den Deutschen die Haare. Sie redet selbst viel, fast unaufhörlich und schnell, *madame mitrailleuse*. Aber alle haben offene Ohren: die in den Küchen, die in den Salons, in den Cafés, in den Quartieren, in den Bordellen auch. Nichts ist unwichtig, was da von den Besatzern klar gesagt oder auch bloß angedeutet wird.

Es sind Rinnsale der Information, die in ein Sammelbecken zielen. Ein winziges Rinnsal hat wohl offenbart, dass es die Tochter des Bäckers mit einem deutschen Soldaten hatte. So kam es, dass sich die Liebenden dort trafen, wo hinter dem Weizen der Hang zum Wald beginnt.

Wenn der Krieg vorbei ist.

Jakobs Papiere sagen nichts aus, wie da etwas geschah. Doch galt es die Schande zu löschen, die das Mädchen über Frankreich gebracht hatte. Vielleicht hatte Raimonde zum weiten Himmel gedeutet und gesagt, dass dort kein Krieg, dass dort so etwas wie ewiger Friede sei. Und Horst hatte dazu genickt und gelächelt. Vielleicht auch saßen die Kinder bloß aneinander gelehnt und lauschten den Grillen. Wir wissen es nicht.

Waren es Vermummte, die plötzlich auftauchten und mit Stangen und Knüppeln zuschlugen, dass der Soldat keinen Laut mehr seufzen konnte? Hatte sich das Mädchen noch über den Jungen geworfen? Ein Jäger oder

Förster fand die beiden und sein Entsetzen ließ ihn zum Bürgermeister rennen. Der schickte seinen Gendarmen zu den Deutschen.

Der Funker Horst war tot. Man hatte ihm die Schuhe ausgezogen und in den Wald geworfen. Seine Kragenspiegel waren abgerissen. Die Hose hatte man ihm geöffnet. An ihn gebunden und geknebelt lag das nackte Mädchen. Beide waren durch Urin und Kot besudelt. Raimonde waren die Siegrunen der SS mit Kot auf die Schenkel geschmiert. Ihre Kleider lagen verstreut. Aber sie atmete noch. Ein Militärarzt war bald zur Stelle. Der bestand darauf, dass ein französischer Kollege mit untersuche. Der kam dann mit dem Pfarrer, der nichts weiter konnte als in seine Fäuste zu beißen und zu flüstern.

Dem Soldaten Horst hatte man den Schädel eingeschlagen. Raimonde war mit schweren Misshandlungen davongekommen, lag aber noch immer wie tot.

Man brachte die Opfer ins Dorf. Ich lese, dass der Bäcker wie ein todwundes Tier schrie. Horst wurde auf einem Soldatenfriedhof beigesetzt. Raimonde lag lange im Krankenhaus. Aber sie blieb entstellt und im Kopfe verwirrt. Sie kam nicht ins Dorf zurück. Der Bäcker brachte sie zu einer weit weg wohnenden Verwandten.

Der Pfarrer war es dann, der die Ehre des Mädchens rettete. Als man ihn auf das Unglück ansprach, so antwortete er laut, dass er beim Tode Raimondes ein unschuldiges Mädchen, eine Jungfrau hätte beerdigen müssen. Man frage nur den Arzt.

Ich schlafe wenig und bin von Bildern geplagt. Jacob, ach Jacob, warum hast du das alles aufgehoben? Warum müssen mich deine Kisten so bedrohen?

Ich wandere nachts durch meine in allen Zimmern hell erleuchtete Wohnung. Meine Stimme spricht Fragen in die Stille, als sei ich die im Schwachsinn alt gewordene Bäckerstochter Raimonde. Meine Augen gehen in die Sterne. Wo finde ich den meinen? Es ist ja gesagt, dass jeder Mensch ganz fern seinen Stern hat. Sind die hellen Sterne solche von Raimonde und Horst? Und die anderen? Die der Totschläger? Sind das Unsterne?

Ich bin wie zugeschnürt, versteinert. Ich möchte schreien und kann es nicht. Könnte ich um Gott weinen, den ohnmächtigen Gott, wie er in den Kindern Raimonde und Horst geschändet wurde!

Ich lese in der Bibel – aber die Worte bleiben vor meiner Tür. Als Lambert vorbeikommt, erzähle ich ihm von Raimonde und Horst.

„Ja", sagt er und nickt, „und nach dem Kriege verfuhr man in Frankreich mit den *collaborateuren*, mit denen also, die in irgend einer Form mit den Deutschen zusammengearbeitet hatten, kaum anders. Für die Sieger gibt es immer nur eine Schuld: die des Verlierers."

ADOLF ABROLAJT

Jacob hat viel über Erlebtes in Krieg und Gefangenschaft geschrieben. Einmal zitiert er jemanden, der allen Glauben an Gutes verloren hatte, dem nur noch zum Speien zumute war, der *es sich von der Seele rotzte.*

Ich frage mich, ob denn das alles so war, wie es die Nachgeborenen erforschen und darstellen. Die wir jetzt alt sind, bekommen noch immer permanent ihre Schuldzuweisungen. Doch als Hitler an die Macht kam, da waren Jacob wie auch ich noch Kinder. Olga hatte einst Jacobs tiefste Gefühle der Lächerlichkeit preisgegeben. Hatte diese Demütigung Jacobs Weg umgeleitet, ihn lieber mit den anderen zu gehen: mit den Toten, den Verkauften, den Verurteilten, den Gequälten und Geschändeten?

Aber da ist auch eine ganz andere Geschichte von einem Außenseiter aus Ostpreußen, der Adolf Abrolajt hieß.

Jacob lernte ihn im Lager kennen, im *Depot 63*. Sie waren beim Kommando der Wasserträger, die täglich unter Bewachung im nahen Wald in einer Grotte die Wasserkanister zu füllen und ins Lager zu schleppen hatten. Am Wege lockten reife Mehlbeeren, die schnell gerissen und in den Mund gestopft wurden. Abrolajt sammelte obendrein nahe der Grotte Rinden- und Holzstücke, die er unter die Jacke steckte. Im Depot schnitzte er mit seinem Taschenmesser aus Rinde und Holz Kästchen und skurrile Figuren. Durch den Drahtzaun bot er sie den Bewachern gegen Brot zum Tausch. Beim ersten Male wurde er betrogen. Ein Kästchen wurde ihm von dem Posten abgenommen, der dann mit seinem Gewehr auf Abrolajt zielte und ihn anschrie.

Aber da waren Begierden anderer außerhalb des Lagers geweckt worden.

„He, du, gib mir ein Kästchen. Ich gebe dir Brot!"

Und Abrolajt hatte geantwortet: „Jib mir Brot! Ich jebe dir Kastchen!"

So kam es, dass Abrolajt eines Tages zum Lagerkommandanten beordert wurde.

„Bist du ein Künstler?"

„Najn – ich bin ejn Bauer!"

„Hast du daheim auch geschnitzt?"

„Auch jeschnitzt. Ejn Bauer muss alles können!"

„Was alles?"

„Alles mit Holz und Ejsen, mit Leder und Stoff – alles!"

„Warum warst du bei der SS?"

„Sie haben mich mitjenommen, mit dem Wagen und dem Pferd!"

„Bist du tätowiert?"

„Nejn!"

„Zeig her!"

Und der Adolf Abrolajt zog sein Hemd aus und hob die Arme. Aber da gab es keine Tätowierung seiner Blutgruppe. Auch sonst nicht am Körper. Sie hatten ihn wirklich mit seinen Pferden und einem Leiterwagen mitgenommen, von seinem Feld weg.

„Ich denk, die ham mich für ejn Russki jehalten!" hatte er zu Jacob gesagt.

Weil nun der Abrolajt *alles* konnte und der Kommandant ein Reiter war, hatte Abrolajt Lederzeug zu flicken und des Kommandanten Pferd zu pflegen.

„Die Hufe müssen auch ausjeschnitten sein!" hatte Abrolajt dem Kommandanten gezeigt. So schnitt der Gefangene dem Tier die *Hufjens* aus.

Es muss sich mit der Zeit ein Vertrauensverhältnis zwischen dem Kommandanten und seinem Reitknecht gebildet haben, ohne dass der Knecht sich dem Herrn anbiederte.

Sie saßen auf dem gestampften Boden des Lagers, als Abrolajt zu Jacob sagte: „Er will, dass wir eine Kapelle zimmern."

„Wer zimmert eine Kapelle?"

„Na du un ech!"

Welche Gespräche müssen das gewesen sein zwischen dem Herren und dem Knecht, dass da Bretter und Latten und Nägel und Schrauben neben dem nötigen Werkzeug angefahren wurden?

„Ich kann das doch gar nicht!" hatte Jacob aufbegehrt.

„Du kannst!" hatte Abrolajt genickt. „Jeder kann!"

So lernte Jacob Abrolajts Zeichnungen lesen, Maße aufzutragen, mit Säge und Hobel umzugehen. Die Balken aber schlug Abrolajt mit dem Beil so genau zu, als seien sie im Gatter gesägt. Und nebenbei tischlerte sich Abrolajt noch einen Koffer aus Holz mit selbst angefertigtem Griff und Verschluss.

„Du brauchst auch ejnen!" hatte Abrolajt gezeigt und Jacob auch einen Koffer gefertigt.

Jacob beschäftigte das Verhältnis zwischen dem wortkargen Gefangenen und dem Kommandanten.

„Wie kommt er auf eine Kapelle für das Lager?" hatte Jacob gefragt. „Haben wir einen Pfarrer unter uns?"

„Wejß nech – wir haben jesprochen!"

„Was habt ihr gesprochen?"

„Na, das jing so ähnlich:

‚Du pflegst mein Pferd wie dein eigenes. Bist du nicht mein Feind?'

‚Ich war kejnem Fejnd. Pferde sin Jeschöpfe Jottes. Mejne sin mir jenommen. Jetz hab ich ejn anderes.'

‚Es gehört dir aber nicht!'

‚Nein – muss nich!'

‚Hast du Familie?'

‚Ja – die Frau – die Kinder – die Altchens.'

‚Wo sind sie?'

‚Wejß nech! – Jott wird wissen! – Mich hat SS jenommen – dann kamen die Russkis!'

‚Glaubst du an Gott?'

‚Er bestimmt mejn Leben!'

‚Betest du?'

‚Ich spreche mit ihm!'

‚Und – nützt das?'

‚Jott is Zejt! Man muss warten. Er wird zejgen!'

‚Und wenn du deine Familie nicht wieder findest?'
‚Sie wird sejn – wo Jott es will!'
‚Und jetzt – hast du kein Heimweh?'
‚Hejmweh wird immer sejn!'
‚Hast du die Bibel gelesen?'
‚In den Winterabenden – aber nich immer!'
‚Auch Hiob?'
‚Das war ein Gerechter – ich bin ejn Bauer!'
‚Möge dir dein Gott helfen!'
‚Man wird sehen!'"

Was wird in dem Kommandanten vorgegangen sind, der jetzt Herr über ein Gefängnis und seine elenden Insassen war? Hat er seinen Knecht Adolf beobachtet, der seine Tage gleichmütig annahm, wie immer sie gegeben waren? Warum hatte er Abrolajt nach Hiob gefragt? War die Begegnung zwischen dem ostpreußischen Bauern und dem französischen Offizier eine Bestimmung Gottes?

Jedenfalls entschied der Herr über die Gefangenen, dass der Knecht Gottes, Abrolajt, der des Kommandanten Reitknecht war, seinem Gott ein Haus bauen dürfe. Und als sei das Bethaus schon in seinem Inneren fertig gewesen, so richtete es Abrolajt mit seinem Mitgefangenen Jacob auf.

„Wir arbeiteten meist schweigend", schreibt Jacob. „Adolf griff ab und an das Holz ab und rüttelte an der Festigkeit des schon Gefügten. Zwischendurch trat er zurück und nahm Augenmaß. Zu Hause, so erzählte er mir, hatte er seine Scheune und seine Ställe auch so gebaut. Die anfallenden Eisenarbeiten hatte er selbst geschmiedet. Er arbeitete wie an einem Auftrag Gottes selbst. Es gab nichts anderes, als dass dieses Haus des Herrn entstünde.

Da verglich ich mich selber mit ihm, diesem gefestigten Bauern, und ich verglich so viele andere mit ihm, die sich in Resignation aufgegeben hatten. Und ich richtete mich an Adolf Abrolajt auf, der mit Pferd und Wagen von der SS mitgenommen wurde, bevor *die Russkis* kamen, der nichts von der Familie, von Heim und Hof wusste, der aus seines Gottes Hand nahm, was ihm gereicht wurde als sein Leben. Ich frage ihn auch nach seiner Frau, nach den Kindern und den Altchens. Da zeigte er mir eine Fotografie, die wir schweigend betrachteten. Dann wandte er sich um und wischte sich die Tränen ab. Und ich konnte den Abend über auch nicht mehr sprechen."

Später lese ich: „Sie haben uns Gefangene nach Alter und Familienstand in Kategorien aufgeteilt. Ich bin Kategorie 15. Da gehören die Jungen und Ledigen hinein. Sie werden zuletzt nach Hause entlassen. Adolf gehörte zu einer niederen Kategorie und vielleicht hat auch der Kommandant etwas dazu getan. Adolf ist schon in Deutschland. Ich hoffe, dass Gott ihn seine Frau, die Kinder und die Altchens wieder finden ließ."

HEIMKEHR

Jahre nach dem Kriege wird auch Jacob aus der Gefangenschaft entlassen. Die *Gewahrsamsmächte* wechselten mit der Zeit. Bei der amerikanischen Armee geriet er in Gefangenschaft. Bei Kriegsende wird er mit vielen anderen der Gewahrsamsmacht Frankreich übergeben. Entlassen wird er aus einem englischen Lager bei Munster.

Der Zettel und Blätter bargen die Kisten viele, aber manche zeigen nur flüchtig hingeworfene Worte.

Was müssen das für Gefühle sein, durch ein bewachtes Tor in ein neues Leben gehen zu dürfen? Jacob hat den Holzkoffer Abrolajts bei sich und einen amerikanischen Seesack. Darin sind die Schätze für den Neubeginn aufgehoben.

Der Zug fährt durch die Nacht. Da sind Wagen dabei mit einem Perron. So tritt Jacob ins Freie und atmet den Fahrtwind mit dem Geschmack nach Kohle und Ruß. Bald wird er ein freier Mensch sein, wenn er die Entlassungspapiere in der Hand hat. Da gibt es nur noch den Kasernenaufenthalt für zwei Nächte. Dort gibt es Fleisch aus Büchsen zu essen. Es stammt von jungen Pferden. Nachts plagen die Wanzen die erschöpft Glücklichen. Tagsüber geht durch das Tor nach draußen, wer da nur will.

Aus einem Tanzlokal in der Nähe locken flotte Weisen und hübsche Mädchen. Die zu Entlassenden haben je 40 Deutsche Mark bekommen. Die Musiker spielen Wunschkonzert und die Mädchen erbarmen sich der nach Liebe Ausgehungerten.

Jacob steht vor dem Ballhaus. Er hört sich die Musik an. Sie ist zu verlockend. Ein Mädchen hängt sich ihm ein.

„Wie heißt du, Mädchen?"

„Ilse – und du?"

„Ich bin der Wahre Jacob! Hast du schon von ihm gehört?"

„Nein!"

„Komm – gehen wir spazieren – ich erzähle dir vom Wahren Jacob!"

Aber das Mädchen will Geld von dem Manne und der lacht nur und lässt die Frau stehen.

Er geht in den nahen Wald. Dort kneift er sich ob seiner Freiheit. Er kann in ein Tanzlokal gehen. Er kann in den Wald spazieren. Er wird morgen mit der Bahn aus Munster wegfahren. Nach dem Irgendwozuhause.

Dann sitzt er tatsächlich in einem Zug und wird von den Mitreisenden gemustert. Eine ältere Dame spricht ihn an und will, dass er erzählt. Da kommt der Schaffner. Jacob hat keine Fahrkarte. Sie kostet von Munster nach Siegen 12 Deutsche Mark. Nein, da gibt es keine Ausnahmen, auch für gerade wieder nach Hause gekommene Kriegsgefangene nicht. Du lieber Himmel, die sind doch schon fast vergessen. Also: zahlen oder durch die Bahnpolizei aus dem Zuge gewiesen werden. Jacob zahlt. Die Mitreisenden sind zum Teil empört über den Schaffner.

Aber da ist noch so ein Entlassener. Der weigert sich, eine Fahrkarte zu kaufen. Er hat außerdem kein Geld mehr. Der Schaffner wird rabiat. Jacob fragt ihn, ob es im Zuge Ungeziefer gäbe. Die Leute lachen. Der da kein Geld hat, trotzt. Da gibt Jacob dem Bahner das Fahrgeld für seinen Kameraden.

„Er hat wirklich kein Geld mehr", lächelt Jacob in die Runde. „Der hat nach sieben Jahren hinter Kasernenmauern und Stacheldraht einmal richtig gefeiert. Da ist sein Geld futsch. Der dachte sicher, er sei jetzt wirklich frei und die Heimat würde ihn gratis aufnehmen."

Der Bahner geht mit einem grünen Gesicht weiter. Die Mitreisenden sind betreten.

„Und Sie haben viel Geld?" fragte die Frau wieder, der Jacob erzählen sollte.

„Es waren vierzig Mark, Madame! Für sechsundzwanzig habe ich Fahrkarten gekauft. Die restlichen Mark muss ich wohl für schuldig gebliebene Miete bei meinem Hauswirt abliefern. Ich habe mich bei dem auch viele Jahre nicht mehr sehen lassen." Und er schaut die Frau mit blitzenden Augen an und lacht.

„Wo wollen Sie denn hin?"

„Zu den sieben Leben einer Katze!"

Draußen regnet und stürmt es. Mich schauert es im Gedanken an die Gewalt des Meeres, in dessen Ewigkeit sich Jacob verwoben hat. Welche Samen warf Jacob in seinem Leben aus? Es waren nicht die der Bitternis nach der Verwundung durch Olga. Es waren die des Erbarmens für diese armselige Welt. Was gehört dazu, so zu sein, wie Jacob lebte? Wann schon löste er sich von uns allen?

Ich habe Bogen feinen Papiers sortiert. Sie sind von einem Block getrennt worden. Die Seiten haben kein Datum, aber sie gehören in die Zeit nach Jacobs Heimkehr. Jedes Blatt ist an Plato gerichtet, die tote Geliebte, und nur wenig beschrieben. Ich lese Sätze der Schwermut an eine Liebe, die nie erlosch.

„Man hat mir geschrieben, wo ich dein Grab finden kann. Aber ich suche dich nicht im Dunkel der Tiefe. Meine Augen gehen zu dir ins Licht!"

„In einer solchen Sommernacht wie heute begegneten sich unsere Sterne!"

„Jede Liebe wird eine ewige Sehnsucht nach dir sein!"

Und so grübele ich wieder, warum sich die Liebenden diese Namen gaben, die von *Plato* und *Tasso*. Ich schlage im Lexikon nach. Wie soll ich in Tasso, dem vornehm Erzogenen, dem Juristen, Historiker, Epiker und vom Verfolgungswahn gepeinigten Menschen, dem phantasievollen, bunt und handlungsreich schreibenden Dichter, einem Irrenhausinsassen, einen sich vor der Inquisition Fürchtenden Jacob erkennen, Hans-Jacob Dagas?

Und *Plato*? Steht der Name für den Komödiendichter aus dem alten Athen? dem Zeitgenossen des Aristophanes? Wie soll ich die Philosophie Platos auf Frau von Woytag und Jacob übertragen können, wenn ich da lese: „.... die die sexuelle Sinnlichkeit ausschließende, auf geistig-psychischer Kommunikation basierende Liebe"?

Mit meinen Fragen mache ich gar Lambert nervös.

„Vielleicht", sagt er, „ist so etwas eine Flucht aus der unvollkommenen Welt dahin, wo – wie bei Plato – so viel die Rede ist von Geistigem, Sinnlichem, Wahrem, Schönem, Gutem und so fort, wenn ich mich recht erinnere. Und – sind wir nicht alle dann schon ein bisschen aus unserem

Leben ausgebüchst, wenn wir uns zur Vermummung eine Maske aufsetzten, ein Kostüm überzogen? Ach Tasso – Plato – eine Flucht nach hinten!"

Ist es eine Flucht, frage ich mich, oder ist es vielmehr ein Fortgehen aus sich selbst? Kann man sich selber verlassen? Ich erinnere mich, dass ich mich dem Milieu der Familienmagd, als die ich mir vorkam, verweigerte. Eines Tages legte ich meiner Familie einen Zettel auf den gedeckten Tisch, dass ich ein paar Tage für mich sein müsse. Ich verreiste ohne Angaben. Da hatte ich es wirklich fertig gebracht, plötzlich *auszusteigen*, wie man das heute sagt, und war auf der Suche nach mir selbst gewesen. Als ich dann zurückkam, wurde ich wie ein ersehnter Gast empfangen. Und es hatte sich auch etwas geändert: In unserem Miteinander nahmen wir uns ernster an. Doch das hat mit der Beziehung zwischen *Plato* und *Tasso* nichts gemein. Und so suche ich weiter nach dem Grund für diese *Flucht nach hinten*, wie das Lambert sagte.

JEDE LIEBE IST ANDERS

Als ich Jacobs Geschichte über Elisabeth K. lese, stehen mir die obigen Worte wieder vor Augen: „Jede Liebe wird eine ewige Sehnsucht nach dir sein!"

Da hatte es wieder eine solche Begegnung gegeben, wie uns neue Wege gewiesen werden. Dem Heimkehrer Jacob war der Eintritt in das Haus verwehrt, in dem er seine frühere Habe zu guten Händen abgestellt hatte. Fremde Soldaten wohnten und lebten dort, die ihm sogar das Zimmer zeigten, in dem er einst Koffer und Kartons zurückgelassen hatte, als er in den Krieg ziehen musste.

So stand er vor dem Gebäude, ging mit seinen Augen die Fassade ab und wirkte ratlos. Es war die Frau,. die neben ihm stehen blieb und mit einer Handbewegung auf das Gebäude zeigte.

„Die sind fort, die da wohnten. Als die Soldaten kamen, mussten die Bewohner das Haus verlassen mit dem, was jeder so tragen konnte. Manches stellten die Soldaten gar selber auf die Straße!"

„Sie stellten auch Koffer und Kartons vor das Haus", antwortet Jacob.

„Ach – Sie wussten das?" Die Frau war unsicher und wollte sich entschuldigen.

„Ich habe es mir gedacht", lächelte Jacob.

Die Frau hatte Jacob eine Adresse gegeben. War es ihre? Nach einigen Tagen jedenfalls wohnte Jacob bei einer Frau Elisabeth K. zur Untermiete. Frau K. hatte drei Kinder. Ihr Mann war vermisst gemeldet mit dem Hinweis, dass er auch in Gefangenschaft geraten sein könnte. Diese Post kam 1944 noch aus dem Osten.

Die Frau hatte über das Rote Kreuz, über Kameraden ihres Mannes, über entlassene Kriegsgefangene nachgeforscht. Da gab es auch welche, die Johannes K. in einem Lager fast an der chinesischen Grenze gesehen haben wollten.

Elisabeth K. zeigte Jacob den Schriftwechsel, den sie bislang geführt hatte. Sie wollte Gewissheit haben über den Verbleib des Vaters ihrer Kinder. Ja, sie hatte sogar versucht, über Ost-Berlin nach Moskau schreiben zu dürfen. Da bekam sie keine Antwort.

„Es gibt noch viele Gefangene im Osten", hatte Jacob sie zu trösten, ihr Hoffnung zu geben versucht.

Die drei Kinder haben Jacob wohl angestaunt. Da war plötzlich ein Mann im Hause, den sie erst nur abwartend ansahen, dem sie sich jedoch von selbst näherten, weil er nicht auf sie zuging, sondern abwartete.

Er hatte nur gesagt: „Ich bin Jacob!"

Und weil der Vater noch immer im Krieg war, wie die Mutter sich wohl vor den Fragen der Kinder rettete, sollte auch Jacob davon erzählen. Aber der spann Wundergeschichten von einem Ungeheuer, das da endlich besiegt war.

„Wenn Sie wegen der Wärme mit in der Küche sitzen möchten?" hatte die Frau gesagt, und sie war errötet dabei. Das war, als die Kinder schliefen.

„Ja", hatte Jacob geantwortet, „wir brauchen Wärme."

Zu dieser Zeit arbeitete Jacob als Hilfsarbeiter in einer Fabrik für Lichtpausmaschinen oder wie das heißt.

„Wenn Sie irgend eine Hilfe brauchen", hatte er zu Elisabeth K. gesagt, „so bin ich da!"

Da ging es jedoch hauptsächlich um die Schularbeiten der Kinder. Jacob notierte dazu: „Die kleinen Hände graben die Buchstaben ins Leben. Ich rieche wieder das Schulpapier und den geölten Fußboden von einst. In mir wächst Hoffnung, die ich weitergeben möchte."

Die Frau kommt meist müde, erschöpft von ihrem Dienst in irgendeinem Stadtwerk nach Hause.

„Wenn wir zusammen essen, dann sparen wir Geld", hatte Jacob vorgeschlagen.

So sitzen sie nach Feierabend gemeinsam um den Tisch. Es geht ruhig zu dabei.

„Es muss uns bewusst sein, dass wir nicht mehr hungern müssen", hatte Elisabeth gesagt. Die Kinder lächelten dem Manne zu und warteten nach dem Essen auf eine seiner Geschichten, wenn die Mutter das Geschirr räumte. „... dass wir nicht mehr hungern müssen ..."

Da gibt es noch den anderen Hunger, den Hunger der Sehnsucht, der gestillt werden will. Jacob und Elisabeth sitzen in der Küche. Die Kinder schlafen. Die Frau schaltet das Radio ein. Der Mann und die Frau hören leise Musik. Die Frau löscht das Licht und zieht sich einen Stuhl ans Fenster. Der Mann sitzt noch am Tische. Die Frau spricht wie durch die Scheibe ins Draußen:

„Wir brauchen Wärme – haben Sie gesagt – erzählen Sie mir auch eins Ihrer Märchen?"

Da geht der Mann zu der Frau. Er steht vor ihr und nimmt ihr Gesicht in seine Hände. Dann zieht er sie zu sich hoch und sie lehnen aneinander.

„Jede Liebe ist anders", sagt Jacob, und die Frau sucht seinen Mund. - „Jede Liebe ist anders!"

Der Mann und die Frau lassen die Kinder ihre Liebe nicht spüren. Aber die nutzen Jacob, sie beanspruchen ihn wie einen Vater, schließen ihn in ihren Kreis. Und die Kinder können die Wochenenden gar nicht erwarten, da sie alle wie eine Familie ausfliegen in ihre Freiräume. Die Mutter ist eine glückliche Frau. Jacob ist der immer ansprechbare gute und zuverlässige Freund.

„Lassen wir das so", hatte Jacob zu Elisabeth gesagt. „Der Weg ist noch nicht beendet." Er ließ offen , was er wohl meinte, aber die Frau glaubte zu verstehen.

In der Nacht, da sie in seinem Arm ruhte, da sprach er: „Ich darf der Kinder wegen nicht mehr als ihr guter Freund sein. Wenn Johannes wieder da ist, braucht er seine Zeit, sich wieder in ein anderes Leben einzufinden. Er muss auch erst seine Kinder wieder erkennen. Sie –müssen ihn erkennen – und annehmen. Und – du – wirst ihn erkennen und annehmen – müssen."

„Ja", seufzte die Frau schließlich und er spürte ihre Tränen.

Ich lese weiter:

„Ich bemühte mich, bei den Kindern das Erinnern an ihren Vater, wie schwach oder stark es immer war, wach zu halten oder zu wecken. Oft brachte ich ihn ins Gespräch, doch brauchte es nur Sekunden, dass sie mich zu ihrem Spiel, zu ihren Fragen, zu ihrem Tun forderten. Sie lebten die Gegenwart mit mir aus vollem Herzen. Mit mir schienen sie nachzuholen, was der Krieg ihnen an ihrem Vater vorenthalten hatte. Und Elisabeth? Wenn es richtig war, dass ich bei ihr und den Kindern einzog, so sah ich darin vor allem die Aufgabe, sie zu stützen und zu tragen. Ja, ich liebte sie von Herzen, und diese Liebe ist in ihrer Weise bis heute in mir geblieben, dass es im Erinnern weh tut. Es war nicht ausgeschlossen, dass Johannes K. aus einer fernen Welt zurückkehren könnte. Wir beide, Elisabeth wie ich, hatten dabei die unausgesprochene Wehmut unserer Trennung im Herzen. So lagen wir umarmt in den Nächten und beteten um eine Erlösung aus der Spannung zwischen Hoffen und Bangen für uns alle. Wenn Johannes käme, würde ich der Wanderer bleiben müssen, der ich war. Aber Elisabeth, die tapfere Elisabeth – sie stünde verzweifelt zwischen Vergangenem und Gegenwärtigem. Manchmal spürte ich, dass sie sich vor dem fürchtete, was mit der Heimkehr ihres Mannes von ihr gefordert würde."

Nun lese ich auch von den Kindern, die zu der Zeit wohl zwölf, zehn und acht oder neun Jahre alt waren. Es sind ein Mädchen und zwei Jungen. Das Mädchen heißt wie die Mutter Elisabeth. Die Buben sind Herbert und Hans, der wohl nach dem Vater genannt war. Hans ist der Jüngste der drei. Ich meine zu fühlen, dass zwischen ihm und Jacob ein solches Band bestand wie das von Jacob und Achmed. Ist das Ausdruck der Sehnsucht jeden Mannes nach dem eigenen Sohne?

Aber da fällt mir auch wieder ein, wie Jacob an anderer Stelle schrieb: „Alles ist Geschenk, mehr noch Leihgabe an uns. Es ist gut, rechtzeitig das Loslassen zu üben."

Das Loslassenmüssen war dann eine Forderung des Lebens wie eine präsentierte Rechnung ohne Zahlungsaufschub. Johannes K. stand wieder vor der Tür seines Hauses und niemand erkannte ihn. Ja, es war ein hilfloser, müder und in seiner Seele kranker Mensch, der wie bittend, wie sich entschuldigend Einlass in sein Haus erbat. Das war zu der Zeit des Tages, als Elisabeth und Jacob noch arbeiteten und die Kinder vor dem Vater standen wie vor einem geheimnisvollen Fremden.

Und ich erinnere mich der Gestalten, die da auch auf unserem Bahnhof *aus dem Zuge der Zeit* stiegen und sich staunend mit Hungeraugen umsahen. Ich erinnere mich, wie da Frauen standen und ihre Schilder hochhielten, sie den Aussteigenden entgegenstreckten. Eines habe ich noch vor Augen: *Karl Peter*, stand groß zu lesen, *Karl Peter. 2. Panz. Div. Nachr. Abt. 81* – und darunter war eine Fragezeichen gemalt. Und es war weiter gedruckt: *Wer weiß etwas?*

Mit einem solchen Schilde hat auch Elisabeth K. auf Bahnhöfen gestanden und es hoch über den Kopf gehalten. Antwort bekam sie nicht – aber ein Lächeln aus einem ausgemergelten Gesicht wurde ihr geschenkt.

Nun also war Johannes K. in sein Haus zurückgekehrt. Die Kinder und er standen, saßen sich hilflos gegenüber, bis Jacob von der Arbeit kam. Elisabeth, die Tochter, ging ihm entgegen. „Der Vater ist wieder da", sagte sie unsicher und wies in den Raum. Als Jacob ins Zimmer kam, erhob sich Johannes K. und sah ihn fragend an.

„Ich bin Hans-Jacob Dagas und der Untermieter in Ihrem Hause."

Das sagte Jacob und streckte dem Manne die Hand entgegen. Johannes nahm diese Hand zögernd und sah Jacob lange in die Augen. „Der Untermieter – so", nickte Johannes und sah sich um, als suche er eine Ecke für sich selber.

Dann kam Elisabeth, die Mutter, vom Dienst. Da war es Jacob, der vor der Tür von der Heimkehr ihres Mannes sprach.

„Johannes ist wieder zu Hause! – Elisabeth – dein Mann ist heimgekommen!"

Er nahm sie in den Arm und hielt sie. Sie stand wie starr, sah ihn mit großen Augen an.

„Er sitzt bei den Kindern", sagte Jacob.

Da löste sich die Frau wie betäubt von Jacob und ging zu den Kindern und ihrem Manne. Jacob verließ das Haus und kehrte spät zurück. In der Küche brannte noch Licht. Da saßen sie alle beieinander, die da zusammengehörten. Elisabeth, die Tochter, hatte Jacob bemerkt. Sie kam aus der Küche.

„Dein Essen, Jacob", sagte sie leise. „Dein Essen!" Und sie warf sich an den Mann und weinte.

Wie hatte Jacob weiter oben gesagt? „Ihr müsst euch wieder erkennen. Erkennen und – annehmen."

Nein, Jacob verließ das Haus nicht gleich und auch nicht wie ein Dieb zur Nacht. Sie saßen auch noch gemeinsam zu Tische. Und es geschah wohl durch Jacob, dass sich den Kindern ihrem Vater gegenüber ein Lächeln ins Gesicht stahl. Wer so spät heimkommt, ist wohl ein Fremdling, denke ich mir. So hatte Johannes bei Tische auch gefragt:

„Duzt man sich jetzt mit den Untermietern?"

Die Kinder hatten gelächelt und genickt. Die Mutter hatte eine Hand auf die ihres Mannes gelegt. „Wenn man wieder in der Wärme leben darf, ja, dann duzt man sich auch."

Als Jacob aus dem Hause K. auszog, war Elisabeth schon zum Dienst gegangen, denn Johannes war noch nicht arbeitsfähig. Die Kinder waren vor ihrem Schulgang nacheinander in Jacobs Kammer gekommen.

„Danke, Jacob – danke", hatten sie gesagt und waren leise aus dem Hause gegangen.

Da kam auch Johannes. „Du gehst fort!"

„Ja – ich bin immer auf dem Wege!"

„Wohin?"

„Ich weiß es noch nicht. Ich habe einmal gelesen, der Weg sei wichtiger als das Ziel!"

„Aber du bleibst in der Stadt?"

„Vorübergehend!"

„Liebst du Elisabeth?"

„Wie deine Kinder auch. Es war ein Begegnen in der Suche nach Brot!"

„Und wie soll ich das verstehen?"

„Dass du eine Frau hast, der der Krieg den Mann und Vater der Kinder genommen hatte. Dass du eine Frau hast, die die Jahre mit deinen Kindern in der Entbehrung durch alle Schrecknisse lebte – und in der Hoffnung auf dein Heimkommen. In der Hoffnung und Sehnsucht. Und das hat sie in allem Elend des Hungers, der Kälte, der Einsamkeit – ja, der Einsamkeit – des Zusammenbruchs für sich und eure Kinder leben müssen.

Sie war wie ein Soldat, der nicht aufgab seiner Pflichten wegen. Und ich – ich kam wie du zurück – aber mein Haus hatte keine Tür mehr für mich. Durch eine Anzeige kam ich als Untermieter in dein Haus. Und weil einer alleine teurer lebt als er es in der Gemeinschaft kann, haben wir auch zusammen gegessen. Und wir haben es zusammen warm gehabt. – Nun bist du da und die Kinder werden mit den Schularbeiten zu dir kommen. Denn ich war für sie du, der du nicht da sein konntest."

Jacob schwieg und Johannes rieb den Finger an der Tischplatte.

„Elisabeth?" fragte er.

Jacob stand auf und ging zum Fenster: „Wer so wie wir aus der Fremde kommt, kann sich keine andere Frau denken als Elisabeth."

„Ihr liebt euch also?"

„Fast wäre alle Liebe im Kriege gestorben. Als ich deinen Kindern und deiner Frau begegnete, kam das Erbarmen der Elenden zueinander. Ich liebe Elisabeth, die Mutter, und Elisabeth, die Tochter, ich liebe die Söhne Herbert und Hans. Das kurze Leben mit ihnen wird mich lange tragen. Eine solche Liebe ist noch nicht gestorben."

„Und wie siehst du mich jetzt?"

„Wir sind wieder heimgekommen, du und ich. Wir durften unser altes Leben verlassen und wurden neu geboren. Damit beginnt der Weg nach vorne. Wir wollen ihn gehen."

„Du musst sie sehr lieben!"

„Ja – sie alle!"

Jacob ist dann fortgegangen aus der Stadt von Johannes und Elisabeth K. Es wird bald nach Johannes Heimkehr gewesen sein. Doch das beschäftigt mich weniger. Meine Gedanken sind bei Elisabeth K. Ich versuche, mich in ihre Seele zu versetzen. Als Jacob in ihr Haus kam, konnte sie bald die Last teilen, die ihr zugedacht war. Die Kinder hatten den neuen Gefährten herzlich angenommen. Elisabeth konnte aus den Pflichten des Tages in die Arme der Liebe fliehen, endlich selbst wieder geborgen sein und befreit aus den Fängen des Elends.

Dann wurde eine Hoffnung, die schon keine mehr war, erfüllt. Aber der da heimkam, stand fremd und fast bittend vor dem eigenen Haus und seine Kinder begegneten ihm scheu. Der Frau aber, eben noch die Geliebte eines anderen Mannes, schenkt Gott das Erbarmen für den fast tot Geglaubten. Elisabeth, die Magd, geht in den Dienst, ihrem Gatten neue Heimat zu geben. Denn der da kam bis von der chinesischen Grenze, war ein anderer als der einst in den Krieg Befohlene.

Da erinnerte ich mich des Bruders meines Vaters, der in den Wirren der Oktoberrevolution aus dem fernen Sibirien floh. Wie lange dauerte die Flucht? Es waren viele Monate und er hat nichts erzählt. Als er vor der Tür der Eltern stand, wies ihn die Mutter vom Hause, denn sie erkannte den Sohn nicht. Aber dann sah der Sohn die Mutter an, dass sie in seinen Augen forschte. Da war auch ein Fremder eingekehrt, der noch lange nicht in seinem weichen Bett schlafen konnte. Und die Mutter erbarmte es, dass der Junge sich auf die Dielen der Kammer streckte. In die Hellhörigkeit des Hauses lauschte die Mutter seinem Schlaf und sie hörte manchmal sein Keuchen. Als er Jahre danach Dwingers Roman *Eine Armee hinter Stacheldraht* gelesen hatte, wanderte er die Nächte schlaflos in der Kammer auf und ab – auf und ab. Er erzählte nichts, Onkel Reinhold, und als ihn da jemand nach dieser Flucht fragte, antwortete er, dass ein Tier so etwas nicht ausgehalten hätte.

Und welcher Johannes war da zu seiner Frau Elisabeth und den Kindern heimgekommen wie ein Odysseus? Wie tief bewegt mich das Leben Elisabeths und das, was Jacob bei seinem Fortgang der Liebsten abforderte: „Du wirst ihn erkennen und annehmen müssen. Er muss euch, dich und die Kinder, wieder erkennen und annehmen."

Der so elend Wiedergekommene wurde gepflegt. Wie hilflos die Kinder erst auch waren: Sie lernten beherzt zu sein. Die Frau hatte vom Arzt fürsorgliche Hinweise bekommen für die Ernährung, dass der Mann sich allmählich so kräftige, wie es der Körper vertrüge.

Und das ist millionenfach vergessen, wie alle Elisabeths der Kriege die Marter des Alleinseins, des Hungers, der Bombennächte, der Verantwortung für ihre Kinder, der Verfolgung, der Flucht, die tausend Nächte der Angst und Einsamkeit zugleich, das Erbarmen und die Pflege der verkrüppelt Heimgekommenen zu tragen hatten.

Wir, die wir nun um Elisabeth und Johannes K. wissen, behalten sie in uns mit dem Wunsche, dass ihnen ein neues Glück geschenkt wurde. Vielleicht finde ich noch eine Zeile Jacobs, dass da ein neuer guter Weg gegangen wurde. Das ist meine Hoffnung, wie sie auch für Achmed und Subuida, für das Mädchen von Sansibar gilt.

JAGDKOMMANDO

„Alllarrrm! Alllarrrm!"

Der Schrei einer Trillerpfeife schrillt mir in die Ohren. Eine sich überschlagende Stimme reißt mich aus der Ferne tiefen Schlafs. Ich schrecke hoch und sinke wie tief erschöpft und erlöst zugleich auf mein Kissen zurück.

„Alllarrrm! Alllarrrm!"

Wie ich aus der weiten Traumwelt des Schlafs schreckhaft auffuhr, so wird das bei den Soldaten gewesen sein, als das Schrillen von befehlender Pfeife und fordernder Stimme in ihren Schlaf gellte.

Da warfen sie ihre Decken von sich, fuhren hastig in die Hosen und Stiefel, suchten noch schlaftrunken ihre Jacken und Mäntel, schnallten die Leder um, hingen sich die Gasmasken an, stülpten sich die stählernen Helme auf die Schädel, griffen die Gewehre aus den Ständern und rasten durch Flure und über Treppen auf den Platz vor der Unterkunft. In weniger denn fünf Minuten standen die aus dem Schlaf kamen in Reih' und Glied.

Das Jagdkommando war angetreten.

Immer wieder schreibt sich Jacob den Krieg von der Seele. Wie lange muss ein Mensch, den der Unhold Krieg in seinen Fängen hatte, sich daran schinden? Ein Leben lang? Das hatte mich bis in den Schlaf in seiner Gewalt, was Jacob von dem Jagdkommando schrieb.

Und als das Telefon schrillte, war das der Befehl für mich: „Alllarrrm!"

So fuhr ich aus einer bleiernen Schwere in den Tag. Bis in die späte Nacht hatte ich die Geschichte mehrmals gelesen. Sie gehörte zu dem Geschriebenen aus Jacobs Erinnern, das mich in meinem Zimmer auf und ab gehen ließ, wie das Onkel Reinhold damals nach der Flucht aus Sibirien tat.

Jagdkommando!

Da waren die Flieger wieder gekommen, die die Nächte über ihre Feuerzeichen vom Himmel schossen und die deutschen Städte zermalmten. Die *Flak* hatte einen der die Bombergeschwader begleitenden Jäger vom Himmel geholt. Der Pilot war aus der Maschine gesprungen, wie in den Scheinwerfern zu sehen war, und in die Nacht gefallen. Diesem feindlichen Piloten galt das Jagdkommando. Es hatte das Wild zu suchen und zu stellen. Bis in den Morgen hinein, da die Sonne ihr Licht ausbreitete, waren die Jäger auf der Pirsch. Da fanden sie den Abgesprungenen, der tot neben einem Gartenzaun lag. Der Fallschirm hatte sich nicht genügend geöffnet, so fiel der Pilot in die Ewigkeit. Nun umstanden die Jäger das stille Wild und betrachteten es. Jakob schrieb:

„Ich stand neben Eberhard Morgenstern. Wir hatten unsere Gewehre aufgestellt und es kam fast wie eine Scham über uns. Wir hatten einen Toten gejagt.

‚Er liegt neben den Blumen eines Bauerngartens', sagte Eberhard leise. Und: ‚Er hatte wohl keine Zeit mehr zum Lächeln?'

‚Nein – die hatte er wohl nicht mehr.'

Eberhard und ich hatten in einer der letzten Sommernächte im Freien auf noch von der Sonne gewärmten Steinen gesessen und über den Tod gesprochen. Über unseren eigenen Tod.

‚Ob man mit einem Lächeln auf den Lippen sterben kann?' hatte Eberhard gefragt.

Ich sah in die Sterne und zuckte mit den Schultern.

‚Wenn es nicht weh tut – vielleicht – ich weiß nicht.'

‚Oder wenn man lange genug gelebt hat?'

Wenn man lange genug gelebt hat? Ich hing der Frage nach. Dann sprach ich leise in die Dunkelheit:

‚Die Toten, die ich gesehen habe, zeigten kein Lächeln auf ihren Gesichtern. Auch kein Erstaunen, wovon ich schon las. Für mich bekamen alle, die da heimgegangen waren, ganz andere Gesichter. Bei meinem toten Vater fand ich das kleine, im Alter runzelig vergangene Gesicht seiner Mutter, also meiner Großmutter wieder. Im Tode werden wir vielleicht so wie die, von denen wir hergekommen sind.'

In die folgende Stille hinein sagte Eberhard mehr zu sich: ‚Mit dem Tode gehen wir aus uns selber fort.'

Nun lag da einer vor uns, der aus sich selber fortgegangen war oder fortgegangen wurde. Wir sahen nur einen Teil seines Gesichts. Der Flieger trug seine Pilotenkappe noch. Wir alle umstanden ihn schweigend. Ich weiß nicht mehr, wer nach seinen Papieren suchte. Da zeigte nur einer einen Ausweis mit einem Passbild in die Runde. Eine Stimme sagte, dass *der da* ein Kanadier sei und 24 Jahre alt. Dann las er noch das Geburtsdatum vor. Sein Geburtstag lag drei Tage zurück.

Wir bekamen den Befehl zum Rückmarsch und ich nahm noch einmal dieses Bild in mir auf von dem stillen Menschen in dicker Fliegerkluft und den verwirrten Seilen und Schnüren des Fallschirms, der weich und gebauscht über dem Gartenzaun hing, hinter dem eine Fülle von Sommerblumen wogte.

Am Abend saßen Eberhard und ich draußen unter der mächtigen Linde.

‚Jetzt verstehst du noch besser, warum ich nicht wieder zum Ufer der Gera gegangen bin.'

‚Ja', antworte ich, und ‚ja, es war besser so.'

Und das war die Geschichte einer kurzen Nacht, von der mir Eberhard erzählt hatte. Es war der Abend vor seiner Einberufung zum Wehrdienst, dass er noch einmal alleine durch seine Stadt ging und dabei in eine Kirche trat, aus der er Musik hörte. Er setzte sich, schloss die Augen und die Musik trug seine Seele weite Wege. Als er den Kopf hob und die Augen öffnete, begegnete er dem Blick eines Mädchens und ihre Augen blieben wie im Lächeln ineinander. Selbst als die Musik verklungen und die Menschen fortgegangen waren, konnten sie sich nicht voneinander lösen. So gingen sie gemeinsam durch die still gewordene und in der Kriegsverdunkelung liegende Stadt. Sie hielten sich an den Händen und blieben stehen. Sie wussten nichts voneinander und küssten sich. Sie lehnten sich aneinander und gingen umschlungen wie eins. Sie wohnte nahe des Flusses und sie setzten sich auf eine Bank an seinem Ufer. Und sie küssten sich immer wieder und zitterten im Begehr ihrer Körper.

‚Nein', sagte der Mann und bettete ihren Kopf in seinem Schoß.

‚Wer bist du?' fragte das Mädchen.

‚Ich bin der, der morgen in den Krieg zieht!' Er beugte sich über sie zum langen Kuss.

‚Ich bin die Sehnsucht, die bei dir bleibt, Tag und Nacht – ein ganzes Leben.'

‚Und du wirst in mir bleiben, Tag und Nacht – ein ganzes Leben.'

So brach der Morgen an mit dem fernen Pfiff einer Lokomotive.

‚Ich werde dir nachsehen bis zu deinem Hause', sagte der Soldat von morgen. ‚Ich werde hier stehen bleiben, bis du dich noch einmal umdrehst.'

Er schloss sie in seine Arme und hielt sie zärtlich, wie man ein Kind trägt. Dann löste sie sich, küsste ihn und ging. Aber sie drehte sich nicht mehr um.

So hatte es mir Eberhard erzählt.

Und nun, da wir von dem toten Flieger kamen, meinte ich Eberhard zu verstehen.

‚Wir sollten das so behalten', sagte er noch."

ADIEU, MEIN FRITZ!

Ich erzähle Berta von dieser einmaligen zarten Begegnung zweier Liebender, die ihre Sehnsucht zueinander mit in den Abschied für immer nahmen. Ich möchte wissen, wie das eine junge Frau von heute sieht und ob Jacobs Papiere mein Denken schon verändert haben.

Berta nickt und lächelt. „Eine romantische Nacht", sagt sie, „wie im Märchen. – Ich weiß nicht, ob Conny und ich damals – also beim Küssen und Händchenhalten allein wäre es bei uns nicht geblieben."

Sie strahlt mich spitzbübisch an und ich möchte sie dafür drücken.

Manchmal sitze ich ohne jedes Papier Jacobs. Dann besehe ich die beschriebenen Stapel mit einer gewissen Sattheit. Und ich sage: „Es ist gut – schweigt jetzt, ihr Zettel. Ich bin eurer müde!"

Ja, in solcher Sprache rede ich laut in die Stille meiner Wohnung. Lambert habe ich eingeladen auf ein Glas roten Weins aus Frankreich. – Ich erzähle ihm dann Träume Jacobs, als seien es meine eigenen. Lambert genießt den Wein.

„Es ist nicht gut, wenn die Träume uns ganz beherrschen", spricht er und hebt das Glas gegen das Licht, „dann fällt man in seine Sehnsucht." Das sagt Lambert, der sonst so sachliche Lambert.

Einige Tage später schon hat uns Jacob wieder im Griff. Uns: Berta und mich. Als wir Jacobs Regal etwas abrücken mussten, brachten wir die Stellage ins Wanken. Berta wollte beherzt zufassen, griff ins Leere und bald lag sie unter einem Berg von Jacobs Papieren. Sie überwand ihr Entsetzen früher als ich das meine, rappelte sich auf und öffnete das Fenster.

„Hoffentlich rieche ich jetzt nicht selber wie ein alter Koffer, der verschlossen auf dem Speicher stand", lachte sie. Und so begannen wir zu sortieren, was ich noch gar nicht gesichtet hatte.

Während ich das noch immer mit einer gewissen Scheu tat, langte Berta beherzt zu, drehte und wendete, las ein paar Zeilen und reichte mir manches mit einer fragenden Geste.

„Es gibt zu viele Abschiede bei ihm", sagt sie und wendet ein Blatt. „Lesen Sie!"

Ich greife nach einem grauen Bogen. Er ist mit einem Gedicht beschrieben, im Entwurf beschrieben, mit vielen Streichungen und Einbesserungen. Der Bogen ist eingerissen. Ich muss erst die Spreu vom Weizen scheiden und alles mehrmals fast stockend, suchend abgehen mit meinen Augen, als tasteten sie vorsichtig wie Hände in der Nacht.

„Fritz, mein Fritz!" lese ich und wünsche, ein Bild mit diesem Namen verbinden zu können. Berta sieht mich in Erwartung forschend an. Sie nickt und möchte, dass ich laut lese. Das tue ich, als müsste ich dabei in die Worte sinnen.

„Nun bist, mein Fritz, du aus der Zeit gegangen –
als dich der graue Fährmann rief
zu seinen Wassern, schwarz und tief,
aus denen ferne Rufe drangen.

Mit seinem Boote fuhrst du in die Nacht,
aus der es niemals eine Wiederkehr. –
Uns beiden gibt es keine Stunde mehr,
da wir in Sonne und den Wein gelacht.

Der Platz bleibt leer, auf dem du wie versunken
das *Weißt-du-noch* aus uns'ren Kindertagen
mit einem Lächeln in die Heutezeit getragen.
Wie aus alter Glut sprang da der Funken.

Wir saßen an dem Hang zum Kleinen Feld. –
Da sangen wir der Sehnsucht heiße Lieder.
Doch auch das Singen kehrt nicht wieder
und nicht, was wir den Winden da erzählt.

Deine Geige – wirst du drüben sie vermissen?
Du hast sie lächelnd aus der Hand gelassen. –
Ich hab' in ihren feinen Staub geblasen –
und eine Saite hab' ich leise angerissen.

Adieu, mein Fritz! Auf dich nun diesen Trank!
Dein Boot treibt fern in eine weite Zeit,
bis der Fährmann auch für mich bereit!
Adieu, mein Fritz! und einen letzten Dank!"

Es bleibt lange still zwischen Berta und mir. Jeder ist für sich einen Weg gegangen – fort aus diesem Zimmer. „Ich fröstele", schüttelt sich Berta.

Ich trete ans Fenster. Der Wind wiegt die vollen Bäume, als trüge er mächtige Wolken.

„Ich habe gelesen", sage ich in das Draußen, „dass wir so lange nicht tot sein werden, so lange sich auch nur einer an uns erinnert."

„Trotzdem ist es zum Frieren!" Berta reibt sich die Arme, wie man es selber bei Gänsehaut tut.

„Kann ich es einmal lesen – laut lesen – wie Sie eben?"

Ich bleibe am Fenster und nicke nur. Ich höre das leise Rauschen, wie die Bogen aneinander schleifen. Berta liest, wie ich ihre Stimme, ihre Seele nicht kenne. Dann ist es wieder die Stille, die kommt und bleiben will. Berta tritt neben mich und ihr Blick geht in den Himmel.

„Wo sucht man die Toten? Wo – findet – man sie?"

Ich spüre, dass sie mich von der Seite her ansieht, eine Antwort fordert.

„Weißt du", sagte ich und verfalle in ein Du des Vertrauens, „ich denke, dass ich sie immer im Erinnern finden werde. Wie soll es anders sein? Als mein Mann gestorben war, ging ich oft zu seinem Grabe. Ich weiß nicht, ob es bloß der Schmerz war, ob es die Trauer war, ob es gar ein Schuldgefühl war, das mich dahin gehen ließ, oder – ob ich Hilfe an dem Grabe suchte. Dann dachte ich in die Grube mit dem Sarge tief unten. Und ich erinnerte mich, dass wir nur einen Körper beerdigt hatten, der eine Seele barg, die zu Gott gegangen war, wieder dahin gegangen, woher sie kam. So hob ich meine Augen in den Himmel und spähte nach dem Lichtschein zwischen den Wolken. In solche Lichtlöcher sprach ich mit meinem Manne, betete ich zu Gott für ihn und mich. Ich werde meinen Mann immer im Lichte suchen."

Berta verschränkt wieder die Arme, als müsste sie sich schützen.

„Sie reden wie ein Pfarrer", sagt sie und fröstelt noch immer.

„Pfarrer, Berta, Pfarrer sind auch bloß Suchende. So jedenfalls habe ich die erlebt, mit denen ich zu tun hatte. Und – je älter sie wurden oder waren, desto besonnener kamen ihre Antworten auf meine Fragen. Ich glaube, Luther hat es gesagt oder geschrieben, dass sich jeder seinen eigenen Gott macht – und so sucht auch jeder die Toten auf seine Weise."

Berta geht zum Fenster und öffnet es einen Spalt. Draußen regnet es. Sie öffnet den Flügel ganz und atmet tief und laut ein und aus.

„Wollen Sie wirklich die Stapel alle durchblättern? Bei dem Jacob kann man doch schwermütig werden. Da muss man ja ab und zu das Fenster öffnen, damit der Wind reinbläst."

Berta faltet das graue Papier zusammen und sieht mich fragend an. Ich nicke lächelnd. Sie legt das Gedicht zu den anderen Papieren.

„Wenn er wenigstens immer das Datum dazugeschrieben hätte!"

PROVOKATION

Wir ordnen grob und räumen die Papiere in das Regal zurück. Lambert kommt dazu und scherzt mit Berta.

„Wir räumen bei den Toten auf", gibt Berta zurück und zieht die Mundwinkel ein.

Lambert nimmt Berta einen Stoß der Blätter ab und bleibt damit vor ihr stehen. „Haben Sie schon viel gelesen, Berta?"

„Na ja – was heißt schon viel. In der Schule mussten wir es ja. Und sonst – wie ich eben Lust hatte. – Am liebsten – wenn ich schon lesen soll – am liebsten lese ich von der Liebe – nicht aus Jacobs Totenreich."

Lambert lacht und schichtet die Papiere aufeinander. „Die deutsche Literatur macht es einem ja auch nicht leicht, liebe Berta. Sie ist ein großer Pflug, der immer tief schürfen muss. Und wenn also Liebe – dann sollte sie schon dramatisch sein."

„Gönnen wir uns eine Pause", nehme ich Lambert hier am Arm.

So sitzen wir bald zu dreien, hören noch immer das leise Rauschen von draußen und trinken Tee. Lambert spinnt den Faden wieder weiter. Seine Frage an mich soll wohl mehr ein Trost sein für Berta: „Schien die Sonne noch nicht in Jacobs Totenreich?"

Ich muss lachen. „Berta hatte mehrmals Pech, als ich ihr aus bestimmten Blättern vorlas. – Nein – es ist kein Totenreich, auch wenn manches wirklich an die deutsche tief pflügende Literatur erinnert."

Ich stehe auf und greife einige Blätter, die noch auf meinem Schreibtisch liegen. Berta schenkt uns Tee nach. Lambert sitzt in einer für mich spöttischen Erwartung. Das fordert Berta heraus. Sie fixiert den Mann wie ein frecher Fechter.

„Ich weiß nicht", sage ich auch, „ob das – wie man heute gerne sagt – ein Schlüsselerlebnis für Jacob war. Aber das muss ihn in ein ganz anderes Denken geschleudert haben. Ja, geschleudert. Oder er hat sich eingeschalt, war für vieles glattschalig geworden."

Ich halte die Blätter in den Händen, aus denen ich erzählen und lesen möchte. Und ich stehe noch immer zwischen Berta und Lambert. Ich hebe ihnen die Blätter entgegen:

„ICH BIN EIN SÜNDER – ICH WURDE SCHULDIG GESPROCHEN – ICH HABE GEBÜSST!"

Das lese ich laut vor und halte inne. Lambert sieht mich prüfend an und hebt die Brauen. „Fröhlichkeit versprüht das aber auch nicht", sagt er und nickt Berta zu. Die zuckt die Schultern.

„Nein", antworte ich, „Fröhlichkeit nicht. Aber hier" – und ich klopfe mit der einen Hand auf die Blätter – „hier lese ich einen wieder anderen Jacob."

„War er auch im Gefängnis?" fragt Berta.

„Warum nicht auch das?" klingt es spöttisch aus Lamberts Mund und er zischt es ein bisschen durch die Zähne. Ich setze mich zwischen beide.

„Immer wieder finde ich Blätter, die mir eine andere Fährte zu Hans-Jacob Dagas aufzeigen. Ich weiß es auch noch nicht, ob er je in einem Gefängnis war. Aber das" – ich hebe die Papiere etwas hoch – „das brachte mich auf die Idee, ob Jacob nicht mit den Mitmenschen experimentierte. Ob er sie suchte dabei – ich weiß es nicht. Vielleicht finden wir hier eine Antwort.

ICH BIN EIN SÜNDER und so weiter hatte ein Freund – es wird wohl ein Freund gewesen sein – auf ein Stück Pappkarton gekrickelt. Und dieses Schild stand – für alle zu lesen – neben dem auf einem Bürgersteig sitzenden unrasierten und halb lumpig gekleideten Jacob, der aber nicht demütig den Blick auf das Pflaster senkte oder auf die leere Konservenbettelbüchse davor. Nein, er sah herausfordernd zu den Passanten auf, er suchte förmlich ihre Augen zur Antwort."

Lambert hebt die Hand. „Das ist eine Provokation oder?"

Er sieht Berta an. Sie wirkt ratlos: „Als ein Bettler hat er sich hingesetzt – so mitten in einer Stadt – so gegen eine Mauer gelehnt – und die Menschen mit den Augen gesucht?"

„Ja", antwortete ich, „mitten in einer Stadt mit einem Dom, wie er notierte. Er beobachtete die Menschen aus dem Blickpunkt eines kleinen Kindes. Sein Freund aber, der das erbärmliche Schild gekrakelt hatte, der stand ein Stück weg, wohl auch an die Mauer gelehnt, hielt eine Zeitung zur Tarnung und prüfte die Leute aus seiner Sicht. Das haben sie drei Stunden gemacht, bis Jacob Sitzkrämpfe bekam. Dann haben sie sich davongemacht."

„Du lieber Himmel", schüttelt Berta den Kopf, „was sollte denn das Theater?"

Lambert rührt in seiner Tasse und hält sie in der Hand. „Wenn du etwas von den Menschen erfahren willst, musst du sie provozieren. Das bedeutet, dass die Leute ihre Masken ablegen sollen – hinter denen wir uns übrigens alle verbergen."

Berta schüttelt den Kopf. „Das ist unanständig. Mein Gesicht ist kein Fenster für meine Seele. Und meine Seele geht keinen was an."

Lambert lacht laut. „Das geht doch noch weiter – oder?"

Ich nickte. „Jacob und dieser Freund oder Kollege haben dann zu Hause eine Art Inventur gemacht.

Vier Begebenheiten notierte Jacob – zu einem Gedächtnisprotokoll sozusagen. Die meisten Menschen gingen vorüber, als sähen sie den auf dem Boden nicht. Manche verhielten vorher den Schritt, nestelten aus der Kleidung ein Geldstück, sahen den Bettler nur flüchtig oder gar nicht an, zielten ihre Münze in die Büchse und gingen erleichtert ihres Weges. Einer blieb stehen, der da etwas schwankte. ‚Lass' den Quatsch', sagte der, ‚wenn de neu bist. Kannste Ärger ham. – Komm zum Brunnen – hab' en guten Roten.' Er nickte und zog weiter. Eine zierliche, eine kleine und zarte Frau trat zu dem Bettler und reichte ihm ein Käsebrötchen. Sie drückte ihm noch eine große Münze in die Hand. ‚Gott schütze Sie', sagte sie leise, ‚mein Mann war auch Alkoholiker. Zuletzt hat er sich bloß noch totgelallt. Schade! Aber wenn Sie erst zu lallen anfangen, haben auch Sie es bald überstanden. In der Kleiberstraße aber ist eine Beratungsstelle. Die dort waren auch alle Alkoholiker. Aber die haben noch vor dem Lallen aufgehört. Übrigens' und hier nestelte die Frau an einem Täschchen, ‚übrigens – wenn die Alkoholiker etwa in die Hölle kommen: die haben ihre Frauen oder Männer schon hier auf der Erde. Gott schütze Sie!' Jacob sah der Frau nach und schämte sich plötzlich. Mit den Augen suchte er seinen Freund. Der sah auch der Frau nach, ging in Gedanken ein Stück mit ihr – so wirkte das. Ein kleiner Junge zog seine Mutter an der Hand zu dem Mann auf dem Pflaster. ‚Warum sitzt du hier?' fragte das Kind. – ‚Wenn da ein Hund kommt!' Die Mutter beugte sich nieder, sah dem Jungen ins Gesicht. ‚Der Mann ist müde', antwortete sie, gab dem Kinde Geld und zeigte auf die Büchse. ‚Ist das sein Sparschwein, Mama?' ‚Ja', antwortete die Frau weich, ‚das ist sein Sparschwein. Aber nun müssen wir heim zu Papa. Andere Leute wollen auch noch etwas in die Büchse stecken. Komm nur.' Sie fasste die kleine Hand und ging.

Und als die Provokation schon beendet sein sollte, da gab es plötzlich einen jungen Mann, der da kam und sagte: ‚Guten Tag, Kollege, hast du noch einen Augenblick Zeit, ja? Ich bin in einer Minute zurück!' In weniger denn einer Minute war er auch wieder zur Stelle und ...."

Hier höre ich auf zu reden und sehe Lambert und Berta an. „Wie geht das jetzt weiter?" frage ich neugierig. Berta bewegt ratlos die Hände hin und her. Lambert rührt wieder in seiner Tasse und zuckt die Schultern.

„Da kommt die Heilsarmee mit der Gitarre und singt", sagt er.

„Oder ein Mensch mit einem guten Herzen macht ein Stellenangebot – oder ein Witzbold wedelt mit einer Anzeigenseite und liest ihm Heiratsanzeigen vor, in denen erfolgreich sesshafte Unternehmer gesucht werden bei passenden Sternbildern – oder er ist ein Meinungsforscher einer Vierprozentpartei der Benzingegner. Was weiß ich."

Lambert sieht mich spöttisch an: „Ich weiß nur, dass jetzt die Katze aus dem Sack gelassen wird."

Bertas Augen wandern zwischen Lambert und mir. „Da bin ich aber gespannt."

„Gut", sage ich auch etwas spöttisch. „Der junge Mann war also gleich wieder zur Stelle. Er hatte jetzt ein Klappstühlchen dabei und hockte sich neben Jacob."

„Du lieber Himmel", schüttelt Berta den Kopf, „was soll denn das?"

„Der war vom Finanzamt", antwortet Lambert grimmig. „Der hatte die Einnahmequellen der Bettler zu kontrollieren. Und Beamte arbeiten bloß im Sitzen!"

Wir lachen alle und Berta schnupft in ihr Tuch. „Der war doch nicht vom Finanzamt – oder?"

Lambert lächelt jetzt wirklich unausstehlich. „Von – der – Kirche!" hacke ich genüsslich diese Worte. „Er war von der Kirche!"

„Und er hat sich neben den Bettler – also neben Jacob gesetzt?" Berta schüttelt den Kopf.

So falte ich die Blätter auseinander. Ich ordne sie. „Ach so", unterbreche ich mich. „Der junge Mann kam nicht nur mit einem Klappstühlchen – er hatte auch eine Gitarre dabei."

Lambert nickt: „Also doch die Heilsarmee!"

„Wir werden es sehen", antworte ich und lese Jacobs Aufzeichnungen:

„Der junge Mann setzte sich neben mich auf seinen Klappstuhl, beugte sich zur Seite, öffnete einen Kasten und entnahm ihm eine Gitarre. Er stimmte sie. Ich sah auf seine gepflegten Hände und erinnerte mich, dass er *Kollege* zu mir gesagt hatte. Er sah abwechselnd auf die Saiten und zu mir. Er nickte mir zu und lächelte. Sein Gesicht trug weiche Züge. Seine Augen blickten neugierig, sehr wach und ein wenig spöttisch. Jetzt schlug er Akkorde und lauschte ihnen prüfend nach. Leute blieben vor uns stehen. Ein Mann sagte ungeniert zu einer Frau: ‚Ein neuer Trick vom Klerus.' Er zeigte auf den jungen Mann. Erst jetzt sah ich, dass er einen Priesterkragen trug. Er schien gehört zu haben, was der Mann sprach. So nickte er ihm zu. ‚Ja', rief er und schlug einen Akkord, ‚es wird Zeit, dass sich die Kirche auf die Straße wagt.' Wieder klangen die Saiten auf. Dann erhob er sich, zeigte auf mein Schild und las laut vor: ICH BIN EIN SÜNDER – ICH WURDE SCHULDIG GESPROCHEN – ICH HABE GEBÜSST. – Dabei sah er in die Menge, riss nach jedem Satz seine Akkorde und lächelte. Es folgte eine Melodie, die mich an spanische Gitarristen erinnerte. Seine Knöchel klopften zwischendurch das Holz des Instrumentes. Er ließ die Gitarre sinken und rief: ‚Da stießen sie eine Frau in die Mitte – sie war eine Ehebrecherin – sie sollte nach dem Gesetz Moses mit Steinen getötet werden!' – Jetzt schlug er wieder die Saiten zu grellen Tönen und sah herausfordernd um sich. – ‚Du, Mann aus Nazareth, was sagst du zu dem Gesetz Moses?' – Und wieder riss er die Saiten, ging gar auf die Menschen zu, dass sie zurückwichen, kehrte zu mir zurück. ‚Der Nazarener sah sie nach der Reihe an, wie ich euch hier ansehe!' – Der Gitarrenklang schwoll wieder an. – ‚Wie ich euch hier ansehe, ja! Denn wer von euch ohne Sünde ist, der werfe den ersten Stein – der werfe den ersten Stein!' – Eine energische spanische Melodie klang wieder auf, riss plötzlich ab. Dann zeigte er auf mich: ‚Und wer von uns hier ohne Sünde ist, der verurteile diesen Sünder!' Er breite die Arme, in der einen Hand sein Instrument, und lächelte zu den Menschen. Dann setzte er sich und zupfte versunken weiche Melodien, als ginge er durch den Sommer. Es war eine Stille um den Mann mit der Gitarre und mich, den anderen Provokateur. Mein Blick suchte den Doktor mit der Zeitung."

- Hier unterbreche ich und erkläre, dass Jacob den, der das Schild gemacht hatte, den Doktor nannte. Ich vergas, das zu sagen. –

„Mein Blick suchte den Doktor. Der hatte sich unter die Leute gebracht und trieb wohl da seine Studien. Plötzlich kam Bewegung in die Menge. Sie löste sich betreten auf. Wie aber auch jeder ging, bückte er sich an mir vorbei. Schnell war die Büchse nicht nur vom Hartgeld gefüllt, so dass der junge Mann noch den offenen Gitarrenkasten nach vorn schob und nun das Geld dort klimperte oder raschelte. So verliefen sich die Menschen und alsbald saßen wir fast unbeachtet nebeneinander: der Mann, der den Sommer spielte, und ich. Doktor nickte mir zu, dass es nun Zeit sei. Ich rappelte mich mühsam auf die Beine, bückte mich nach der Büchse und kippte ihren Inhalt in den offenen Instrumentenkasten. Der *Kollege* sah mich nicht einmal erstaunt an. Er lächelte und nickte mir zu. ‚Komm' morgen wieder, Kollege', sagte er, ‚der, den wir vertreten, wurde im Elendsasyl geboren und endete am Kreuz. – Komm' morgen wieder – du hast auch mir viel gegeben.'

Ich weiß nicht, ob ich mich je in meinem Leben mehr geschämt habe als in dieser Stunde."

Hier lege ich die Papiere aus den Händen. Es ist still zwischen uns. Berta sitzt mit gefalteten Händen, ihr Blick verliert sich im Irgendwo. Lambert hat die Arme verschränkt und ruckelt sich, als müsste er sich lockern. Endlich fragt er: „Und der Doktor? – Seine Notizen?"

„Jacob hat es an den Rand geschrieben. Als sie zu Hause waren und der Doktor seine Beobachtungen bringen sollte, winkte er nur müde ab. ‚Später', soll er gesagt haben. ‚Später'."

Wir gehen auseinander. „Haben sie sich noch einmal getroffen, die Kollegen?" fragt Lambert.

„Ja, den kommenden Tag, nur saß da Jacob nicht mehr auf dem Bürgersteig. Er war wohl auch rasiert und normal gekleidet. Es ist da nur wenig geschrieben. Auch, dass der Geistliche Jacob die Bürgersteiggeschichte nicht abgenommen hatte. Er kannte den *Doktor* und wusste um dessen Experimente. Aber der Pfarrer hatte eben auch eine Blitzeingebung mit dem Hocker und der Gitarre. Ich denke, dass beide, der Doktor wie der Pfarrer, noch weiter in den Papieren zu finden sind."

DIE FALSCHE MARIA

In den Abend fällt der erste Schnee. Das Zimmerlicht flutet nach draußen. Das Erinnern an tausend Weihnachten kommt auf. Lambert bringt mir ein Rosinenbrot. Er isst es selber so gerne und beschenkt da und dort seine Freunde damit. Vielleicht ist das Brot auch bloß ein Bewerbchen. Er fragte: „Was gibt es Neues aus dem Hause Jacobs?"

„Die falsche Maria", antworte ich fast belustigt.

„Eine richtige falsche Maria, wie die richtige Maria eine richtige Maria war?"

„Ja", breite ich die Arme, „wie die richtige Maria eine richtige – die Jacobs aber eine falsche war."

„Wie hätte das bei Jacob auch anders gewesen sein können. – Gibt es noch von dem französischen Roten – zur Feier des jungfräulichen Schnees – auf die Dame des Hauses zu trinken?"

Es gibt, und in dieser stillen Stunde, da der Schnee noch immer weich fällt und das Zimmerlicht das Bild verzaubert, lese ich *Jacobs Weihnachtsgeschichte Nummer eins*!

Lambert dreht sein Glas? Wieso Nummer eins?"

„Weil ich doch die Regale voll habe mit dem, was noch zu lesen sein wird und ich nicht weiß, was alles auf mich wartet."

Ich wiederholte also und lese weiter: „Weihnachtsgeschichte Nummer eins: Die falsche Maria."

Lambert unterbricht mich wieder. „Wenn Sie die Geschichte kennen, erzählen Sie sie mir doch. Ich höre Sie gerne erzählen. Ginge das?"

„Ich will versuchen – nichts zu vergessen:

Es war also zum Ende der Adventszeit vor dem Heiligen Abend, als Jacob in einem Bäckerladen einkaufte. Neben ihm stand eine junge Frau, die da plötzlich in sich zusammensank. Wie das so geht: Man legt sie bei dem Bäcker auf ein Sofa, bringt sie wieder zu sich. Einen Arzt lehnt sie ab. Jacob erbietet sich, sie in ihre Wohnung zu begleiten. Unterwegs sagt sie ihm, dass sie keine Wohnung habe, dass ihr kalt sei. Jacob nimmt sie mit zu sich. Sie soll sich aufwärmen. Dann würde man weitersehen. Er hat nicht die Absicht, eine unbekannte Frau bei sich aufzunehmen. Sie bleibt eine Nacht in seiner Wohnung, wie das so geht mit der Couch oder dem Sofa, dem geborgten Nachtzeug und der fremden Zahnbürste. Morgens beim Frühstück muss sie brechen. Jacob ruft einen Arzt. Der kommt. Er untersucht die Frau und beruhigt Jacob, dass alles in Ordnung sei. Es sei die Schwangerschaft seiner Gattin. Ehe Jacob begriffen hat, beginnen Wehen. Der Arzt ruft noch eine Hebamme ins Haus. Da wird ein Knabe geboren, in Jacobs Bude – wie er selber notiert. Er saust noch los und kauft Dinge, die die Hebamme ihm abverlangt.

‚Sie müssen Ihren Jungen anmelden – auf dem Standesamt müssen Sie die Geburt Ihres Kindes anzeigen. Vergessen Sie Ihren Ausweis nicht. Hier ist meine Bescheinigung.'

Jacob fällt aus allen Wolken. Endlich nimmt die Hebamme die wahre Geschichte an und schüttelt den Kopf.

‚Hat die Frau denn keinen Ausweis?' Man muss nicht lange suchen und findet ihn. ‚Maria heißt sie auch noch', lächelt die Amme. ‚Da ist es ja ein Heilig-Abend-Kind. Wie bei der richtigen Maria.'

Also geht Jacob zur Geburtenanzeige, legt den Ausweis der Frau und die Bescheinigung der Hebamme vor. Einen Namen – du lieber Himmel – einen Namen muss er ja auch nennen. Aber sie haben zu Hause gar nicht darüber gesprochen. Jacob ist ratlos. Da fällt sein Blick auf einen Kalender. Er liest *Juan Ramon Jiminez*. ‚Juan ist bei uns wohl der Johannes', denkt er. Und da die Mutter des Jungen eine Maria ist, lässt er den Beamten den Namen *Johannes Marius* eintragen. Er eilt zurück, damit Mutter und Kind in einem Heim unterkommen können. Doch ist es Heilig Abend. Man muss bis nach dem Feste warten. Die Mühlen der Behörden mahlen jetzt nicht. Vor Ladenschluss kauft Jacob noch das ein, was ihm die Hebamme auftrug. Sie wird wiederkommen und sich darum kümmern, Mutter und Kind unterzubringen. Na ja – wenn sie doch eine Wohnsitzlose ist! Jacob schreibt über das Fest von einer echten Hüttenweihnacht. Er kommt sich in seinem Heim wie ein ratloser Besucher vor. Der erste Feiertag hält ihn in Trab. Er weiß nicht, wen er zur Hilfe holen kann. Die Mutter des Kindes ist aufgestanden und wackelt ganz schön. Am zweiten Feiertag eilt Jacob zum Bahnhof. Dort kann er einkaufen. Er kommt nach Hause. Maria ist fort. Johannes Marius schläft in Jacobs Bett. Jacob telefoniert mit der Hebamme. Sie nimmt sich des Jungen an und besorgt eine Pflegerin für Notfälle. Die Mutter bleibt verschwunden. Die Polizei sucht sie auch. Man hat doch durch den Ausweis ihre Personalien. Nach drei Tagen führt die Polizei eine Maria vor mit den Personalien, die Jacob mit auf dem Meldeamt hatte. Der Ausweis ist jener, den die Hebamme Jacob in die Hand gedrückt hatte. Aber er gehört eben dieser Maria, die da mit der Polizei angekommen ist und nicht der anderen Maria, die den Knaben Johannes Marius entband.

Der langen Rede kurzer Sinn ist, dass der Ausweis kurzfristig gestohlen oder ausgeliehen war und heimlich zurückgegeben oder –gesteckt wurde. Also trug Johannes Marius den Geburtsnamen der Maria, die da jetzt ratlos in der Wohnung stand, die aber die Polizei gehen ließ, weil Jacob wie auch die Hebamme bestätigten, dass sie die Mutter des Knaben nicht sei."

Jetzt hebt Lambert die Hand mit der Bitte um Unterbrechung.

„Lassen Sie mich laut denken, was ich verstanden habe: Eine Frau Maria entbindet in Jacobs Wohnung einen Knaben. Auf die Daten ihres Ausweises und die Hebammenbescheinigung hin wird Johannes Marius X amtlich registriert. Seine Mutter verschwindet. Man sucht die Frau. Man kennt ihre Personalien. Die Polizei findet Maria X und bringt sie zu Jacob. Der Ausweis stimmt zwar, aber die Dame ist nicht die Maria mit dem Kinde. Die Kindsmarie hatte den Ausweis der anderen Maria bloß an sich genommen für die Geburt. Danach verschwand sie. Johannes Marius trägt aber nun den Nachnamen der von der Polizei aufgetriebenen Maria. Und die Kindsmarie hat den Ausweis der richtigen Maria wieder zugesteckt." Lambert sieht mich fragend an.

„Ja", antworte ich, „so kann man das allmählich ins Reine bringen."

„Aber die Maria ohne Kind muss doch die falsche Maria gekannt haben! Die Kindsmarie hätte den Ausweis doch wegwerfen können. Aber sie bringt ihn zurück und niemand merkt, dass die Papiere unterwegs waren. Die beiden Frauen gehören doch ins gleiche Milieu."

Lambert hat sich aufgeregt. Plötzlich beginnt er laut zu lachen. „Gewisse Zeitungen rissen sich um so eine Geschichte. – Geht die Sache weiter?"

„Sie geht", nicke ich. „Es kommt zur Gerichtssache. Der Arzt, die Hebamme und Jacob sind als Zeugen geladen. Sie sagen übereinstimmend aus, dass die Ausweis-Maria nicht die Kindsmutter ist. Auch die Bäckersleute werden vernommen und Jacob kommt in den Verdacht, der Kindsvater zu sein. Wer auch nimmt eine blutfremde Person in sein Haus nach der Geschichte im Bäckerladen? Aber da ist ja auch noch der Standesbeamte, der da meint, Jacob habe es sehr eilig gehabt mit der Anmeldung, es sei Heilig Abend gewesen und kurz vor Dienstschluss. Jedenfalls sei der Herr Dagas so nervös gewesen, wie das alle Väter sind, die zur Anmeldung des Nachwuchses kommen. Da meldete sich die Hebamme, Frau Gütli, meine ich.

Nach ihrer Erfahrung und Menschenkenntnis habe der Herr Dagas nichts mit der Frau gemein gehabt. Und wer zusammen ein Kind habe, der sage doch nicht Sie zueinander. Jacob schließlich bietet an, dass man das Kind und auch ihn untersuche, dann würde es sich herausstellen, dass da keine Verwandtschaft bestünde. Aber bezahlen würde er das nicht. Es kommt zu Heiterkeitsausbrüchen der Zuschauer, die der Richter zwar energisch, doch auch schmunzelnd unterbricht. Bestimmte Zeitungsleute wollen sich profilieren und malen alles in der Breite aus, wie das so ist bei den sündenfreien Sittenwächtern der Nation. Schließlich hat Jacob die Sache hinter sich gebracht. Aber der Johannes Marius, dem er ja den Namen verpasst hat, lässt ihn nicht los. Jacob kümmert sich mit der Amme zusammen – sie kommt wohl von dem schrulligen Jacob nicht los – um den Jungen, dessen Leben er eine Zeit begleitet – wie weit jedoch, das weiß ich auch nicht. Jedenfalls wird Johannes adoptiert. Und damit verliert sich die Spur aus Jacobs Papieren."

Lambert lächelt weich. „Ihr Rotwein", sagt er - und ich schenke uns beiden wieder ein. Lambert hält das Glas gegen das Licht. „Er hat eine tiefe Farbe, dieser Königstrank!" Er schwenkt den Wein, nickt mir zu, hebt mir das Glas entgegen. „Auf Sie – auf Jacob – auf Johannes Marius und alle Hebammen der Welt!"

Wir trinken. Lambert nickt dem Wein Anerkennung.

„Schade", sagt er dann und ich fürchte wieder seinen Sarkasmus, „schade, dass Hans-Jacob Dagas die einmalige Sternstunde nicht begriff. Er hätte ein zweiter Josef werden können. Er tat nichts dazu und wäre doch Vater eines Sohnes von Maria – wenn auch der falschen – geworden."

Ich schüttele tadelnd den Kopf.

„Doch", beharrt Lambert, „eine solche Weihnachtsgeschichte müsste sich sogar gut verkaufen lassen. Die bringt doch das Gemüt so richtig in die Wärme. – Machen Sie doch eine schöne Sache draus."

„Nein", sage ich. „Die Geschichte klänge doch zu konstruiert."

„Wie tausend Weihnachts-Gemütsgeschichten auch, meine Liebe. Ich habe einmal von einem Spötter gehört, dass die ganze Weihnachtsgeschichte eine Konstruktion sei. Und das Kalendarium drum 'rum stimme schon gar nicht. Da sei man bei manchem so großzügig gewesen, wie das in weiterem Maße etwa im Nibelungenlied der Fall sei, in dem Leute miteinander streiten, die gar nicht zur gleichen Zeit lebten. – Na ja."

„Verrennen Sie sich nicht, Lambert", sage ich. „Die diversen Weihnachtsfeiern lassen sich nicht einmal die Atheisten nehmen."

Lambert lacht: „Wat det Volk braucht, det braucht et!"

Er trinkt sein Glas aus. „Und von der falschen Maria – ist da noch einmal die Rede – irgendwo?"

„Ich werde es Ihnen sagen, wenn sie noch einmal auftaucht."

„... DER DAS LICHT BEI SICH TRUG ...'
ODER ‚HAINE HEILIGER LÜGEN'

Mein Haus ist groß. Ich lebe alleine in den Räumen. Und ich bin alt. So kommt Berta zweimal in der Woche für die Arbeiten, wie wir sie einteilen. Als mein Mann noch lebte und öfter auch Besucher kamen, störte es mich manchmal sogar, dass da schon wieder geputzt werden sollte. Nun bei meinem Alleinsein sind es mir gar angenehme Unterbrechungen der langen Stunden, wenn Berta kommt, fröhlich und behände arbeitet und wir in der Pause eine Tasse Kaffee oder Tee trinken. Wir suchen dabei die ungezwungene Begegnung und tauschen uns *über Gott und die Welt* aus, gerade, weil wir so verschieden sind und Berta vom Alter her meine Tochter sein könnte. Damals, als Berta bei mir *einstand*, wie man hier sagt, gab sie mir zu verstehen, dass sie auch anderswo unterkommen konnte – aber ich hätte *wohl einen anderen Horizont*, wie sie mir gestand und dabei lachte.

Lambert lädt sich da und dort, also *rein zufällig*, zu einer solchen Pause ein. Einmal redete er etwas von einer gegenseitigen Therapie beim Chinatee. Ich sah Berta bloß an, die ein fast unverschämtes Lächeln um den Mund hatte.

Heute haben Berta und ich nun wieder *Therapiestunde* und schauen vergnügt nach draußen. Es hat geschneit. Berta spricht vom *Kinderschnee*. So wimmelt es von Rodlern auf den Hängen ringsum und von da lärmt es fröhlich in den Nachmittag.

„Ich muss ja nun meinen Staubsauger wieder in Bewegung setzen", seufzt Berta, bleibt aber sitzen und schielt nach Jacobs Regal. Wir haben heute noch nicht von Dagas gesprochen und ich spüre Bertas Neugier. So fragt sie auch: „Sind Sie von ihm wieder wohin entführt worden?"

„Auf einen schönen Friedhof", antworte ich fast belustigt.

„Ach nein!" wehrt Berta ab. „Keine Geschichte mit Sonne und so? – Ich könnte heute länger machen – Conny hat Spätdienst!"

Ich muss lachen, greife einen Packen der Papiere und setze mich mit dem Rücken zum Fenster, damit ich besseres Licht zum Lesen finde. Berta ruckelt herum und scheint sich auch seelisch zurechtzurücken.

„Vielleicht finden wir beide wieder eine Überschrift zu der Sache", frage ich und beginne zu lesen:

„Jordan lud mich zu einer Fototour ein. Er war für einen Kalender unterwegs, der schmiedeeiserne Arbeiten zeigen sollte. Wir fuhren zu einem Flecken, den ich noch vom Urlaub her kannte. Es gab einen sonnigen Nachmittag und Jordan zog mich zum nahen Friedhof mit dessen vielen eisernen Kreuzen. Die Gräber waren durch weiße Kiesel gefasst, um und über die Kreuze rankte die Buntheit der Sonnenblumen. Jordan ging die Grabreihen ab und hob probeweise die Kamera. Ich verlor mich in die unterschiedliche Pracht meisterlicher Eisenarbeiten, den Blumenschmuck und die Inschriften.

Da stockt eine gebückte Alte heran und grüßt mich. Sie prüft mich mit den Augen. Dann zeigt sie auf Jordan.

‚Er fotografiert Eisenarbeiten für einen Kalender', sage ich. ‚Und da sollen auch Grabkreuze zu sehen sein. Es ist also ein Kalender zur Besinnung.'

Die Alte nickt. ‚Zur Besinnung, so so.'

Ich stimme ihr zu: ‚Ein Kalender muss schön sein. Sonst wird er nicht gekauft. Er soll die Blicke auf sich ziehen.'

‚Wohl – wohl', deutet sie. ‚Es müssen schöne Kreuze sein. Von denen in den Gräbern braucht niemand etwas zu wissen.'

‚Nein, das würde nicht immer zu den schönen Bildern passen!'

Sie schaut mich prüfend an. Ich spüre, dass sie meinen Worten nachdenkt.

‚Es passt vieles nicht zueinander, ja ja! – Auf allen Friedhöfen wird gelogen. Es sind fromme Lügen, hat der Pastor gesagt. Auch hier gibt es die Lügen. Wenn Sie möchten, zeige ich Ihnen so etwas.'

Sie geht. Ich folge ihr. Vor einer mächtigen Gitterarbeit bleibt sie stehen.

‚Sehen Sie die Pracht', zeigt sie. – Ihre Hände umschreiben die großartige Ruhe- und Mahnstätte.

‚Klobert', sagt die Frau halblaut, wie der Name eingegossen ist. ‚Das hat ein Meister gefertigt', zeigt sie wieder. ‚Hier unten – ganz klein – steht sein Name. Ja, das Eisen hat ein großer Künstler geschaffen und das hat auch sein schönes Geld gekostet. Denn die Kloberts sind reich, w a r e n reich. Und das hier wird Ihr Freund sicher fotografieren für den schönen Kalender. Aber zu dem Bild wird nicht geschrieben sein, dass einer unter dem teuren Gitter des Denkmals liegt, der ein Menschenschinder und ein

Blutsauger war. Wenn der mich aus seinem Jenseits hören kann, dann wird er vernehmen, dass seine Sünden auch nicht mit den teuersten Künsten eines Schmiedes aus der Welt gehämmert und gebogen werden können. Aber, was da den Armen abgepresst wurde und ohne Recht auf den Hof kam, das vergeht jetzt durch den Enkel, der alles versäuft und verhurt. Unrecht Gut gedeihet nicht! Nein!'

Sie nickt wie zur Erkenntnis.

Sie wandert weiter zu einer Stätte mit bescheidenem Hügel und Kreuz. Sie deutet auf Kloberts Grab zurück. ‚Eher geht ein Kamel durch ein Nadelöhr, denn dass ein Reicher in den Himmel komme – so steht es geschrieben.' Sie deutet auf das einfache Eisen vor uns.

‚Elfi', seufzt sie – und wieder ‚ach Elfi! Sie machen einen Kalender. Aber ein Kreuzchen wird da wohl nicht mit 'reinkommen. Das ist eine zu armselige Sache. Das hat nur der Bub vom Hufschmied geklopft. Wenn das auf einer Fotografie beachtet werden sollte, dann müsste noch etwas dazugeschrieben sein. – Ach Elfi! Wie ist das denn im Himmel? Hat er ein Einsehen gehabt mit dir, dass du jetzt tanzen gehen kannst mit den Engeln zum Reigen? Denn wer hier auf Erden ein Krüppel war und keinen Fuß vor den andern setzen konnte und Gott trotzdem dankte für sein Dasein, der ist des Himmels, wo er seine Gebresten verliert und zur Ehre Gottes tanzt wie die Mirjam aus der Bibel oder der, der seine Krücken von sich werfen und plötzlich wieder gehen konnte. Amen.'

Die Alte nickt gen Himmel, als erwarte sie von dort eine Bestätigung ihrer Worte.

An einem Kindergrab bleibt sie stehen und nestelt ihr Tuch aus dem Rock.

‚Das ist auch kein Kreuzchen für einen Kalender. Der hier liegt, ist ganz woanders aufgeschrieben. Nicht wahr, Felix?'

Sie spricht zu dem Hügel. ‚Dich haben sie nicht gewollt, auch wenn sie dich noch nottaufen ließen. Nein, gewollt haben sie dich nicht. Aber vielleicht bist du wirklich der Glückliche, weil du denen entronnen bist? Und – nach dir ist keiner mehr gekommen. Das Haus ist stumm mit den beiden. Und das lauteste bei ihnen ist der Gang der großen Uhr. Du Kind bist oben und wirst ihnen vergeben haben. Und wenn du ihr Unglück siehst, schicke ihnen von deiner Liebe in die stille Stube – von deiner Liebe, die sie nicht verdienen. Amen.'

Sie steht und nickt und nickt. Sie schnäuzt sich. Wir gehen weiter.

Wenige Meter von Felix Grab tippt sie mit dem Stock an ein neues Kreuz. Das klingt ein wenig dumpf. Die Frau spricht wieder, als stünde ich nicht daneben. ‚Erika – Erika! Nun bist du doch vor mir gegangen. Weißt du noch um die Stunde, als wir uns schworen, wer zuerst von der Erde geht, kommt dem andern in den Traum und erzählt, wie es drüben ist? Hast du es jetzt warm in der anderen Welt? Deine Hände waren oft so kalt, blau und rissig von der Arbeit in beißendem Wind und eisigem Regen. Ich sehne mich nach dem warmen Feuer, hast du oft gesagt. Haben sie genug Holz, wo du jetzt bist? – Hier wird mir auch kalt, weil du mir fehlst. Wenn du es nur warm hast. – Und dein Kreuz, na ja, ich muss es wieder einmal abwaschen. Sie fotografieren hier auf dem Friedhof für einen Kalender. Schöne Kreuze suchen sie. Nicht die schweren Kreuze, die die Armen, die Krüppel, Kranken, Einsamen – wie das alles in der Bibel heißt – zu tragen haben. Dein Kreuz kommt auch nicht in einen Kalender. Amen.'

Die alte Frau schlägt ihr Tuch um die Schulter, als müsse sie einem Novemberwind wehren. Jetzt entdeckt sie mich wieder, zieht mich am Ärmel mit sich. Da ist ein kleiner Hügel und das Kreuz steht schief. Die Frau zeigt und ich versuche, das Kreuz aufzurichten. Es gelingt mir nur wenig. ‚Es ist in Beton gegossen', entschuldige ich mich.

‚Vielleicht nimmt er auch ein krummes Kreuz mit auf?' fragt sie mit einem Blick auf Jordan. ‚Die hier liegt, wurde mit dreißig Jahren Witwe. Den Mann erschlug ein Baum. Sie ging auf die Felder der anderen und beugte sich der Arbeit und der Erde. Wie eine Knechtsmutter tat sie das. Und ihre Kinder wurden geachtete Menschen aus der Armut heraus. Das war eine Erfüllung. Amen.'

Sie bückt sich und richtet ein Blütenblatt. Sie lächelt: ‚Die Großen der Welt?' fragt sie. ‚Wer ist vor Gott größer?' Sie schaut wieder zu Jordan. ‚Vielleicht braucht er wenigstens **ein** Foto mit einem schiefen Kreuz? – Zur Besinnung?'

Wir gehen weiter. Sie führt mich zu einem Hügel ohne Kreuz. Das Grab ist wenig gepflegt. ‚Das gäbe nur ein Bild für einen vergessenen Friedhof, wie ich das einmal mit schiefen oder schon gefallenen Kreuzen auf einem Foto sah. – Und die hier liegt – ach Himmel – da erinnert sich nur jemand, wenn er vorbeigeht. Sie ist selber aus dem Leben gegangen, die Arme. Sie hat geliebt, aber ihre Liebe wurde durch Spott und Verachtung erstickt. Wer so wie sie gedemütigt wurde, der weiß, wie das Lachen zuerst stirbt. Ach – kommen Sie!'

Ich folge ihr und sie sieht sich nach Jordan um.

‚Sagen Sie ihm, wie das hier war? Vielleicht kann er von einem anderen Winkel oder wie das heißt – es braucht doch auch 'mal was nicht so Schönes zu sein – oder? Vielleicht wirkt auch manches Kreuz erst, wenn es von hinten geknipst wird? Ach – ich verstehe nichts davon. Und ich packe hier nur Schicksale vor Ihnen aus. Wen interessiert das noch, wie einer hierher gekommen ist.

Aber hier – sehen Sie – da liegt einer, der schon in seinem Leben ein ganz Stiller war. Und das Kreuz – wie schnell das geht – es hat schon Rost angesetzt. Es müsste mit Drahtbürsten abgeschrubbt und neu gestrichen werden. Wer wird es machen? Die uralte Mina kann es nicht. Und sie hat ihn am meisten beweint. Niemand hatte sich um sie gekümmert. Aber der hier unten hatte sich täglich bei ihr gemeldet und ihr seine Hilfe gegeben. Ja, er hat sich zu ihr gesetzt und ihr vorgelesen, weil ihre Augen fast tot waren. Er hatte ihr Stunden des Lichts gegeben, wie sie sagte. Und fast niemand hat das gewusst. Erst als er verunglückte, erinnerten sich viele, dass es ihn gab. Wie gesagt, der Stille ging nicht am Hause der Einsamen und fast Blinden vorüber. Und er brachte ihr Gesellschaft und das Licht. Jedes Mal, wenn er von ihr ging, segnete sie ihn. Komm morgen wieder, sagte sie. So wartete sie auf ihn fast wie auf einen Bräutigam, der das Licht bei sich hat. Amen.'

Wir gehen die Grabreihen ab mit den Geschichten der Frau, bis Jordan zu uns tritt und grüßt.

‚Haben Sie schöne Aufnahmen gemacht?' fragt die Frau etwas verlegen.

‚Da muss ich noch abwarten', - Jordan zeigt auf die Kamera – ‚was ich hier drin' hab'. – Haben Sie meinem Freund viel erzählt?'

Ich bin verlegen. Dann sage ich: ‚Geschichten der Menschheit' und sehe der Frau in die Augen. Sie hält meinem Blick stand.

‚Ja', nickt sie, hebt den Stock zum Abschied und geht ihres Weges."

Das war der Bericht. Ich falte die Papiere zusammen und lege sie ins Regal zurück.

Berta kommt mir nach. „Was hat Hans-Jacob Dagas gesucht?" fragt sie. „Ich muss so viel denken, was er gesucht hat. Warum hat er solche Geschichten aufgeschrieben? Man kommt tagelang nicht los davon. Wer soll denn so etwas lesen?"

Es liegt Schweigen im Raum.

„Weißt du", sage ich dann und ich spreche langsam, weil ich selbst nach der Antwort suche. „Vielleicht war das alles hier" – und ich deute auf das Regal – „vielleicht war das alles gar nicht zum Lesen für andere bestimmt. Da führen Menschen ein Tagebuch, damit sie sich vom Herzen schreiben, was sie erfreut oder bedrückt, was sie schmerzt oder glücklich macht. Einem Buche vertrauen sie all das an, was kein anderer wissen soll, damit es nicht entweiht wird. Ja, entweiht. So denke ich mir das. Als junges Mädchen ..." - Hier stocke ich, als gäbe ich ein eigenes Geheimnis in fremde Hände. „Als junges Ding schrieb ich auch eine kleine Zeit Tagebuch. Ihm vertraute ich all das an, was meine Träume und Sehnsüchte, meine Begegnungen und Enttäuschungen waren. Eben alles, wovon ich zu niemanden sprechen wollte. Diese Phase haben wohl alle jungen Menschen einmal."

Berta nickt, als habe sie ähnliche Erfahrungen gesammelt.

„Ich verstehe Sie", sagt sie. „Wer so viel erlebt oder erleidet, der kann nicht alles in sich 'rumschleppen. Der schreibt es einfach aus sich raus. Ob ich das könnte – das weiß ich nicht."

Berta geht wieder ihrer Arbeit nach und meine Augen, mein Fühlen sind in eigener Art mit der jungen Frau.

Später erzähle ich Lambert die Friedhofsgeschichte.

„Das ist nicht neu", antwortet er. „Seit Adam und Eva gibt es Myriaden solcher Berichte. Sie gehören zu jedem Friedhof. Mich beeindruckt die Aussage der Frau, dass all diese stillen Orte auch die Haine heiliger Lügen sind. Aber ich denke, diese Erkenntnis ist auch uralt."

GESICHTER DER LIEBE

Wenn Berta im Hause ist, lässt sich Lambert auffällig oft zur Teepause bei uns sehen. Er sieht die junge Frau gerne, sagt ihr Komplimente und hat seine Späße mit ihr.

„Er macht mich richtig verlegen", klagt Berta mir gegenüber. „Und wenn er dabei zwinkert, weiß ich wirklich nicht, wie das gemeint ist."

„Nehmen Sie ihm doch den Wind aus den Segeln", antworte ich. „Fragen Sie zurück, wie das gemeint sei, wenn er wieder zwinkert."

Wir lachen beide.

Als wir zu dreien sitzen, erinnert Berta an Jacob und Frau von Woytag. „Plato und Tasso" sagt sie versonnen. „Was war das für eine Liebe!"

Lambert horcht auf. Ich weiß nicht, ob ich ihm von Plato und Tasso erzählte. Er ist plötzlich anders, sitzt ergeben, hat die gefalteten Hände zwischen den Knien.

„Es gibt wohl nicht nur eine Liebe in unserem Leben", antworte ich und sehe die anderen fragend an. Dann zitiere ich, was ich längst in mich aufgenommen habe.

„Wenn ich verglühe, will ich dir vergehen!"

„Ein jeder Tag mit dir – ist neues Leben!"

Wer hatte das gesagt?

„Ich geh mit deinen Füßen in den Tag! Mit deiner Stimme will ich beten!"

Wem war das geschrieben?

„Meine Liebe hüllt dich wie ein woll'ner Mantel!"

„Wie schön du, meine Liebste, bist! Meine Wange schmiegt sich deinem Busen."

Wir leben nur, wenn wir lieben!

„Es ist keine Stunde, es ist kein Augenblick, da ich dich nicht umfasse mit aller – auch der letzten – Kraft meines Leibes und meiner Seele!"

Berta hat Tränen in den Augen. Sie spricht für mich weiter: „Mein Lied erstarb – in die Sonne fiel der kalte Reif – und mein Herz gefror ..."

Die Worte klingen wohl in uns nach. Wir schweigen. Die große Uhr teilt mit ihrem Tick und Tack die Zeit.

„Lambert, gibt es nur eine Liebe im Leben?"

Der Mann schaut erst mich, dann Berta an. Er hebt die Hände und bewegt sie abwägend.

„Wenn Liebe das ist, was in Freude und auch im Wehtun in uns bleibt, dann gibt es nicht nur eine Liebe für uns. Aber jede ist so ganz anders. Lassen Sie mich von zwei Lieben sagen. Ich wurde mit noch nicht einmal 18 Jahren Soldat, weil Krieg war. Da gab es Christa. Zwischen uns war eine zarte Zuneigung gewachsen. Wir hatten uns scheu geküsst und träumten voneinander. Christa besuchte mich auch einmal in der Kaserne. Ihr Bild hing im Spind an der Innentür. Wir schrieben uns Briefe mit der Behutsamkeit der keimenden Liebe, aber auch in der Sehnsucht zueinander. In einem Kurzurlaub besuchte ich Christa auf dem Hofe ihrer Eltern. Die Jugend des Dorfes war geladen. Wir saßen zusammen in Fröhlichkeit. Ich war in einen guten Kreis aufgenommen. Es wird gegen zehn Uhr in der Nacht gewesen sein, dass wir alle schlafen gingen. Ich hatte ein schönes großes Zimmer. Es lag im Oberstock und vor dem Fenster standen mächtige Linden. Christa deckte mir noch das Bett auf. Wir küssten uns in Keuschheit. Sie ging nach unten in ihr Zimmer. Vor dem Frühstück klopfte sie an meine Tür, kam herein und küsste mich wieder für einen frohen Tag. Da war ich 18 Jahre alt. Den Abend fuhr ich zu meinen Eltern und am kommenden Tage wieder in die Kaserne. Wir schrieben uns viele Briefe. Dann musste ich in den Krieg. Unsere Post verband uns täglich. Einmal aber schrieb Christas Mutter unter einen Brief der Tochter: ‚Liebe Grüße von deiner Schwiegermutter'. Das hatte eine verheerende Wirkung auf alle meine Sinne, mein Herz und meine Seele. Ich weiß bis heute nicht, was richtig in und mit mir geschah. Ich schrieb immer weniger und im nächsten Urlaub beschenkte ich Christa mit einem Ölbild – da war ein Blumenstrauß drauf. Auf die Rückseite hatte ich gute Wünsche geschrieben und einen Dank für die herzliche Freundschaft. – Dann sprach ich noch davon, wie jung ich sei für eine Lebensbindung und ich hätte ja auch noch keinen Beruf und was da gesagt werden muss.

Wie sehr das Christa traf, konnte ich aus ihren Tränen nur erahnen. So verloren wir uns aus den Augen. Nach Jahren – ich war spät aus der Kriegsgefangenschaft gekommen und stand in einem einfachen Arbeitsverhältnis – begegneten wir uns auf einem Bahnhof. Christa hatte ein entzückendes blondes Mädchen an der Hand. Das war ihre Tochter. Wir gingen in den Wartesaal, tranken etwas und dem Kind kaufte ich eine Süßigkeit. Christa war auf einem anderen Hofe die Bäuerin geworden. Ich war noch so ledig wie zur Zeit unserer letzten Begegnung. Ich brachte die beiden zum Zuge. Wir gaben uns die Hand – aber die wollten wir nicht loslassen. In Christas Lächeln rollten ihre Tränen. Mir war elend zumute. ‚Leb wohl' – ‚Leb wohl, Gott schütze dich.' Ja, wir haben uns nie mehr gesehen. Aber da war etwas geblieben zwischen uns, was ich heute noch trage in Dankbarkeit wie auch in unerfüllter Sehnsucht. Es muss der Strom zwischen uns geblieben sein, wie er wuchs in der Zeit unserer Jugend. Vierzig Jahre nach dem Abschied auf dem Bahnhof war es, dass ich nachts aus tiefem Schlafe aufschreckte. Christa hatte meinen Namen gerufen, wie ich es schon erlebt hatte, als mein Vater starb und ich nicht bei ihm sein konnte. Mein Herz schmerzte. Christas Ruf klang lange in mir nach. Da war ich gewiss, dass

Christa auf den Tod erkrankt oder schon aus dieser Welt gegangen war. Sie hatte mich gerufen nach der Zeit eines Lebens ...

Welche Gesichter hat die Liebe? Wie tiefe Wurzeln?"

Lambert lächelt uns an. Er spricht zu Berta: „Gesichter sind wie von Madonnen oder Clowns, wie die Vielfalt aus Glück oder Elend."

„Und es tut noch weh – nach einem langen Leben – noch weh?" Berta fragt wie eine Krankenschwester.

„Weh?" Lambert überlegt. „Wie die Sehnsucht nach dem ewig Unerfüllten – ja!"

Berta hat große Augen. „War sie in der Nacht gestorben?"

„Ich weiß es nicht – gar nichts weiß ich mehr von ihr als das, was wir zusammen erlebten. Aber ich muss noch vom Tode meines Vaters erzählen. Ich wurde aus dem Urlaub durch ein Telegramm an sein Sterbebett gerufen und saß fast zwei Tage und Nächte bei ihm. Ich war erschöpft. Der Arzt meinte, der Vater würde noch nicht gehen. Also fuhr ich die wenigen Kilometer in meine Wohnung um zu schlafen, mich zu erfrischen. Aus dem kurzen Schlaf schreckte mich ein tosendes Gewitter. Nach einem gewaltigen Donnerschlag hörte ich die laute Stimme meines Vaters. Sie rief nach mir. – Bald klingelte die Nachbarin an meiner Tür. Sie hatte Telefon. Meine Mutter hatte ihr den Tod meines Vaters angesagt. Im Gewitter noch fuhr ich schluchzend und weinend mit dem Rade zu meinem toten Vater. Er musste gerade da gestorben sein, als ich seine Stimme hörte. So etwas kann nicht vergessen werden. Sie beide können sich vorstellen, was in mir vorging, als ich durch Christas Ruf aus der Tiefe des Schlafs gehoben wurde."

Lambert war aufgestanden und zog die Schultern hoch. Er atmete tief aus.

„Wissen Sie, Berta, schon vor Hamlet gab es mehr Dinge zwischen Himmel und Erde, als wir uns träumen lassen."

Die Stunde hatte uns ausgefüllt. Wir waren müde geworden dem gegenüber, was die zweite Geschichte Lamberts bringen und von uns fordern könnte. Berta raffte sich zuerst auf und ging im Nebenzimmer ihrer Arbeit nach. Lambert hatte mir die Hände auf die Schultern gelegt. Er sah mich an und sagte, dass ich eine wundervolle Frau sei.

Es war erst wieder nach einer Reise Lamberts, dass wir zusammensaßen. Berta erinnerte ihn an die zweite Erzählung, auf die wir warteten. Da lachte Lambert und sah die junge Frau fast zärtlich an.

„Diese Geschichte ist ganz anders als die mit Christa. Sie ist ein tiefes Erleben zwischen zwei alten Menschen. Vor einigen Sommern fuhr ich zur Beerdigung eines alten Freundes. Er war nach vielen Jahren seines schweren Leidens in die andere Welt gegangen. Wir waren eine kleine Gemeinde bei der Totenfeier und fanden uns danach in einem nahe gelegenen Gemeindezentrum zur Kaffeetafel ein. Mir gegenüber saßen Judith, meines verstorbenen Freundes Frau, und ihre Schwester. Ich will sie Inge nennen. Die eine war die Witwe, die von der unendlich langen Zeit aufopfernder Pflege müde geworden war und sich fast versteckte in ihrer unauffälligen dunklen Kleidung. Judith hatte in der langen schweren Zeit ein Stück von sich selber hingegeben. Ihre Schwester löste – so sah ich das – in ihrem Kleid bewusst den Tod in ein neues Leben auf. Ihr asketisch schmales Gesicht wurde in seiner Schönheit noch betont durch die straffe Frisur. In ihr Haar hatten sich graue Töne eingewoben. – Inge bezauberte ihre Umgebung, als ginge ein Licht von ihr aus, zumal sie ihre Pension oder Rente im südlichen Ausland verlebt, wo nicht nur für das Malerauge die Farben so viel intensiver leuchten. Es ist ja bei aller Feier nach einem Totenbegängnis so, dass sich die Beklemmung der Menschen allmählich löst, das Leben wieder zu seinem Recht kommt und somit das Lachen dicht bei dem Weinen liegt.

Inge und ich waren bald in ein heiteres Gespräch gekommen, wie das so möglich ist bei Menschen, die aus den Erfahrungen, Gewinnen und Verlusten zweier langer Leben schöpfen können. Nun verließen auch wir den Raum und schlenderten durch den angrenzenden Park. Ich sagte ja schon, dass sie eine fesselnde Partnerin war, und in kurzer Zeit erfassten wir uns gegenseitig so, dass ein Strom zwischen uns floss, wie eine elektrische Spannung zwischen uns stand. Wir hatten beide das Bedürfnis, uns zu berühren, es drängte sich uns auf, nahe zu sein. So disziplinierten wir uns auf eine Distanz, die uns fast den Atem nahm. Es drängte uns zueinander – und es geschah dann doch, dass wir uns bei der Hand oder am Arm hielten, um unsere gleiche Meinung an einer Sache auszudrücken. Schließlich bot ich Inge meinen Arm. Sie nahm ihn fest an sich. Ich drückte ihre Hand. Wenn wir uns durch Büsche geschützt meinten, blieben wir stehen, lehnten uns aneinander und spürten unseren Atem wie bei einer ersten Liebe. So war das. Wir mochten nicht voneinander lassen. Und doch kannten wir uns erst drei Stunden.

Inge blieb stehen, wandte sich mir zu. ‚Ich wünschte, es wäre ein unendlicher Garten zum Weitergehen, Lambert. Und Sie?'

Sie umschloss meine Hände. Da hatte ich alter Mensch weiche Knie – ja, lachen Sie nur, Berta – meine Knie gaben nach und im Halse hatte ich einen Kloß. Ich war verlegen, als ich schlucken musste und stockend antwortete: ‚Ja – das möchte ich auch.'

Inge zog mich näher zu sich. Ich spürte ihre Wärme. ‚Mit meinem Schwager ist viel Gutes auch für mich fortgegangen. Mit Ihnen, Lambert, habe ich einen verlorenen Traum, eine aufgehobene Sehnsucht gefunden. – Welch ein Tag ist das!'

Sie drehte mich auf den Weg und wir gingen zum Saale zurück. Dort brachen die letzten Gäste auf.

Judith kam auf uns zu. ‚Inge, wann brauchst du die Taxe?' fragte sie.

‚In einer halben Stunde. Der Zug fährt etwa in siebzig Minuten.'

‚Sie fahren heute wieder heim?' fragte ich.

‚Ja, ich bin schon den dritten Tag hier.'

‚Ich kann am Bahnhof vorbeifahren', bot ich mich an. ‚Er liegt doch an meinem Wege!'

Wir kehrten ins Trauerhaus zurück, holten Inges Gepäck und verstauten es in meinem Auto. Wir verabschiedeten uns von Judith und fuhren in diesen sonnigen Spätnachmittag. Ich bog in einen Feldweg ein, stieg aus, pflückte Blumen und Gräser, band einen Strauß und legte ihn auf Inges Schoß. Sie berührte meine Wange.

‚Alle Träume sind zeitlos, Lambert.'

Wir fuhren weiter, standen bald auf dem Bahnsteig. Wir lehnten aneinander. Inge nahm mein Gesicht in beide Hände. Mit den Augen forschte sie durch meine Falten und Furchen.

‚Wir sind Liebende', sagte sie leise, ‚Liebende küssen sich zum Abschied.'

Der Zug fuhr ein. Wir küssten uns, wie das Liebende beim Fortgehen tun.

Das war es."

Lambert stand auf, ging zum Fenster und schaute zum Himmel. Er hatte seine Hände auf dem Rücken verschränkt und seine Finger spielten. Berta sah ihn fragend an. Ich verneinte mit einer Kopfbewegung. Jetzt gab es nichts zu fragen.

Lambert hatte sich länger nicht sehen lassen und so forschte Berta bei mir.

„War das so, wie er das erzählt hat, das mit der jungen Christa und der älteren Inge?"

„Ich weiß das nicht, Berta. Wenn es nicht so war, dann hat Lambert uns durch ein Märchen wohl sagen wollen, wie viele Gesichter die Liebe hat. Das kann jedem von uns passieren, dass in einem unerwarteten Moment unser Blick in dem eines anderen Menschen verbleibt und wir ergriffen werden wie von einem magnetischen Strom."

„Ist es Ihnen auch schon begegnet?"

„Doch – ich denke doch. Nur war es nicht so eindringlich, wie bei Lambert und Inge. Ich müsste erst ein wenig forschen, wann das geschah – doch es ist mir begegnet."

„Aber ist das dann jedes Mal Liebe?"

„Ach, Berta, ich bin weder Jacob noch Lambert, die in ihren Worten das ausdrücken können, was sie auch sagen wollen. Als Lambert vom Tode seines Vaters, von dem Erleben mit Christa, aus der Begegnung mit Inge erzählte, fragte ich mich selber, ob das, was als Liebe bezeichnet wird, nicht auch bloß für den Augenblick die Erfüllung von Träumen oder unbestimmter Sehnsüchte ist. Was wissen wir denn, was aus einem Zusammenleben von Lambert und Christa, was aus einer Verbindung von Inge und ihrem Traummann aus dem Park geworden wäre."

Ich spürte, dass Berta nachdachte.

„Ja – was wissen wir?" fragte sie zurück. „Aber wenn einem *was ans Herz geht*, hat man so viele Wünsche. Man möchte, dass alles gut wird. – Ob sie sich denn Briefe schreiben oder wenigstens telefonieren, die beiden?"

„Ich denke, Lambert hat uns nur eine schöne Geschichte erzählt. Ob sie wahr ist? Lassen wir es bei dem, was Inge auf dem Bahnhof sagte: ‚Wir sind Liebende. Liebende küssen sich beim Abschied!'"

„Ja", nickte Berta, aber ich spürte, dass sie traurig war.

LIPPENBLÜTLERCREMEHÜTCHEN

Nun bin ich selber eine Woche in die Berge gefahren und habe mir Erzählungen Vegesacks und gelbe Bogen Jacobs – mit einem Gummi umspannt – mitgenommen. Auf dem Deckblatt las ich: *Der Professor*. Das hat mich neugierig gemacht.

Früher konnten mein Mann und ich nicht bald genug aus den Federn und in die Berge kommen, in denen unser Auge nicht müde wurde zu sehen – zu sehen! Später blieb ich auch schon mal an einem Hang zurück, suchte den Schatten einer Krüppelkiefer, setzte mich und las, bis er nach Stunden wieder zu mir kam.

Jetzt fahre ich mit dem Lift ins Irgendwo, gehe wenige Schritte ins Abseits der Ruhe und lese die Geschichten, die andere erdacht oder auch gelebt haben. Ab und an lege ich das Buch aus der Hand, drehe mich auf den Rücken und segele mit den Wolken über ewige Eis- und Schneeriesen. Manchmal krächzt ein Kolkrabe oder fern oben kreisen Lämmergeier.

So blicke ich auch heute in die Täler und weit auf die hohen Gipfel. Ich habe mir Jacobs *Professor* mitgenommen, nachdem ich in meinem Quartier darin blätterte und mich die Geschichte in ihrem flotten Fortgang fesselte. So lese ich nun:

„Ich muss entweder eine Schwäche für oder einen geheimen Bezug zu Bäckereien haben, denn in einer *Bäckerei und Conditorei* bin ich dem *Professor* wieder begegnet. Nach wie viel Jahren denn? Den Namen *Professor* hatten wir damals in der Unterprima mit Staunen und Neid zugleich

Trenk Hilpert angemessen. Trenk war der Primus im Chemieunterricht. Bollwieser, der Lehrer, und Trenk spielten sich die Bälle zu, wir anderen sahen uns fast wie Statisten. Trenk würde einmal eine Leuchte der Wissenschaft sein. Der Krieg jedoch verdunkelte auch dieses Licht zunächst. Als Trenk endlich mit leichter Blessur heimkehren konnte, stand auch er vor dem Nichts.

Doch schon auf dem Gang vom Bahnhof des Nachbarortes bis nach Hause sollte nicht mehr die Hoffnung Bollwiesers das Leben Trenks lenken, sondern eine Frau und die Liebe, wie sie energisch zugreifen kann. Auf diesem Wege aus dem Krieg traf Trenk das Mädchen Irene. Das heißt, er überholte die Frau mit seinen langen Schritten.

Bei den Kopfweiden blieb er stehen, ging ein Stück vom Wege und griff die Rinde eines so krummen Kerls. Da kam ihm das Erinnern, wie er als Kind mit dem Vater diese schlechte Straße voller Schlaglöcher gegangen war und ihnen eine Fee eine flache Kiste voller duftender Bücklinge schier vor die Füße legte.

Da war ein Lastwagen an ihnen vorbeigedonnert und hatte sie in eine Staubwolke gehüllt. In diesem Moment musste es gewesen sein, dass aus der Hintertür des Gefährts ein Paket verloren gegangen war und sich Vater und Sohn zum Aufheben angeboten hatte.

Wem zu jener Zeit verbreiteten Elends und der Arbeitslosigkeit ein solches Manna vor die Füße fiel, der stellte nur die Überlegung an, wie er das Geschenk vom Himmel eines fremden Autos nutzen könne, ohne es teilen oder gar zurückgeben zu sollen. Also hatten Vater und Sohn besagte Kiste in der Höhlung einer Kopfweide verstaut, damit man zur Nacht komme und den Schatz berge. Bis dahin sei der Fisch sicher, da die Verpackung keinen Schaden gelitten hatte. Also bei der Nacht!

Indessen haben nicht nur die Elstern auf jeder Feder ein Auge. So ein elender Mitmensch musste das Tun von Vater und Sohn an der Weide beobachtet, schließlich selber nachgesehen gehabt und die Fülle geräucherter Glückseligkeit als lachender Dritter an sich gebracht haben.

Dass ihm doch eine Gräte ...!

Ja, daran dachte Trenk, als die junge Frau bei ihm stehen blieb. Wie das nun so ist, wenn man jung und unbefangen; es kommt zu einem Gespräch. So wird der Weg zur Kurzweil, zumal Trenk dem Mädchen die Bücklingskistengeschichte erzählt und sie beide lachen.

Und da sagt die Frau: ‚Jetzt erkenne ich dich – du bist Trenk, du bist der Professor! – Trenk Hilpert!' Und sie gibt ihm die Hand.

Ja, und sie, die Frau, dieses fröhliche Mädchen, war Irene Heinemann, eine der vielen aus dem Orte mit diesem Namen.

‚Aber ich weiß doch nicht recht, wer du bist?' hatte Trenk gefragt. So kam es zu einem Ratespiel, bei dem sie ihn immer näher zum Ziele führte. Schließlich errötete der entlassene Soldat, blieb stehen und sagte bloß: ‚Lasse dich ansehen. Als ich fort musste, warst du doch gerade konfirmiert.'

Wie soll man nicht aufatmen, wenn der böse Riese Krieg selbst verblutet ist und zwei Menschen in der Sonne gehen, zumal der Heimgekommene sich wohl erinnerte, das Mädchen Irene habe ab und an bei seiner Mutter unter dem Fenster gestanden und in deren Ängste und Zweifel gelächelt: ‚Trenk wird aus dem Kriege heimkommen.' Die Mutter hatte ihm davon geschrieben.

Wie das jetzt weiterging mit den beiden?

Nun, die Zeit war noch immer ziemlich grau. Doch war da die Irene Heinemann, die sich wohl nicht erst jetzt in Trenk verguckt hatte. So war es ihm in Herz und Seele und Glieder gefahren auf dem Wege an den Kopfweiden vorbei.

Bald trafen sich die zwei nicht mehr nur heimlich und hielten sich an den Händen. Wohin so etwas führt, ist der Lauf der Welt.

Irene hatte schon gleich nach dem Kriege den ungeliebten Beruf gewechselt, in den man sie der *Kriegswichtigkeit* wegen gesteckt hatte. Jetzt befand sie sich am Ende einer Lehre als Bäcker und Konditor.

Trenk jedoch? Wer da aus westlicher Gefangenschaft in die Segnungen des Sozialismus geriet, hatte sich erst einmal *für den Frieden* zu bewähren. So sollte Trenk bei der Bahn als Schienenleger arbeiten. Aber Schienenwege sind unendlich und führen zu keinem Endbahnhof.

Das muss eines Sonntags gewesen sein, da die Lerchen in der Luft standen, der warme Wind die nackten Beine Irenes umschmeichelte und sie Trenk mit einem Grashalm über die Stirn fuhr. Bestimmt haben sie sich geküsst. Und dabei kann Irene gesagt haben:

‚Wenn du auch Bäcker und Konditor würdest, hätten wir bald ein schönes Geschäft – und wenn nicht hier bei den Sozialisten – dann anderswo auf der Welt. – Es gibt keine Bäckerei, keine Konditorei tüchtiger Leute, die ihren Mann nicht bestens ernährt.'

So ähnlich ist das wohl gewesen. – Wenn man noch addiert, dass in den Armen von Frauen schon Weltgeschichte entschieden wurde, so wird man Verständnis bekommen, dass Trenk die Augen schloss, den Grashalm auf seiner Stirn fühlte, die Hand, die ihn führte, küsste und fragte:

‚Wie schmecken eigentlich Lippenblütlercremehütchen?'

‚Lippenblütlercremehütchen?" fragte eine zärtliche Stimme zurück. ‚Lippenblütlercremehütchen schmecken so!' Ein weicher zärtlicher Mund legte sich auf den seinen.

Also lernte Trenk, der *Professor*, das Bäcker- und das Konditorenhandwerk bald von mehreren Seiten. Schwer fiel ihm das nicht, denn einmal lehrmeistert es sich in der Liebe leichter und in der Chemie gibt es noch ganz andere Verbindungen als die der Buttercreme oder des Rhabarberbaisers. Außerdem hat die Zeit der Liebe Flügel. Drum heirateten Irene Heinemann und Trenk Hilpert als Bäcker und Konditoren. Auf einem Nest hinter der Welt mieteten sie ein Geschäft, boten ihren Kunden bald feine Waren und einen Umgangston wie ein Lächeln unter gemütlichen Kopfweiden. Das sprach sich herum und die Türklinge des Geschäfts ging von Hand zu Hand. So hätte sich mit der Zeit der Traum vor allem Irenes erfüllen können.

Aber da geschah es wie im Märchen. Kalter Wind fällt in die Herzen und lässt sie erfrieren.

Der Riese Dummrian legte seine Parteienpfote über den Laden Irenes und Trenks. Er erdrückte ihn durch Wuchersteuern und Verweigerung bestellter Waren. So fiel das Lachen in die Nacht und die Blume Hoffnung verwelkte.

Was blieb es anders, als dass die Bäckersleute ihren hellen vierjährigen Buben und zwei Koffer zur Hand nahmen und in die Ferne zogen, die dem Riesen Dummrian verwehrt war?

Im neuen Land begannen die Hilperts wieder von vorne, bis man – wie ich – bei ihnen in ein gemütliches Caféhaus treten, das Aroma ausgesuchter Tees, kräftigen Kaffees, feiner Kuchen, verführerischer Torten, Schnitten und auch sonst alle süßen Herrlichkeiten der Welt genießen konnte.

Hier also traf ich Trenk Hilpert, unseren *Professor*, wieder. Bald saßen wir zusammen in dem hübschen Nebenraum, von dem aus das Café zu übersehen war, und Trenk erzählte von seinem Leben, wie es von da an seine Bahn lief, als sich zwei Menschen auf dem Heimweg unter den Kopfweiden begegneten.

Ich sah durch die Scheibe eine Dame in der Appetitlichkeit von Lippenblütlercremehütchen und feiner Eleganz, die von Tisch zu Tisch ihre Gäste begrüßte, wie ich es vorher bei einem Herrn nicht etwa in blütenreiner Bäckerschürze, sondern im dunkeln Anzug bemerkte: bei Trenk Hilpert, dem Chef des Hauses. Wir tranken einen Mocca mit feinem Cognac.

‚Die Chemie ...' begann ich eine Frage.

Doch Trenk unterbrach mich: ‚Auf die Zeit, die wir leben durften.' Wir genossen und tranken.

Trenk lachte: ‚Nein – auch kein Konditorei-Labor mehr. Das leitet längst unser Sohn. Und schau ...', Trenk drehte sich zur Seite, ‚da hängt das Bild von dem Dorfbacks, wie die Leute drüben es nannten, mit dem Irene und ich anfingen. Damals backten wir nach Feierabend Torten auf Bestellung. Das war feinste Art mit Sachen drin, die nur schwarz zu handeln waren. Oder die Tortenbesteller lieferten die Zutaten selber. Das war so ein grauer Markt. Neun Mark gab es als Arbeits- und Backlohn. Da war nichts zu verdienen, wenn nicht noch ein Trinkgeld raussprang. Aber das war ja auch vom Staat verboten. Schwamm drüber.'

Irene kam und setzte sich zu uns. ‚Wann habt ihr euch zuletzt gesehen?'

Wir rechnen laut und müssen lachen. Ich fühle mich wie geborgen in die Mitte genommen.

‚Keine Chemie mehr, Trenk?' Ich stehe auf, um mich zu verabschieden. Trenk lächelt seine Frau an.

‚Doch', nickt er und hält meine Hand, ‚Küchenchemie!'

Trenk lacht, sieht erst mich, dann seine Frau an, wie das damals gewesen sein kann, als sie des einen Sonntags in der Sonne saßen und das mit den Lippenblütlercremehütchen passierte."

Ich sitze noch lange in der Stille der Bergwelt. Erst mit der letzten Bahn gleite ich ins Tal. Ich bin voller Heiterkeit und denke an Berta, die jetzt das Haus betreut. Wenn ich heimkomme, werde ich ihr eine schöne Geschichte mitbringen.

TISCHNACHBARN

Am letzten Abend meines Urlaubs gehe ich in ein Restaurant. Ich suche Menschen, die festlich gekleidet sind, an den Tischen ringsum. Verhaltenes Summen der Gespräche, weiches Klingen von Geschirr und Gläsern, herzliche Bedienung, warmes Kerzenlicht hüllen mich ein. Ich habe es behaglich, obwohl ich für mich sitze. Es gibt Tische für nur zwei Personen. An einen solchen wurde ich gebeten. Er steht etwas zum Rande hin und auf einem Podest. Ich habe einen guten Blick über die anderen in ihrer Geselligkeit.

Da ist noch so ein Tisch neben dem meinen. Dort sitzt eine jüngere Frau für sich. Ihr Gesicht ist mir zugewandt und zeigt sich verschlossen. Las ich es bei Jacob? „Unsere Gesichter sind zuerst immer verschlossene Tore."

Fast bin ich versucht, zu der Frau zu gehen und zu fragen, ob wir nicht an einem Tisch sitzen sollten. Ich tue das nicht, muss aber immer wieder zu ihr hinsehen. Sie hat ein müdes Gesicht. Um ihren Mund mit den fest geschlossenen Lippen zuckt es. Ihre Bewegungen sind fahrig. Sie bestellt etwas mit leiser Stimme und blickt die Bedienung nur kurz an. Dann steht ein Glas vor ihr und sie berührt es nicht. Ich versuche ihrem Blick zu begegnen, sie anzulächeln. Ihre Augen gehen über alles weg, verweilen nirgends.

Ich genieße meinen Wein, mein Essen.

Ein Mann setzt sich der Frau gegenüber. Er ist massiger Statur und hat einen ziemlichen Bauch. Die beiden wechseln einige Worte. Die Frau spricht wie teilnahmslos und ihre Augen wandern wieder. Ich beobachte, wie der Mann mit der Bedienung spricht und die Frau mit einbezieht. Sie gehören zusammen, die graue Frau und der dicke Mensch. Die Bedienung geht. Die beiden schweigen sich an. Ich bin neugierig auf die Frau. Der Mann sieht nicht aus, als würde er darben. Aber sie? Was ist mit ihr? Sie wirkt so leer. Sie bekommen ihr Bestelltes. Die Frau löffelt teilnahmslos eine Suppe. Der Mann hat einen Berg von Fleisch, Kartoffeln und Gemüse vor sich. Er befriedigt seinen Bauch. Danach trinkt er Bier und Schnaps. Die beiden sprechen kein Wort zueinander. Sie schweigen sich nicht einmal an.

Mir gehen viele Fragen durch den Sinn. Sind sie verheiratet? Haben sie sich einmal geliebt? Wo sind ihre Träume geblieben? Hat sie bloß noch seinem Bauch und seinen Trieben zu leben? Was würde sie machen, wenn er jetzt vom Stuhl fiele – tot umfiele? Wie würde er reagieren, wenn sie aufstünde, an ihr Glas schlüge und in die folgende Stille riefe: „Das ist mein Mann! Wir haben uns mal geliebt! Da haben wir noch miteinander gesprochen! Da war ich noch nicht bloß der Gebrauchsgegenstand für seinen Bauch und dessen Triebe!"

Ich schaue schnell weg von den beiden, als könnten sie meine Gedanken spüren. Warum male ich mir das alles aus mit den zweien? Vielleicht ist es ganz anders? Oder ist es, dass ich so manche Frauen kenne, die von innen grau geworden sind in ihrer Ehe, und dass ich Partei für diese schmalen Dinger ergreife, die neben einem Fleischberg leben müssen? Wenn Lambert jetzt neben mir säße – oder Jacob! Ja, ich denke mir wirklich, die beiden wären meine Tischnachbarn.

„Lambert", lache ich, „sag' mal was".

Und Lambert dreht sein Rotweinglas und lächelt mich an. „Wenn ich Eheberater wäre, ginge ich an den Nebentisch zu dem dicken Mann. Ich gäbe ihm meine Karte. Ich bin Eheberater, Montag bis Freitag nach Vereinbarung. Kommen Sie doch mal vorbei, Ihre Frau ist von innen her schon ganz grau. Außerdem sollte man Leuten mit schlechten Manieren immer einmal eine hinter die Ohren geben, mein Herr. – Guten Abend! Das würde ich sagen."

Ich schüttele den Kopf und zeige Lambert meine Verwunderung. Jacob hat amüsiert zugehört. Aber auch ihn fordere ich auf zu seiner Meinung über unsere Tischnachbarn. Lambert hält sein Glas und lächelt. „Mal sehen, was da kommt", wird er denken.

„Wenn es nun anders wäre?" fragt Jacob. „Wenn der dicke Mensch nur seine eigene Hilflosigkeit in sich hineinfraß? Vielleicht war das einmal gar keine Liebesheirat, sondern es gab handfeste andere Lebensinteressen? Vielleicht war er der Zufriedene, zufrieden mit dem, was die Tage brachten. Aber sie? Steht hinter ihrer Blässe nicht eine kochende Energie, der er nicht gewachsen war? Verachtet sie ihn deswegen, weil ihm nach des Tages Pflicht das Essen und ein Glas beglücken?

Ich erinnere mich eines Nachbarn. Er war ein ansehnlicher Mann und ein tüchtiger Handwerker, der seine Sache verstand. Er heiratete eine sehr viel jüngere Frau, die er abgöttisch liebte. Er ließ ihr alles durchgehen und belächelte ihre Launen. Ihn amüsierte ihr Temperament. Es gab keine Unüberlegtheit von ihr, die er nicht verzieh, wenn sie auch sein Geld kostete. Ihrer Aktivität setzte er seine Stunden des guten Essens und Trinkens entgegen. Wonach sie strebte, weiß ich nicht. Aber sie konnte förmlich rasend werden seiner Behäbigkeit gegenüber. Sie beschimpfte ihn gar – und er lachte dazu. Schließlich wurde er auch so dick. Sie machte ihm Vorwürfe, was aus ihrem Leben hätte werden können ohne ihn. Er antwortete bloß, dass sie doch alles habe. Ich kann mir vorstellen, dass die beiden in einem solchen Lokale wie diesem nicht anders dagesessen hätten als unsere Nachbarn. Wie gesagt – wenn es nun anders wäre?"

Lieber Himmel! Was der Wein in meinen Kopf gesponnen hat. Hat Lambert so etwas nicht einmal gesagt während einer Teestunde? Las ich bei Jacob das, was mir da in den Sinn kam?

Ich bin beschwipst und in einem Zustand, da ich allen alles verzeihe: dem dicken Mann den übervollen Teller nebst seinen Bieren und Schnäpsen – der dünnen grauen Frau ihr Schweigen und ihre schmalen Lippen. Ich kichere gar in mich hinein und denke an den *Professor* bei seinen süßen und verlockenden Torten.

Es wird Zeit, dass ich gehe. Als ich bezahle, gehen auch die beiden von nebenan. Sie schreitet stolz und wie unter Verachtung der Welt durch die Tischreihen. Der Mann folgt ihr wie der Reklamehund aus der Schuhindustrie. Der Hund ist ein Hush puppy, hat hängende Ohren und so sehr traurige Augen.

In meinem Zimmer angekommen, muss ich kichern wie ein Schulmädchen in Geheimnissen. Ich lasse mich auf das Bett fallen, rede noch ein wenig zu Lambert und Jacob. Dann schlafe ich in meiner Kleidung ein. Das wäre ja was für Berta!

MARJA

Da hatte ich einen dicken Umschlag ausgeschüttet, dass die Blätter wie aus einer Wahlurne gekommen über den Tisch rutschten und sich breiteten. Die Papiere waren beschrieben in steifen Schriftzügen, als seien sie im Schatten- und Lichtspiel des Kerzenscheins über die Mitternacht entstanden. Es ist nicht die Schrift Jacobs, die ich lese. Die Blätter sind auch Kopien alter Art.

Ich will die Bogen in die Reihe bringen, kann aber die Seitenbezeichnungen nicht lesen. Es stehen keine Zahlen auf den Köpfen. Lambert muss mir helfen.

„Es sind kyrillische Buchstaben", sagt er, „und die Seitenzahlen sind als Wörter geschrieben."

Ich sehe ihn im Zweifel an. „Wozu soll das dienen?"

„Ich weiß es nicht – lesen Sie die Blätter – dann werden Sie es wohl erfahren."

Lambert legt die Blätter auf dem Tische und auf dem Boden aus. „Es ist Russisch", sagt er.

„Russisch – können Sie auch Russisch?"

„Ein bisschen – von damals noch – die Zahlen noch am besten!" Er sortiert und ich sehe ihm zu.

„Von damals noch", hat er gesagt. Ich überlege, welche Zeit er damit meint.

„Vom Kriege her", sagt er, als ob er meine Gedanken erriet.

Er legt die Bogen aufs Gesicht und wendet zum Schluss den Stapel um. Das erst unten liegende Papier ist jetzt das oberste. Lambert zeigt mit dem Finger auf den ersten Bogen.

„Hier", sagt er, „adin, das ist die Eins. Adin."

Ich spreche nach: „adin" und schreibe die Ziffer neben das Wort mit den fremden Buchstaben. Lambert legt das Papier zur Seite und zeigt auf das nächste Blatt.

„Dwa ist das, dwa, zwei! Ich weiß nicht, ob ich es ganz richtig ausspreche. So meine ich es von den Russen gehört zu haben."

Neben das Dwa schreibe ich meine Zwei. So geht das dann weiter mit tri, tschetirje, pjat, schest, sjem, wosjem, dewit, desit und so fort. Lambert erklärt mir dabei, worauf ich bei den Enden zu achten hätte. Aber ich habe das nicht behalten und mir die Zahlen von eins bis zehn so notiert, wie Lambert sie sprach. Man vergebe mir Fehler.

Als ich die fremde Schrift zu lesen beginne, befällt mich die gleiche Scheu wie die, mit der ich die ersten Bogen von Jacobs Papieren zur Hand nahm. Schon die Überschrift des ersten Bogens lässt mich ins Irgendwo denken. Mit dem Papier in der Hand suche ich nach einem Bild, von dem aus ich fortgehen, die Straße in diese Geschichte hineingehen kann.

„Marja – ewige Liebe - Marja!"

Das lese ich und suche das Band zwischen dem Manne, der das schrieb, und einer Frau, die Marja war. Noch eine Zeit versuche ich, dass der Name in mir klingt, dass er mich anrührt. Dann beginne ich zu lesen:

„Marja, du mein Brot des Lebens. Marja, mein unendlicher Tag! Welchen Weg durch die Zeit bin ich gegangen, bis ich dies aufschreibe von dir und von mir. Marja – du Kraft der Erde! Marja – du Mutter und Geliebte meiner Seele. Marja, die du mich ins Licht brachtest aus der Nacht des Todes. Marja, ich will dir ein Denkmal setzen!"

Hier halte ich ein, um mich zu sammeln, denn ich spüre, wie der Schreiber nach dem Wort für die Liebe sucht. Dann lese ich weiter:

„Mittelabschnitt – ich bin schwer verwundet worden. Ich liege zwischen Ohnmacht und kurzem Erwachen inmitten der Fronten. Ich möchte laut rufen und um mein Leben schreien. Es fehlt die Kraft. Die Nacht kommt und geht. Grauer Regen durchnässt mich. Bald liege ich in einer Lache. Es gibt keine Hoffnung mehr. Die Front wurde wohl zurückgenommen. Wir schwinden die Sinne. Mutter! Jesus!

Ich erwache in einem Raume. Ich rieche Rauch von nassem Holze. Ich bin zugedeckt und fühle meinen fast nackten Körper. Ein Gesicht beugt sich über mich und ich höre eine Stimme. ‚Da, iss', sagt sie. Ein Löffel wird zu meinem Munde geführt, ich schmecke Belebendes, Würziges. Ich habe kaum Kraft, etwas zu mir zu nehmen. Bei einer Bewegung flammt ein Schmerz wie ein Blitz durch meinen Körper. Die Ohnmacht nimmt mich in die sanften Arme. Wie lange geht das? Tage? Wochen?

Da kommt das Leben zurück. Meine Augen sehen, meine Ohren hören wieder. Ich erkenne die Stimme, die zu mir kam: ‚Da, iss!' Die Stimme gehört einer Frau. Erstmals sehe ich ihr Gesicht nicht verschwommen. Es erinnert mich an die Gesichter von Puppen in der Puppe. Ein Kopftuch umrahmt es. Das Leben, der Wind, Sonne und Arbeit haben Falten eingegraben. Die fremden Augen legen sich wie ein Lächeln in die meinen.

Ich habe Schmerzen, die jeder Pulsschlag verstärkt. Ich versuche mich umzusehen. Der Raum ist erbärmlich, weniger denn ein Stall. Auf einem steinernen Block wie ein Altar brennt ein Feuer. Mein Blick kehrt zu der Frau zurück.

‚Wo bin ich?'

‚Ich bin Marja', sagt sie im Klange eines deutschen Dialektes. ‚Ich hab' dich gefunne un uff enem Karre geholt. Uff de Erd wärste schun dot. Du hast viel Blut gehett. Ich hab' dich ussgezooche und verbunne. Die Sache han ich vergrawe. Die Papiere aach. Du bist nu Aljoscha. Sach des emo.'

Ich verstehe noch nicht ganz, aber ich sage es ihr: ‚Ich bin Aljoscha.'

‚Kannst du Russisch?" fragt Marja.

‚Ein wenig – so ein bisschen', nicke ich.

Sie nimmt meine Hand. ‚Des is gut, Aljoscha. Du kannst noch net uff die Baa stehe. Du hast noch viele blutiche Flecke. Wie du net bei Verstand gewese bist, han ich aach e Nadel genomme on dei Flaasch genäht.'

Das ist also wirklich wahr, dass mich eine Frau aus dem Schlamm zog, mich auf einen niederen Karren zerrte und sich mit mir bis in diesen Stall schindete. Sie hat mich ausgezogen, hat meine Wunden gereinigt und sie mit meinem Urin ausgebrannt, immer wieder. Sie hat mich zugedeckt, mir die Lippen gefeuchtet und den Schweiß gewischt. Sie hat Krautsude gekocht, sie mir eingeflößt und mich damit eingerieben. Sie hat eine Nadel genommen und eine große Wunde an mir zusammengenäht. Meine Wäsche und Uniform hat sie verbrannt, die Knöpfe und anderes Eisen mit meinen Papieren vergraben. Alles, auch die Fotos. Denn ich bin nun Aljoscha. Wer immer mich hier findet – es werden keine deutschen Soldaten mehr sein können. Die sind abgezogen, wenn sie noch ihr Leben behielten. Bis die Russen kommen, wieder hierher kommen werden, lebe ich mit Marja im Niemandsland in einem fast zerstörten Stall, denn das Dorf zeigt nur noch Ruinen.

‚Du bist keine Russin?' frage ich.

‚Ich bin enne Russin un ich bin enne Deitsche. Mei Mo war en Russ. Mei Leit sei vor viele viele Johrn vu Deitschland gekomme. Des waaß ma scho net meh. Aber mir hawwe aach immer Deitsch gered deham. Dann kame de deitsche Soldate. Da hawwe de Russe unsere Männer abgeholt. Immer in de Frieh sei se komme un in de Stuwe nei. De Männer hawwe se rausgetriewe un sich genomme us dene Häuser, was se wollte. Bis kei Männer meh do sei. On do mosste aach de Weiwer on de Kenn fort. Weit fort. Ka Mensch waaß vo dene. Mei Mo war en Russ. Do sei ich gebliewe – un se hawwe aach net gefrocht. Un nu hawwe se aach hier alles kaputt gemacht. Wenn Russe komme, musst du des Maul hole. Un wann se froche, wer ist der Mensch, wern ich soche, des is Aljoscha. – Un ich wern die Wunde uffdecke un sache, des hawwe de Faschiste us'm Aljoscha gemacht. Ich han 'n aus'm Dreck geholt un verbunne. Des wer'n ich saache. Un wenn mir Glick han, glawe se's. In de Eck hangt jo de Uniform vom Russ.'

‚Wo bin ich', wollte ich wissen, und das ist nun der Rest eines Stalles, in dem ich liege auf einer Stroh- oder Laubschütte.

Ich habe Zeit, unendlich viel Zeit zum Denken. Ja, mit meinen Gedanken taste ich die Wände ab, die Decke, die hölzernen Gegenstände, die Marja hierher rettete. Ich muss Geduld haben und möchte doch aufspringen, nach draußen stürmen und atmen, das Draußen atmen. Meine Augen würden mit der Sonne gehen, denn die neigt sich nach Westen. Dort bin ich daheim, dort werden sie vielleicht eine Nachricht bekommen, dass ich vermisst bin. Das wird sie stumm machen, denn die Wenigsten von denen, die vermisst gemeldet waren, kehrten ins Leben zurück.

Wo bin ich? denke ich immer wieder. Ich stelle mir eine Karte in einem Atlas vor. Ich bin eine Handspanne weg von zu Hause. Maßstab eins zur Unendlichkeit. Und die Zeit hat aufgehört zu existieren. Langsam lassen die Schmerzen nach und allmählich vermag ich mich aufzurichten. Täglich sitzt Marja neben mir und lässt mich viele Male Sätze in Russisch nachsprechen, bis sie zufrieden scheint. Sie beginnt mit Szenen von Begegnungen. Da kommt also jemand oder es kommen viele. Wer bist du? werden sie fragen. Woher kommst du? wollen sie wissen. Wie bist du hierher gekommen? Wo ist dein Haus? Vieles und vieles mehr wollen sie wissen. Täglich also weitet sich das Wort aus. Und verschmitzt gar fordert Marja zum Stottern auf. Die Menschen haben wenig Zeit, bis sich einer ausgestottert hat. Man lässt ihn bald in Ruhe und verbeißt sich das Lachen.

Wir haben gut zu essen. Verwundert frage ich Marja danach. Sie lächelt: ‚Söhnche, man muss schweige lerne wie en kalte Ofe. Wer wenig redt, lässt de Tore geschlosse.'

Sie geht für Stunden fort und bringt uns etwas zu essen mit, unter ihrem Rock versteckt. (Später erst, als ich wieder auf den Beinen bin, werde ich eingeweiht. Da war eine Transportkolonne der Deutschen aufgerieben worden, also vernichtet. Fast alle Wagen brannten aus. Einer eben nicht. Der hatte Konserven geladen. Marja hatte das zuerst entdeckt. So hatte sie nach und nach viele Büchsen und Dosen in Karnickellöchern versteckt. So weit nur die Arme reichten, drückte sie die Köstlichkeiten in die Tiefe der Erde. Es war auch in große Scheiben gepresster Tee dabei. Also ging Marja immer einmal nicht nur zum Holzsuchen fort. Wenn sie mit ihrem Bündel heimkehrte, so nestelte sie unter ihrem Rock einen Ziegenledersack hervor und entleerte ihn in tönerne Gefäße. Keine der Blechdosen beließ sie im Tageslicht. Bei ihren Karnickellöchern noch leerte sie die Dosen in den Ziegenledersack, füllte die Büchsen mit Erde und versteckte das Blech wieder im Boden. Spuren wurden verwischt.)

Wenn der Abend kam, suchten unsere Augen die Glut auf dem Steintisch. Marja erzählte auf Russisch. Satz für Satz hatte ich nachzusprechen, nachzufragen, später zu wiederholen. Dann war ich dran, von meinem Zuhause zu erzählen, von der Heimat Deutschland. Vor dem Schlafen legte mir Marja die Hand auf die Stirn. ‚Schlof, Söhnchen!'

Sie nennt mich oft *Söhnchen Aljoscha*. Manchmal hat sie dabei Tränen in den Augen.

'Warum hast du mich gerettet?' frage ich in die Nacht.

‚Uff em Kolchos hon ich geärwet – beis Viehch – on do hat mer doch kaa Viehch im Stich geloh – un du bist doch en Mensch – das is doch viel mehr wie en Viehch!'

‚Ja, ich bin mehr als ein Vieh', antworte ich. ‚Aber wenn sie kommen, hierher kommen?'‘

‚Se komme awer bei de Nacht net – schlof, Söhnchen!'

Wir sind eine weite Zeit allein. Meine Wunden sind vernarbt. Marja massiert meine Glieder und lässt mich um den Stall gehen. Das ist zuerst eine elende Quälerei. Schmerzen treten wieder auf. Marja reibt mich mit ihren Tinkturen ein.

‚Du hast mich verbunden – verpflastert', sage ich. ‚Woher hattest du die Verbände?'

‚Im Kriech gitt vieles verlore un des hebt ma uff, wo man des finne kaa!'

‚Hast du das versteckt?'

‚Ja, in de Erd in ene Blechkist – vo de Deitsche!'

‚Danke!' sagte ich. ‚Danke!'

Ohne Marja, die fast ausgebrannten Versorgungswagen und die *Blechkist vo de Deitsche* wäre ich wohl schon im Schlamm vergangen.

Aber wenn ich mich sehen könnte! Mein Haar ist lang gewachsen wie bei einem Popen, lacht Marja, und einen dichten Bart trage ich auch. In einer russischen Unterhose und dem Feldrock aus der Roten Armee trainiere ich mich um den Stall herum. Ich sehe mein Bild im Spiegel des Wassers. Gorkis Erzählung von seinem Großvater fällt mir ein. Der giftete auch in Unterhosen auf dem Hühnerhof vor allem gegen die Frauen. Wie ihn Gorki beschrieb, so sehe ich aus. Die Verwundung hat mich abmagern lassen.

Manchmal liege ich in der Dunkelheit wach, dann sehe ich mich selbst mit dem Leidensgesicht des Mannes von Nazareth. Marja schläft tief und ihr Atem strömt. Gefühle der Zärtlichkeit überkommen mich.

‚Wie alt bis du, Marja', hatte ich gefragt.

Sie hatte gelächelt und das gelöste Haar geflochten. Sie hätte mich *uff de Welt bringe könne*, sagte sie.

Sie hatte meinen nackten, wunden und verschlammten Körper gereinigt und gepflegt. Sie hatte mich die vielen Male aufgedeckt, eingerieben und massiert. Sie hatte meine Notdurft aufgefangen und weggebracht. Mit meinem Urin hatte sie die Wunden gebrannt.

‚Ma lässt doch net amol a Viehch im Dreck leie!'

‚Marja', sage ich, ‚Mutter Gottes!'

So lange das Wetter es zulässt, gehen wir jeden Abend ein Stück in die Nacht. Marja hält meinen Arm und ich muss anfangs die Schritte zählen. Bei jedem folgenden Gang müssen es mehr und mehr werden. Ich spüre die Wärme ihrer Hände, ich bleibe stehen und lehne mich an sie. Da löst sich mein Weinen. Ich schluchze, dass meine Tränen über ihren Hals rinnen. Marja tröstet mit weichen russischen Lauten. Sie fährt mit der Hand über mein Gesicht und streicht mir Bart und Haar.

‚Söhnchen', flüstert sie, ‚Söhnchen!'

Zu Hause nimmt sie mich in die Arme, bettet mich wie ein Kind, legt sich zu mir und singt mich in den Schlaf.

So tief war ich in diesem Schlaf fortgegangen, dass ich nichts hörte, als die Tür aufquietschte und Männer eindrangen. Marja hatte wohl den Finger auf die Lippen gelegt, hatte die Besucher an mein Langer gewunken, hatte mich aufgedeckt, dass sie meine roten Narben sahen und ihnen wohl das gesagt von Aljoscha, wie ihn die Faschisten zugerichtet hatten, diese Brut.

Da erwachte ich und hatte einen Schwächeanfall. So geschah es von ganz alleine und ohne Verstellung, dass ich zu stottern anfing in meinem Russisch. Da lachten sie wirklich. Einer warf mir eine Zigarette auf den nackten Leib und ein anderer tat es ihm nach. Marja hieß mich anziehen und bald stand ich auf wackeligen Beinen vor den Leuten wie das Häufchen Elend in Unterhosen und Uniformjacke mit den Haaren wie ein Pope.

‚Er muss an die Luft gehen, Genossen', lachte Marja, ‚das wird ihm gut tun. Aljoscha – geh schon – versuch es!'

Da wankte ich hinaus, dem Wäldchen mit den Karnickellöchern zu. Erst spät kehrte ich zurück. Die Nacht war schon eingefallen. Ich tastete mich in die Dunkelheit des Stalles und sah allmählich die Umrisse der Liegenden. Auf meinem Lager hatte einer der Männer Marja umschlungen. Er lag halb auf ihr und war eingeschlafen. Ich kroch in eine Ecke, lehnte mich an modrig riechendes Holz und versuchte zu schlafen.

In das Morgengrauen hinein gähnten sich die Männer wach. Der neben Marja schüttelte sie. Marja stand auf und bereitete einen Tee. Den hatten die Männer mitgebracht. Auch sonst hatten sie Brot und Speck ausgepackt. Der mit Marja schlief, war wohl der Anführer. Er hatte das Sagen. Er wandte sich mir zu:

‚Aljoscha, ich werde dich holen lassen. Ich schicke ein Auto. Dann kommst du zum Arzt.'

Ich quälte mir ein Lächeln ab und stotterte meinen Dank. Marja aber küsste den Mann und setzte sich ihm auf den Schoß.

‚Dann kommen ja zwei Maschinchen', sagte sie lachend. ‚Da war vorgestern ein Genosse Major hier, der will Aljoscha auch zum Doktor bringen. Aber **ein** Autochen genügt doch für Aljoscha, er hat nicht einmal acht Pud über den Füßen.' (Ein Pud = 16 Pfd. = 8 kg).

Die Männer lachten, kauten den Speck und schlürften den Tee. Der harte Zucker ging reihum. Jeder biss davon, behielt ihn im Munde und schmatzte den Tee darüber. Als sie sich aufmachten, griff der Anführer in Marjas Zöpfe, küsste sie heftig auf den Mund und fasste ihren Hintern. Marja umschlang ihn und schloss die Augen.

‚Ich komme wieder', flüsterte der Mann erregt.

‚Bau mir mein Haus wieder auf, Milka', lachte die Frau.

Die Männer gingen. Reste von ihrem Brot und Speck lagen auf einem Brett. Plötzliche Stille lag wie Blei im Raum. Mir wurde übel. Ich musste brechen.

Marja war erschöpft. Sie hatte die Zähne zusammengebissen und die Lippen wie im Schmerz geöffnet. Sie griff nach einem hölzernen Becher, trank daraus und reichte ihn mir.

‚Trink', sagte sie müde. ‚Ich werd' mich wasche.' Ich nahm einen Schluck von dem bitteren Sud und mir wurde besser.

Zum Fluss brauchte es eine halbe Stunde. So folgte ich Marja und sah sie nackt am Ufer. Wie wollüstig warf sie sich mit einem Schrei ins Wasser, als müsse sie ihren Körper peitschen. Sie gurgelte und spie, ließ sich tief sinken und schoss wieder auf. Sie sah mich und badete weiter, als gäbe es mich nicht. Sie stieg aus dem kalten Nass, schüttelte das Haar locker und rieb sich mit ihrem Hemd ab. Ihre Haut leuchtete wie ein Feuer. Sie zog sich an und ging zurück. Ich folge ihr, überwältigt von ihrer Kraft.

Im Stalle hatte sie Holz nachgelegt. Die Flamme sprang auf. Marja schüttelte das Haar erneut und trocknete es an der Wärme. Ich hatte noch nie eine Frau in solcher Anmut gesehen. Warum hatte sie mit diesem Kerl geschlafen? Wir sprachen nicht und aßen schweigend am Feuer. Es verlosch und Marja deckte die Glut mit Asche für den Morgen. Wir lagen und der Schlaf kam nicht.

Dann hörte ich Marjas Stimme, als ob sie nicht für mich redete. Sie sprach Russisch:

‚Es macht den Banditen gar nichts aus, nacheinander eine Frau zu schänden, einer nach dem andern, immer wieder, die ganze Nacht – denn sie sind ein Vieh – die Frau zu schänden, ihr ein Messer in den Leib zu rammen und sie draußen verrecken zu lassen. Das macht ihnen gar nichts aus, auch wenn sie zu Hause ihre Weiber und Kinder haben. Da kann die Frau nur klug sein und sich den Stärksten in den Schoß ziehen, immer wieder, bis das Tier erschlafft auf dem Weibe einschläft. Die andern? Sie stehen dabei, die Hengste, und befriedigen sich selber. Immer noch einmal. Aber so ist nur **ein** Vieh über dich gegangen und du lebst noch. – Die geöffneten Schenkel der Frau können ihre Rettung sein – ihre und die vom Söhnchen.'

Marja schwieg. Langsam stand ich auf und tastete mich zu ihrem Lager. Ich kniete nieder und legte meinen Mund auf ihre Stirn.

‚Marja', stammelte ich – und ‚Heilige Maria, Mutter Gottes!'

Der Krieg! Wo war er hingegangen? Ich zog ein Bein nach, aber ich wurde kräftiger. Wir stöberten in den Ruinen des Dorfes nach Brauchbarem für unser Leben. Wenn ich etwas auflas, um es mit in den Stall zu nehmen, suchte ich in Gedanken die Menschen, denen es gedient hatte, bis die Männer abgeholt und dabei schon zum Tode verurteilt waren – bis die Greise, die Frauen, die Kinder die unmenschliche Reise ins Irgendwo anzutreten hatten.

‚Denk an de Winter', sagte Marja, ‚woas vo dene hiergebliewe is, des kenne mir fier unser Lewe brauche.'

So schleppten wir Hölzer zum Stall, hieben sie zurecht, passten sie ein, dichteten Risse und Löcher in Dach und Wänden mit Lehm und Binsen gegen die Nässe und Kälte von draußen. Wir sammelten alles, was brennbar war für unser Feuer. Wir schichteten und packten es unweit vom Stalle und deckten es mit Rindenstücken, die wir mit Erde beschwerten. Wir trugen noch ein, was die verwilderten Gärten und der Wald an Beeren, Kraut und längst geschossenen Zwiebeln schenkten. Wir trugen auf dem Heimweg vom Walde bei den Karnickellöchern Büchsen und Dosen auf dem Leibe, die wir in einer Stallecke in eine Grube senkten und mit Gerümpel bedeckten.

Ich zeigte Marja wortlos meine Lumpen. Sie lachte, sortierte ihre Habseligkeiten, passte an, schnitt und nähte. Bald zog ich über mein dickes Unterkleid eine Pumphose, wie sie mit dem tief liegenden Schritt von arabischen Frauen getragen wird. Aus einer der Ruinen – *das war das Magazin*, sagte Marja – schleppten wir angekohlte Wattekleidung an, die Marja reparierte. Aus drei oder vier Fetzen entstand eine Jacke, entstand eine warme Kappe.

Marja lehrte es mich, Holzschuhe zu schnitzen, in die ich meine mit Lumpen umwickelten Füße stecken konnte. Wenn ich draußen stand und in den Himmel dachte, trat Marja an meine Seite und legte den Arm um meine Schulter.

‚Der Winter wird lang sein und hart', sagte sie. Wir sprachen jetzt nur noch Russisch miteinander.

‚Das musst du können wie sie, Söhnchen. Was zusammengehört, wärmt sich gegenseitig.'

Ja, der Winter würde lang sein und hart. Und an nichts sonst müssten wir denken, an nichts anderes, als dass wir zwei Menschen in Kälte und Schnee und vielleicht auch mit dem Hunger allein sein würden. Vielleicht kämen auch wieder welche vorbei. Oder sie wollten bleiben. Gäben uns eins über den Schädel, zögen uns aus und schleiften uns zum Fluss. Oder sie erschlügen nur einen, weil sie die Frau bei sich behielten. Nur an uns beide hätten wir zu denken. Die Wölfe hat der Krieg erst einmal vertrieben – aber gegen die kann man sich sogar mit der Keule wehren. Zwei mit Keulen und Feuer schaffen die Wölfe nicht. Aber die Banditen haben Gewehre.

So schufteten wir und trugen ein für die harten Monate, was uns am Leben erhalten sollte. ‚Aber die Banditen haben Gewehre', hatte Marja geahnt.

Bald sollten wir selber eins haben, mit Munition: ein richtiges Gewehr für Kugeln mit Patronen, ein Jagdmesser gar, eine Pistole und noch anderes.

Ich war alleine zum Fluss gegangen, um nach den Reusen zu sehen, die wir ausgelegt hatten. Ich wusste noch nichts von dem Jäger, der mir wie einem Wild nachpirschte. Meine Sinne waren nicht so geschärft wie die Marjas. So hörte ich auch keine fremden Geräusche hinter mir, als ich das Ufer abging. Ich vernahm nicht das Klicken, wie es von einem Gewehr kommt, wenn es an Metall stößt. Ich sah nur plötzlich einen auf mich gerichteten Gewehrlauf. Ich vermochte keine Worte auch nur zu stottern.

‚Zieh dich aus!' befahl eine Stimme fast teilnahmslos. Ich stand wie erstarrt. Der Lauf zielte auf meinen Kopf. ‚Zieh dich aus!'

Ich zitterte und haspelte an meiner Kleidung. Die Jacke fiel. Das Gewehr zielte unentwegt auf meinen Kopf. Mein Unterzeug fiel. Ich stand mit nacktem Oberkörper.

‚Die Hose – schnell!'

Ich zog meine Füße aus den Holzschuhen und band meine Hose auf. Bald stand ich in dem grauen Fetzen meiner russischen Unterhose. Der Gewehrlauf ruckte.

‚Die auch!'

Ich beugte mich und zog die Hose nach unten in der Hoffnung, dass ich ins Wasser springen und tauchen könnte. Ich zog und stand auf einem Bein. Mir wurde übel. Der Fetzen fiel – und der Fremde brach lautlos zusammen.

Hinter ihm richtete sich Marja auf. Sie hatte die Keule noch in der Hand. Als der Mann lag, zog sie ihm das Gewehr aus den Händen und zielte auf dessen Schädel.

‚Zieh dich an, Söhnchen', sagte sie heiser. Das Gewehr zielte weiter auf den Banditen. Ich zog mich – noch immer zitternd und einer Ohnmacht nahe – wieder an.

‚Komm – nimm ihm alles weg!' Marjas Stimme war hart.

Ich ahnte, was kommen würde. ‚Es gibt nur uns beide', hatte sie gesagt.

So nahm ich, was der Mensch an sich hatte: die Waffen, seinen Sack, die Munition.

‚Sieh, ob er lebt!' Wieder befahl Marja und ich legte meine Hand an den Hals des Liegenden und dann mein Ohr auf seine Brust. Ich sah auf und Marja fragend an.

‚Zieh ihn aus!'

So zog ich den Menschen aus, bis er nackt vor uns lag und sich in seinen aufgerissenen Augen der Himmel spiegelte. Marja legte seine Sachen zur Seite und gab mir das Gewehr. Sie untersuchte den Leblosen, drehte ihn hin und her. Dann zog sie ein paar Zweige auf ihn.

‚Nicht ins Wasser', sagte sie, ‚da könnten sie ihn finden und flussaufwärts kommen.'

Wir holten Werkzeug und gruben den Toten ein. Wir glätteten die Erde und bestreuten sie zur Tarnung mit Kraut und Gras. Wir teilten die Waffen unter uns. Marja reichte mir das Gewehr. Sie behielt die Pistole und das Messer. Es hatte ihn nie gegeben, der nun hier in der Erde lag. Wir leerten seinen Sack und behielten, was uns nicht verdächtigen konnte. Marja steckte seine Kleider in das Wasser und schwenkte sie.

,Der Teufel stinkt', sagte sie.

Jetzt hatte ich auch Stiefel, die wir mit Wasser füllten und so stehen ließen. Später leerten wir sie, stopften Kräuter hinein und stellten sie ans Feuer. Ich mied sie aber noch lange.

Nachts lag ich viel wach und dachte in Versen, wie sie in der Bibel geschrieben sein konnten. ,Ich lag im Elend der Not – da kam sie und hob mich auf. Sie verband meine Wunden, pflegte meinen Körper und hütete meine Seele.'

,Sie rettete mich vor dem, der das Schwert gegen mich hob. Und sie schlug ihn mit der Keule.'

Laut sagte ich: ,Ich werde mein Leben nicht mehr von deinem trennen können, zweimal, dreimal hast du es mir neu gegeben.'

Marja hatte es gehört und lachte leise: ,Sage das Gott, zu dem du im Schlafe geredet hast, Söhnchen. Leben kann nur er geben.'

,Hat Gott dich zum Fluss geschickt?'

,Als du zum Flusse gegangen warst, spürte ich plötzlich die Unruhe des Wildes in mir, wenn die Vögel in ihrem Gesang verstummen. Ich griff nach der Keule, nach dem Beil und rannte im Bogen zum Wasser. Dort sah ich den Teufel mit dem Gewehr. Ich sah dich, wie du grau warst. Der Teufel war vom Jagdfieber gepackt. Du warst sein Wild und er hatte nur Augen und Ohren für sein Opfer. Bald stand ich hinter ihm. Sein Tod gegen dein Leben! Mit der Keule erschlug ich eine Hyäne.'

In mir stand noch der Schauder in Gedanken daran, wie wir den Nackten in die Erde rollten.

‚Und – wenn du die Hyäne nicht getötet hättest?'

‚Es bleibt nur einer übrig – du oder der Wolf! – Als Kinder spielten wir *Gorodki*. In einen Kreis stellten wir eine Pyramide von Hölzern. Aus immer größer werdender Entfernung schleuderten wir starke Knüppel dagegen, damit die Hölzer aus dem Kreise flogen. Manchem gelang es mit einem Wurf, die Pyramide rauszuschlagen.'

Ich überlegte. ‚Das Ziel lag aber dicht über dem Boden.'

‚Wir hingen auch kurze starke Äste höher auf und ließen sie schwingen. Wir übten, die mit dem Wurfknüppel zu treffen. Ich warf schließlich nie daneben. Es kommt dabei nicht auf die Kraft an, sondern auf die Schnelligkeit. Ich werde es dir zeigen.'

‚Trotzdem – wenn die Keule nicht getroffen hätte?'

‚Ich hatte noch das Beil! Das Beil – und die Zähne!'

Da war eine ungebändigte Kraft, die von Marja ausging. Das war die Energie, die mich aus dem Schlamme hob, mit der sie sich vor Milkas Banditen rettete und die Keule schwang. Mit Marja würde ich den Winter bestehen.

Bis der Frost und die Stürme einsetzten, untersuchten wir weiter die Ruinen und die verwahrlosten Gärten. Wir fanden noch eine Ecke mit Kartoffeln, die wir ausgruben und in den Stall retteten. Mit Marja ging ich im Karnickelgelände Fallen ab. Mit Marja fischte ich im Fluss. So hatte ich gelernt, Tiere zu schlachten, Pelze abzuziehen, das Innere mit Asche einzureiben und sie links zu trocknen. Über qualmendem Feuer räucherten wir Fleisch und Fisch. Gesuchte und getrocknete Beeren lagen in Körben und wurden regelmäßig mit den Händen gewendet. Für unser Lager hatten wir frisches Laub eingebracht.

Ich war aus meinem alten Leben ausgetreten. Ich lebte auf einer Insel und fürchtete das Meer. Den Winter kannte ich, der kommen würde. Einen solchen hatte ich schon bestanden im Soldatenkreis. In dieser Runde wurde die Furcht gemeinsam getragen. Und nachts gab es zu essen, die Post und den Tabak. Die Worte, die Bilder von daheim gaben wilde Hoffnung.

In dem Stalle wussten Marja und ich nichts mehr von dem Draußen. Der Krieg war weitergezogen. War er schon tot?

‚Geh, Aljoscha, bring uns Wasser!'

‚Söhnchen – decke die Glut gut ab!'

‚Wir müssen Wächter sein', hatte Marja gesagt. ‚Wächter mit allen Sinnen. Die Sehnsucht und die Träume können unser Leben zerstören.'

Da war sie wieder, die Kraft der Erde.

Der Winter kam und wir würden ihn bestehen.

Wir lebten zusammen wie **ein** Schicksal, dennoch bewahrte Marja Geheimnisse. So lagen plötzlich harte Kekse auf dem Tisch, wie ich sie ähnlich von der *Eisernen Ration* der Wehrmacht kannte. Marja teilte sie uns zu und lächelte.

‚Man findet dies und jenes, man hebt es auf, wo es keiner sucht', hatte sie gesagt.

Da war auch ein Fallschirm da, mit dem wir die Decke abspannten, damit die Wärme nicht durch das Dach floh. Wir lebten den Tag in Arbeit. Marja flocht Matten und Schuhe von Binsen. Die Matten dichteten die Wände ab. Aus biegsamen Gerten fertigte ich Schneeroste, die wir unter die Füße banden, wenn wir auf der dicken Schneedecke unterwegs sein mussten. Wir horchten in das Knacken im Feuer berstender Äste. Wir sannen in die Glut. Wir erzählten - wir erzählten. Wir träumten und lehnten aneinander.

Marja kochte Tannen- und Fichtennadeln aus. Nackt rieben wir unsere Körper mit dem heißen Sud ab. Mit den Händen warfen wir kaltes Wasser über die Haut und massierten uns gegenseitig. In dieser Nacktheit endlich umschlang ich Marja, die meine Männlichkeit annahm. Wir liebten uns in den langen Nächten. Sie koste meinen vernarbten Körper, ich sog ihre Wärme und Zärtlichkeit wie ein Trunkener.

‚Du bist meine Erde – du bist mein Wasser!'

‚Du bist das Brot meines Lebens!'

Umschlungen fielen wir in den Schlaf der Liebenden – und doch waren unsere Sinne auf der Wache vor dem Draußen geblieben.

‚Wo wird es die nächsten Menschen geben?'

‚Wenn die Knospen wieder aufbrechen und die Eisschollen auf dem Wasser treiben, werden vielleicht auch welche hierher unterwegs sein – wer weiß? Die hier einmal Heimat hatten, sind fortgegangen wie der Wind!'

Marjas Hände schmeichelten meinen Körper. Ich schmiegte mich in ihre Wärme und war geborgen.

,Ich habe nie eine Frau gekannt wie dich, Marja. Ohne dich werde ich sterben.'

Marja lächelte, wiegte verneinend den Kopf und sang: ‚Wenn mein Liebster geht aus meinem Leben, werd' ich welken wie das Laub.' Sie küsste mich, summte weiter, sprach:

‚In die langen Abende hinein haben wir gesungen von der Liebe, der Treue – und von dem, der fortgeht und nicht wiederkommt.'

Nun sang sie wieder: ‚Meine Tränen trägt der Fluss, wenn ich um die Liebste weine.'

Sie streichelte mein Gesicht. ‚Du wirst nicht sterben, Aljoscha. Einmal wirst du diese Zeit verlassen, diese Zeit und das Land. Wirst heimgehen, wirst in die Nächte denken und in unser Feuer im Stall, wie es wachte. Du wirst eine junge Frau nehmen und mit ihr Kinder haben. Du wirst erzählen von Marja, die dich aus dem Elend hob und liebte.

Alles hat nur eine Zeit – auch die Liebe. Aber unsere Liebe wird nachbrennen. Sie wird der Seele Narben machen, wie sie dein Körper hat.'

‚Ich werde ohne dich sterben, Marja.'

‚Du wirst leben, Aljoscha!'"

Hier enden die Aufzeichnungen mit der fremden Schrift. Ich sitze und denke in die Weite des *Mittelabschnitts* tief in Russland, wo immer es genau gewesen sein mag, als der deutsche Soldat zwischen den Fronten auf den Tod wartete und das Leben ihn doch aufhob. Ich blättere in einem Lexikon mit Skizzen für den Kriegsverlauf. Die Linien verwirren mich. Ich wehre mich dabei wie gegen Ungeheuer. Ja, ich friere. Aber ich sehe die unendliche Weite, in der sich die armen Menschen erschlugen. *Mittelabschnitt* denke ich noch einmal. Da suche ich eine Mitte mit dem Finger und fahre von Moskau aus nach Westen. Ob die Stadt Gomel die Mitte war? Von da aus sind es die vielen Kilometer nach Leningrad im Norden, nach dem Schwarzen Meer im Süden, bis über die Grenze nach Westen.

Wo kam Marja her? Von der Wolga? Von da aus wurden die Nachkommen der deutschen Einwanderer doch vertrieben. Heute weiß ich mehr, als Marja wusste. Die Männer kamen meist um, die anderen wurden bis nach Kasachstan verschleppt. Ich erstarre vor Angst, wenn ich daran denke.

Zwar suchte ich weiter nach solchem Papier, wie es die Aufzeichnungen des Soldaten zeigen, aber ich fand nichts mehr. Jacob hat die folgende Zeit gerafft und so weiß ich mehr um den Soldaten Aljoscha.

Wie lange Marja und Aljoscha in der Stallhütte lebten, ist nicht zu erfahren. Der Krieg jedoch tobte weiter und kroch endlich von mehreren Seiten bis nach Deutschland. Wann werden sie vom Ende des Krieges erfahren haben? Eines Tages sind sie fortgegangen aus ihrer Hütte, um mehr zu wissen. Oder trieb sie der Hunger dorthin, wo wieder gesät und geerntet wurde?

Jacob hat aufgeschrieben, was wir weiter von dem Mann und der Frau aus dem Mittelabschnitt erfahren dürfen:

„Eines Tages liefen wir uns wieder über den Weg, Karl Schwarz und ich. Eines Tages nach der Unendlichkeit des Krieges. Wir umarmten uns stumm und unsere Tränen rannen. Viele Nächte saßen wir am offenen Feuer. Wir tranken, wir schwiegen. Wenn einer sprach, war es Karl. Und er sprach von Marja, seiner Liebe. In einer fast zehnjährigen Odyssee waren sie unterwegs *zu einem Zuhause* gewesen. Marja blieb die Wortführerin der beiden mit immer wachen Sinnen eines verfolgten Wildes. Marja war die Geliebte Karls und würde seine ewige Sehnsucht bleiben.

Er war der, den sie behütete, den sie oft Söhnchen nannte. Und so, wie sie sich im Stalle zu ihrer und seiner Rettung prostituierte, wie sie die *Hyäne* am Fluss mit der Keule erschlug, so blieb sie der Wächter an seiner Seite. Sie müssen einen schier endlosen Zickzack-Weg nach Süden gewandert sein. Die Namen fielen wie in Stein gemeiselt. Die der großen Städte habe ich behalten. Mogil'ov und Gomel, Mozyr und Korosten und Zitomir, Vinnica und Krivoj Rog, Nicolajew und Odessa. Wie viele andere waren sie auf der Suche nach dem Brote, nach dem Dach über dem Kopf, nach Sicherheit. Sie arbeiteten auf Kolchosen und bauten Dörfer und Städte wieder mit auf. Sie schluckten im Donez-Becken den Kohlenstaub. Sie heuerten auf Binnenschiffen an.

Karls Russisch wurde immer vielfältiger und er lernte die Sprache auch schreiben.

Marja war es, die Papiere für sie beide beschaffte, für sich und d*en Sohn ihrer im Kriege umgekommenen Schwester.*

Manchmal nestelte sie an einem Salzbeutel, den sie um den Hals trug. Sie untersuchte ihn und schien zufrieden. Aljoscha trug ebenfalls ein solches Behältnis.

‚Salz ist heilig. Das gilt auch für die Diebe. So war das früher bei uns.'

Marja sorgte, dass beider Beutel stets gefüllt waren mit gröberen Brocken.

Einmal nur fühlte Aljoscha das Behältnis Marjas ab und spürte Rundes, Hartes, Metallenes. Marja trug Münzen mit sich.

‚Ach', hatte sie gesagt, ‚mit den Scheinchen von Papier haben viele schon den Machorka eingedreht und geraucht. Aber Gold und Silber aus der alten Zeit sind immer noch begehrt. Es sind Zauberschlüssel, Söhnchen.'

So also war sie zu Papieren für ihn gekommen, dem *Sohn der umgekommenen Schwester*.

In der Moldauischen Republik war es, dass Aljoscha gar Leiter eines Kolchos wurde. Er bekam ein Haus zugewiesen. Er und Marja leisteten gute Arbeit.

‚Das waren die Jahre der Sonne', hatte Karl gesagt. ‚Marja und ich waren von den Menschen geliebt. Die jungen Frauen wussten nichts anderes von uns, als dass wir Tante und Neffe waren. Da wurde ich gar umworben. Der Krieg hatte auch dort die Männer gefressen.'

Karl erzählt und Marja ist in allem gegenwärtig. Ich lege ein Scheit Holz nach, Funken sprühen.

‚Ich trinke auf Marja und die Jahre in der Sonne, Karl!' Wir stoßen an, der Klang des Glases zittert nach.

‚Wir suchten immer die Menschen, Marja und ich. Wer denkt, dass er gejagt wird, muss in der Masse bleiben. Aber – es waren die Jahre der Sonne in Moldawien.'

Karl hält sein Glas gegen das Feuer und schwenkt den Wein.

‚Marja', sagt er leise, ‚unbändige Marja! – Einmal hatte ich eine Rede zu halten vor den Mitgliedern im Kolchos. Ich meine, dass das gut war. Einer aber fragte dann doch, wo ich denn Russisch gelernt hätte. Da lachte Marja ihn an. Ach, Genosse, sagte sie, das ist schon ein Elend, wenn ein Mensch bei dem Großvater aufwächst, der keine Zähne mehr hat. Und sie tat, als würde sie ohne Zähne reden müssen. Da gab es ein Gelächter ringsum und manche taten es Marja nach wie die Kinder.'

Im Feuer knackt es. Ein glühendes Stück springt ab. Karl greift den Haken und schürt, dass die Funken wie Sterne auffliegen.

‚So fuhr es mir in die Seele, als Marja starb – so wie diese Funken aus der Hölle fahren.'

‚Noch im Jahr der Sonne?' frage ich leise.

‚Da ging die Sonne unter – es wurde Nacht. Ich hatte bei dem mächtigen Strohlager zu tun, als man mich holte. Komm, Genosse – deine Tante – die gute Marja! Sie lag – und man hatte sie mit einer Plane zugedeckt – sie lag neben einer Pressmaschine. Da hatte sich ein Eisen von unbändiger Kraft gelöst, war geflogen und hatte Marjas Kopf zerschlagen. Wir brachten sie in unser Haus. Die Menschen standen reglos.

‚Geht, ihr Lieben, lasst mich allein', bat ich sie. Sie gingen mit ernsten Augen.

Ich machte meine Liebste für das Grab zurecht. Ich alleine. Ich entkleidete sie. Ich nahm den Salzbeutel an mich. Ich wusch sie, säuberte ihren Kopf und verband ihn. Ich faltete ihr Hände über ihrem Leib und verhüllte ihn bis auf das Gesicht. Der Frieden der Ewigkeit lag darauf – und es war wieder ihr liebes Antlitz, wie ich es zuerst in dem Stalle sah, als sie mich zum Leben holte.'

So sitzt Karl die Nacht neben seiner Liebe beim Licht einer Öllampe.

‚Heilige Maria! Du Mutter Gottes!'

‚Meine Tränen trägt der Fluss, wenn ich um die Liebste weine.'

Aljoscha bleibt noch eine Zeit im Kolchos, bis ein neuer Vorsitzender gewählt werden muss. Danach geht er nach Odessa, arbeitet im Hafen. Die Trauer um Marja frisst bald seine Kraft. Er sehnt sich plötzlich heim. Er hängt mit offenen Ohren in Hafenkneipen herum und hilft einem Araber aus der Patsche. Jetzt plündert er wohl aus den Salzsäckchen. Aljoscha wird an Bord eines ausländischen Frachters geschmuggelt. Es vergehen noch Monate, bis er über Istanbul, Izmir, Nordafrika, Spanien und Rotterdam bis nach Hamburg kommt.

‚Und zu Hause?' frage ich.

Unsere Augen begegnen sich und bleiben ineinander. ‚Was da einmal war – ich habe es nur noch im Kopfe. Die wohl auf mich warteten, sind gestorben. Die Bomben – der Hunger – Krankheit – das Alter. Das Haus steht nicht mehr.'

‚Ist nichts geblieben – gar nichts?'

Karl greift in die Tasche und zeigt mir eine Taschenuhr. ‚Sie hat einmal drei Mark gekostet.' Er reicht mir das Stück und ich wende es auch zur Rückseite. Das Blech ist abgegriffen, leicht zerkratzt.

‚Von deinem Vater?'

Karl nickt. ‚Vater starb – drei Jahre später Mutter. Vorher gab sie die Uhr an ihre Schwester weiter. ‚Heb' sie auf für Karl', soll sie gesagt haben. Meine Tante hat sie behalten und regelmäßig aufgezogen. Als es mit ihr zu Ende ging, übergab sie die Uhr ihrer Tochter, meiner Cousine Trude. Trude und ich mochten uns schon als Kinder sehr. Trude fand ich endlich wieder. Sie ist verheiratet und hat drei Kinder. Ihr Mann arbeitet im Kohlenpott. Sie legte die Uhr vor mir auf den Tisch. ‚Sie geht noch gut', sagte sie. ‚Ich habe sie dir aufgehoben. Aber geglaubt haben wir nicht, dass du noch kommst. Geglaubt nicht – mit der Zeit auch nicht mehr gehofft.'

Ich gebe Karl die Uhr zurück. Wie so sehr einfach oft heilige Dinge sind.

‚Bei Trude waren auch noch Fotos von daheim. Hebe sie mir weiter auf', habe ich sie gebeten.

Mir ist elend zu Mute, als Karl so spricht. ‚Was soll jetzt werden?' frage ich.

‚Marja – geliebte Marja – sie war die Fülle meines Lebens. Seine Seele. Im Stalle wurde ich neu geboren. Gute Nacht, Jacob!'

Drei Tage danach kommt ein Brief.

‚Lieber Jacob!' lese ich. ‚Ich muss noch wandern. Vielleicht bis nach Kanada, wenn das geht. Ich will mich erkundigen. Behalte diese Blätter mit einem Stück Leben von Marja und mir. Vielleicht komme ich wieder bei dir vorbei und kann weiter schreiben – für Marja – für die Liebe – für meine ewige Sehnsucht.

Ach, Jacob, was ist bloß los mit mir?' - "

Berta sieht mich so prüfend an.

„War es wieder schwer?" fragte sie.

„Ach Kind", antworte ich leise, „ach Kind, manchmal denke ich bei all den Geschichten, die Jacob auch von anderen aufbewahrte, dass es immer eigene Geschichten sind mit unser aller Hoffnung, unser aller Glück, Sehnsucht oder Tod."

„Sie sollten Ihre Kraft nicht für so etwas opfern", sagt Berta ernst.

Ich sehe wohl unglücklich aus. So antworte ich dann auch:

„Vielleicht hat mir Jacob seine Geschichten zum Lesen geschickt, dass wenigstens jetzt jemand bei ihm ist, an den er sich anlehnen kann – was meinst du?"

Berta schüttelt sich: „Das macht mir alles Angst. Geben wir die Blätter dem Feuer! Begraben wir sie, wie das die Juden mit heiligen Schriften machen! Geben wir sie bloß fort – und beten wir für Jacob im weiten Meere!"

Da überfällt es mich. Ich schließe die junge Frau in die Arme.

„Lass nur, Kind! Ich habe noch Kraft, ein Stück weiter mit Jacob zu gehen. Es hilft mir auch, dass du da bist!"

... SIE HABEN WENIGSTENS ZUGEHÖRT ...

Und doch spiele ich mit dem Gedanken, Jacobs Kisten samt Papieren in den Abstellkeller zu bringen, sie zuzudecken, die Tür zu verschließen. Dann aber? Säße ich nicht oben in meinem lichten Zimmer und dächte nach unten? Mir ist es, als hätte Jacob mich auf die Suche geschickt, einem Ziele zu, das ich erreichen muss. Würde das Ziel Zusammenbruch sein oder Erlösung?

Ich stehe vor dem Regale und spreche laut: „Wie viel erträumtes eigenes, wie viel verworfenes Leben anderer ist hier gestapelt, Jacob?"

Denn da begann ich eine Geschichte zu lesen, die wieder in eine fremde Einsamkeit führte, aus dem Leben gegriffen.

Es war in Köln, dass Jacob nachts einer Frau begegnete, die mit einem Fahrrad unterwegs war, die ihn sah, der da irgendwo stand und nach einer Orientierung suchte. Sie hatte angehalten, war abgestiegen und hatte sich erboten, Auskunft zu geben. Sie kenne die Stadt gut, sagte sie, auch wenn sie nicht von hier sei.

Jacob sah eine schmale Frau, die sich über den Lenker ihres alten schweren Rades beugte. Er suchte ihr Gesicht, sah die verhärmten Züge und eine Narbe über dem linken Auge. Sie war auffällig, diese Narbe. Die Frau wies auf das öffentliche Gebäude vor ihnen und begann unaufgefordert dessen Geschichte zu erzählen. Sie kannte alle bedeutenden Bauten der Stadt und wusste sie spannend mit Schicksalen von Menschen zu verbinden, die nach ihrer Meinung dazugehörten. Jacob wollte sich bedanken und seines Weges gehen. Aber sie blieb bei ihm und schob ihr Rad auf dem Bürgersteig. Sie sprach unaufhörlich über Gebäude, Menschen und Politik. Sie sprach von ihren Tätigkeiten und den Missverständnissen, deren Opfer sie geworden war.

Auf dem Gepäckträger war ein Drahtkorb mit einem zerzausten Strick festgebunden. Das Rad war ungepflegt, vernachlässigt, damit es nicht gestohlen werde, wie sie sagte. Jacob ging durch die Häuserzeilen und die Frau ließ sich nicht verabschieden. Sie redete, als verfiele sie einem bösen Zauber, wenn sie schwiege.

Jacob sagte, er sei vor dem Kino verabredet. Sie fragte nach dem Film und begann seinen Inhalt zu erzählen. Dann brauche er ihn ja nicht mehr zu sehen, diesen Film, resignierte Jacob. Die Frau blieb bei ihm und erzählte.

Jacob schreibt: „Mit der Zeit meinte ich, dass sie gestört sei. – Sie brauchte einfach jemanden, um einen Brunnen zu öffnen. Ich merkte, dass sie fröstelte.

‚Sie sollten nach Hause fahren', sagte ich und zeigte auf das Rad. Nein-nein, sie hätte noch Zeit. Das wäre auch noch weit mit dem Rade, wehrte sie ab.

Ich lud sie in ein Café ein. Wir tranken Heißes. Sie umschloss ihr Glas mit beiden Händen, als wollte sie die Wärme des Getränkes in ihre Adern aufnehmen. Es waren schmale, zartgliedrige Hände. Nun sah ich auch ihr Gesicht ohne Schatten. Es war das Antlitz einer Gejagten, Ruhelosen. Ihre Augen fanden keinen Ruhepunkt.

‚Es ist so kalt', sagte sie unvermittelt.

‚Wollen Sie einen Likör trinken oder so etwas?' fragte ich.

‚Zwei Martini', lächelte sie und zeigte auch auf mein Glas.

Wir tranken in kleinen Schlucken. Dabei geschah es, dass wir – die Gläser an den Lippen – uns taxierten, als suchten wir Antworten in unseren Augen. Die Uhr zeigte eine gute Stunde vor Mitternacht.

‚Wie weit müssen Sie denn noch fahren?' fragte ich.

Sie spielte mit dem leeren Glas. ‚Haben Sie einen Hund?' fragte sie mit unglücklichem Lächeln.

‚Nein, ich habe keinen Hund.'

‚Lassen Sie mich auf Ihrem Vorleger schlafen.'

Ich sah sie an und hob die Brauen. ‚Macht man das so?'

‚Nein', sagte sie, ‚das macht man nicht so. Man spricht auch niemanden an vor einem öffentlichen Gebäude und bleibt hartnäckig an seiner Seite.'

‚Und warum heute?' wollte ich wissen.

‚Ich friere – ich habe ein bisschen Wärme gesucht. Sie sahen nach einem Ofen aus.'

Wir gehen durch die Nacht. Sie schiebt ihr verdrecktes Rad mit Drahtkorb und Binderstrick. Sie erzählt weiter, bis wir bei mir ankommen.

‚Ich habe nur eine kleine Wohnung', sage ich.

‚Für Sie und einen kleinen Hund', lächelt sie.

‚Sehen Sie sich um und sagen Sie mir, wie Sie sich das denken', fordere ich sie auf. Sie zeigt auf den kleinen Teppich an der Tür. ‚Da!'

Wir teilen die Zeit für das Bad. Ich lege Handtücher, das Zahnzeug und einen Schlafanzug von mir bereit. Ich zeige ihr die Couch und lege Decken hin. Sie geht ins Bad und ich überlege, was das zu bedeuten hat. Bin ich so schnell zu täuschen? Was ist mit ihr los?

Sie kommt aus dem Bad in meinem Pyjama, der ihr viel zu weit ist. Sie strebt der Couch zu und kriecht unter die Decken.

‚Eine Wärmflasche hätten Sie nicht?' Gerade ihre Nasenspitze schaut aus der Decke.

Ich bringe ihr eine heiße Gummiflasche. Sie zieht sie zu sich und verschwindet völlig unter ihrer Zudecke. Ich mache mich fertig und gehe zu Bett. Sie weiß, wo der Schalter ist und wird sich zurechtfinden.

Ich kann lange nicht einschlafen, denn ich beschäftige mich mehr mit mir selber als mit der fremden Frau. Fast hätte ich laut gelacht, da mir die Schwangere aus der Bäckerei einfiel. Nun liege ich zwischen Wachsein und Hindämmern. Wem soll ich so etwas erzählen? Das ist wie in einem Film.

Schließlich war ich doch weggerutscht.

Plötzlich werde ich wach. Sie schlieft bei mir ein wie ein Dachs in seinen Bau. Ihre Decke hat sie noch über meine gebreitet.

‚Schlaf weiter', sagt sie leise, ‚mir ist kalt'. Sie ruckelt sich zurecht und dreht ihren Rücken an den meinen. Mit ihren Füßen sucht sie meine Beine wie eine Wärmflasche. Bald rauscht ihr Atem im ruhigen Strom. Ich bleibe in Anspannung wach – wie sollte es anders sein? Schließlich schlafe ich erschöpft ein.

Sie sitzt in meinem Bademantel auf der Couch und liest. Ich bin wach und muss mich – schlaftrunken – noch zurechtfinden.

‚Wie haben Sie geschlafen?' fragt sie und ihre Stimme klingt besorgt.

‚Ich verstehe alles noch nicht', antworte ich.

Da zeigt sie auf sich: ‚Ich habe mir im Bad schnell etwas ausgewaschen. Es wird bald trocken sein. Dann sind Sie mich los. – Müssen Sie zur Arbeit?'

‚Nein – es ist Sonnabend.'

Ich stehe auf, mache mich im Bad fertig. Auf der Heizung hängen dünne Strümpfe und etwas Unterwäsche. Das macht den Raum so viel kleiner.

Ich gehe zur Küche. Sie will mir helfen. Ihre Hände zittern dabei, wie das bei Überanstrengung geschieht. Ihr Gesicht zeigt Anspannung. Wir frühstücken.

‚Sie fragen gar nichts!' sagt sie zu mir.

‚Sie sind so neu für mich in Ihrer Art, dass ich gar nicht weiß, was ich sagen soll. Im Moment beschäftige ich mich mehr mit mir selber. Ich habe Sie einfach so mitgenommen ...'

Sie lächelt. Feine Röte überzieht ihre Wangen. Die Narbe brennt etwas auf.

‚Ich bin Ihnen nicht von der Pelle gerückt', nickt sie.

Ich räume das Geschirr in die Küche. Sie spült es. Die Ärmel meines Mantels hat sie hochgeschlagen. Sie hat dünne Arme. Rechts zieht sich eine verheilte Narbe. Sie bemerkt meinen Blick wie er darauf haftet.

‚Haben Sie es nicht gelesen?' fragt sie und zeigt auf die beiden Narben. ‚Retter in der Not selber dem Tode nahe! So stand das in der Zeitung. Die Retter in der Not waren der Arzt und ich. Mit dem Rettungswagen waren wir unterwegs zu einem Unfall, als wir selber von einem betrunkenen Fahrer gerammt wurden und den Abhang hinabrasten. Dann wurde es dunkel für mich. Ich lag lange ohne Bewusstsein. Mein Kopf musste operiert werden. Sie haben mein Gehirn gesehen. Hier in der Armbeuge haben sie einen Querschnitt gemacht – ich weiß nicht mehr, weswegen. Hier – sehen Sie die Punkte der Naht. Und – mein Haar verdeckt den Rundschnitt, den sie auf meinem rasierten Schädel anbrachten. Mit dem Unfall endete mein erstes Leben. In meinem Beruf kann ich noch nicht arbeiten. Vielleicht nie wieder. Nun suche ich nach dem zweiten Leben. Das macht Unruhe. Das macht mich auch zittern. – Sie haben es gesehen.'

Sie rollt die Mantelärmel wieder nach unten und ihre Hände verschwinden. Das macht sie noch kleiner.

‚Jetzt bin ich arbeitslos. – Ein Prozess mit Versicherungen läuft noch. Ich war nur auf Probe angestellt. Ja – da machst du dich in deinem Eifer verrückt bei der Arbeit und achtest nicht auf die eigene Kraft. Nun brauche ich jemanden ...'

‚Leben Sie denn allein?'

‚Ja und nein – nein und ja! Ich habe eine kleine Wohnung wie Sie auch. Aber ihre Stille und das Warten auf eine Entscheidung der Versicherungen erdrücken mich. Dann gehe ich in die Stadt, führe meistens mein Rad. Das gibt mir Halt. – Ich spreche auch Menschen an – weil ich so viel friere, da innen drin. – Ich habe mir auch schon eine ganz billige Fahrkarte gekauft und mich in die schönen und warmen Wartezonen auf dem Hauptbahnhof gesetzt. Man findet welche zum Reden oder zum Zuhören.'

Sie ist still und presst ihre Lippen aufeinander.

‚Doch sie beobachten mich, fixieren mich. Ihre Blicke haften auf meiner Narbe und der Fahrigkeit meiner Hände. Sie hören abwartend zu und wünschen doch, dass ich aus ihrem Kreis verschwinde. – Das tue ich dann auch. Sie müssen meine Probleme nicht tragen. Sie haben die eigenen. Aber sie haben wenigstens zugehört, auch wenn ich wohl unbewusst ein Stück Hoffnung auf sie gesetzt hatte.'

Sie geht ins Bad. Sie kommt zurück.

‚Das Zeug ist gleich trocken', sagt sie, ‚dann gehe ich.'

Ich stehe hilflos. ‚Ich muss erst Montag wieder zur Arbeit', sagte ich und sehe sie freundlich an.

‚Nein', sagt sie. ‚Danke – Dagas. – Ihren Namen las ich an der Tür. Und – entschuldigen Sie – Sie sind ein guter Ofen.'

‚Nun wissen Sie ja, wo ich wohne', antworte ich.

Das soll heißen, du kannst immer wieder in die Wärme kommen. Gleichzeitig aber steht der Wunsch dahinter, dass sich ihr Problem ohne mich lösen würde. Sie braucht jemanden, der für sie da ist wie für ein Kind.

Sie geht ins Bad und kommt angezogen zurück. ‚Den Schlafanzug habe ich zusammengelegt und den Mantel auf den Bügel gehängt.'

Sie gibt mir die schmale Hand. ‚Danke – Dagas – Adieu!'

Ich gehe mit bis zur Tür.

‚Bleiben Sie hier', bittet sie. Die Tür fällt ins Schloss.

Durch die Gardine sehe ich auf den Bürgersteig. Sie schiebt ihr Rad und ich kann sie bis zur Ecke sehen. Im Bad hängt der Mantel. Der Anzug liegt auf dem Schemel. Ich stehe und Trauer befällt mich."

EISENBAHNGESCHICHTEN

„Ich muss eine Schwäche für Bäckereien haben", hatte Jacob in der Geschichte vom Professor und Irene geschrieben. An diesen gedämpften Sarkasmus muss ich denken, als mir seine Eisenbahngeschichten in die Hand kommen. „Ja", denke ich, „es ist Sarkasmus – wenn wohl auch Dagas'scher Prägung."

Es geschieht zwischen Erfurt und Weimar, dass auf einem der Bahnhöfe eine Frau mit Kindern zu Jacob in das sonst leere Abteil steigt. Man grüßt sich. Man mustert sich wohl auch – und da gibt es ein Erkennen von beiden Seiten. Zu Beginn des Krieges schon hatte Jacob das Mädchen Martha kennen gelernt. Es gab eine Freundschaft und als Jacob Soldat wurde, entstand ein reger Briefwechsel zwischen den beiden, den Martha dann aber plötzlich abbrach. Der Grund dafür war ein Missverständnis. Jacob hatte Kurzurlaub und wolle Martha vor der Rückfahrt wenigstens auf dem Bahnhof sehen. So rief er im Dorfe Marthas die Öffentliche (Post) an. Er wartete lange, weil man von da aus einen Boten zu Marthas Haus schickte, um sie zu holen. Zu Hause jedoch war nur die Großmutter, eine gute aber schwerhörige Frau. Sie kam außer Atem zum Fernsprecher und verstand kein Wort. Also telefonierte der Posthilfsstellenhalter für sie und schrie Jacobs Anliegen der Oma Marthas ins Ohr. Jaja – sie hatte verstanden!

Jacob ist früher auf dem Bahnhof. Er geht die Bahnsteige und die Wartehallen ab. Martha findet er nicht. Er kann sie nicht finden. Die Großmutter hatte Martha eine falsche Uhrzeit für das Treffen angesagt. Auch Martha ging die Bahnsteige und die Wartehallen vergebens ab. Das war drei

Stunden vor der Zeit, die Jacob mit der alten Frau über den Posthalter vereinbart hatte.

Und weil nun die Großmutter steif und fest bei der Uhrzeit blieb, die sie ihrer Enkelin angezeigt hatte, weil obendrein der Mann von der Post nicht befragt wurde, fühlte sich das Mädchen von Jacob zur Närrin gehalten und ließ den Briefwechsel erkalten. So war das also gewesen.

Nun war die Großmutter längst tot. Das Geschehen lag Jahre zurück. Aber auf dieser Bahnfahrt zwischen Erfurt und Weimar klärte sich die Sache für Martha wie auch für Jacob. Wie sagt man da beim Abschied?

„Es war schön, dass wir uns wieder einmal getroffen haben. Alles, alles Gute!"

Zum Schluss der Eisenbahngeschichte schreibt Jacob: „Martha stieg mit ihren braven Kindern aus. Ich winkte noch durch das offene Abteilfenster. Der Zug rollte an den Dörfern zwischen den Städten vorüber. Sie duckten sich in die Zeit, diese Nester. Da kam es mir in den Sinn, dass mich das Schicksal vielleicht auf eine solche Insel hätte verschlagen können. Und von da an maß ich auch der Schwerhörigkeit eine große Bedeutung zu."

Diese letzten Sätze lese ich Lambert und Berta vor. Lambert grinst. Ich mag das Wort nicht zu gerne, aber Lambert grinst ganz impertinent. Berta wenigstens lacht von Herzen.

„Das hat Jacob wirklich geschrieben?" fragt sie.

Er hat es!

Ich liebe die Stunden, in denen ich beim Kerzenschein sitze und in die Flamme denke. Wie auf Flügeln trägt mich das kleine Feuer zurück in Zeiten meines Lebens. Ich vergleiche das ein wenig mit Jacobs Schriften. Er hat sein Erinnern auf Papier geschrieben. Ich gehe mit dem Feuer meine Zeiten – aber sie bleiben dann auch in mir verschlossen.

Es ist die Ruhe, die mit dem Kerzenlicht kommt. Die Flamme schweigt und spielt nur wenig. Es ist, als stünde sie wie ein Soldat auf der Wache.

Da kommen auch die stillen Bilder zu mir wie aus einem tiefen Brunnen. Es sind Bilder der Sonne wie auch der Schatten. Und die Schatten bringen die Wehmut.

Wonach? Ich frage mich das öfters. Wonach geht unser Sehnen? Was geschieht in uns, wenn wir in die Vergangenheit leben und uns Trauer überfällt.

„Wie ist das?" frage ich Lambert.

Er schaut mich an und lächelt. Er nimmt meine Hand, was er sonst nur bei der Begrüßung tut. Er hält mich fest und Wärme strömt von ihm zu mir. Sein Lächeln fällt in meine Augen – aber doch sehe ich einen wehmütigen Zug um seinen Mund. Noch bleibt meine Hand in seiner und ich fühle eine große Geborgenheit.

„Was ist das?" wiederholte ich.

„Ich denke – es ist das Unwiederbringliche – es sind die Sonnen- wie auch die Regenstunden. Da hat eine Liebe vielleicht unser Herz ergriffen – ein Mensch ist von uns gegangen – Gott hat dich aus den Steinen gehoben – ich habe jemanden enttäuscht oder seine Seele verletzt – ich habe eine

Sternstunde verpasst, wie es bei Zweig heißt. Wir waren zutiefst beglückt – oder wir haben versagt. Aber das Glück in seiner Einmaligkeit kann sich nicht wiederholen – mein Versagen kann ich nicht rückgängig machen. Das tut weh über die Zeiten hinweg. Wehmut gehört zum Vergangenen. – Aber – fragen Sie nicht noch einmal, Ollo – ich weiß es auch nicht so zu sagen, dass es eine gute Antwort wäre."

Und Lambert hält meine Hand noch immer, deutete einen Handkuss an. Er gibt meine Hand frei und steht auf. Er tritt ans Fenster.

„Ich denke, dass es vor allem das Unwiederbringliche ist, ja."

Ich hole Blätter Jacobs, wie ich sie vor einer Stunde noch aus der Hand legte. Lambert sieht mich fragend an.

„Es ist eine der Geschichten, die mit der Eisenbahn beginnen oder enden – und mit der Wehmut."

Ja, so war das mit Hans Riebels und Jacob, die sich nach vielen Jahren wieder trafen – auf einem Bahnhof.

„Wollen Sie es mir erzählen?" fragt Lambert.

„Sie können es auch selber lesen", antworte ich.

„Nein-nein – Ollo Rößler. Lesen Sie vor. Dabei kann ich Ihr Gesicht sehen, Ihre Augen, Hände – das alles erzählt mit. Das macht das noch lebendiger, was Sie mir mit einer Geschichte sagen."

Lambert hat mich unsicher gemacht und meine Hände zittern ein wenig beim Ordnen der Blätter. Ich lese:

„Es war auf einer Fahrt im Rheinischen, dass ich Hans Riebels wieder sah. Den Bahnhof weiß ich nicht mehr, auf dem wir uns begegneten. Ich weiß nur noch, dass es Herbst war. Ich ging die Treppe zum Bahnsteig hoch hinter einem Mann, der den Bewegungen nach eine Beinprothese trug. So hielt ich gebührlichen Abstand. Oben stellte er eine Tasche ab und wischte sich den Schweiß. Da ging ich an ihm vorbei – und ich erkannte ihn.

‚Das ist Hans Riebels', sagte ich mehr zu mir selbst und doch so, dass er es hören sollte. Er hielt in seinen Bewegungen inne, steckte dann das Tuch langsam ein, trat einen Schritt auf mich zu und sah mir in die Augen.

‚Das ist Hans Riebels, ja', antwortete er. Ein breites Lächeln überzog sein Gesicht. Er reichte mir die Hand. ‚Wie soata?' fragte er und ich antwortete: ‚Wissen ies Moachd, Herr Hegemeister.'

Wir umarmten uns, hielten uns und spürten unsere stoppeligen Wangen. Dann lachten wir und die Freude trieb uns doch die Tränen in die Augen. Wir waren ja auch davongekommen: zwei Männer mit drei Beinen.

Ich hätte auf den Gegenzug warten müssen, aber ich stieg mit Riebels ein. Ich wollte die Vergangenheit einholen. Dem Schaffner erklärte ich das Wiedersehen und löste einen Fahrschein nach. In Siegburg stiegen wir aus.

Ein Taxifahrer brachte uns zu einem Café am See. Wir gingen ein Stück und kehrten dann ein. Hans Riebels war nun hinter Aachen daheim, da, wo man schnell in den Niederlanden oder in Belgien ist. Und in den Wäldern kann man von einem Land ins andere springen.

‚Und Schlesien?' fragte ich.

‚Ich gehöre zu denen, die den Krieg mit der Heimat und einem Bein bezahlt haben, Jacob.'

Da antworte ich wie bei einer Aufzählung: ‚Görlitz und Bunzlau, Liegnitz und Jauer ...' Und Riebels lächelte: ‚Gutschdorf und Kohlhöhe, Lüssen und Streit und Striegau ...'

‚Alles vorbei, Hans?'

Er zeigt auf das Herz: ‚Das geht nicht vorbei!'

Es war 1937, dass ich von Hans Riebels nach Schlesien eingeladen war auf die Försterei seines Vaters. Sie lag zwischen Kohlhöhe und Gutschdorf. Die Namen habe ich behalten. Es waren die Sommerferien zweier Knaben in ihrem Leben zwischen Traum und Wachen. Es waren die warmen schlaflosen Nächte, da die Sehnsucht mit den Sternen zieht. Es waren die Stunden am Baggersee und an den Teichen, da die Sirenen sangen und Mädchenlachen sich in die Träume wob.

Weißt du noch? Hieß der Nachtwächter Rippich?

Rippich war der Kleinbauer, der viele Bücher borgte und las. A ja – Wissen ies Machd, Herr Hegemeister – ja, das war Rippich – und der Nachtwächter? Er fing fette Katzen, die er schlachtete und fraß. Der alte Kassek war das. Der Krämer hatte Grind am Kopfe, den er sich immer aufkratzte. Und mit den Fingern hat er Bonbons in die Täte gezählt. Der Metzger – wie nannten sie ihn? Ich weiß nicht mehr – seine Frau hat vor allem die Kinder beschissen.

Und hinter solchen Menschen waren wir her – weißt du noch? Ja – und hinter den riesigen Gänseherden, die wir scheuchten, bis der Ganter zwickte.

Mit dem Braunen habt ihr mich damals vom Bahnhof abgeholt. - Auf den Gütern fristeten die Tagelöhner ihr Dasein. - Beim Fürsten Bleß hatten die Pferde marmorne Krippen. - Die Fürstin fuhr mit einem Salonwagen zum Einkauf nach Paris. - Wenn eine Hofefrau heute entband, war sie am nächsten Morgen wieder auf dem Felde. - In Vollacks Garten waren die Elfen und Feen zu Hause. - Hieß sie Metha, um die sich der Viehhändler und der Knecht vom Gute prügelten? - Hildegard – weißt du noch – Hildegard beobachteten wir von einem Kleebock aus, als sie baden ging. Sie war schon 16 Jahre und entzündete unsere Reden. - Hinter dem Hause streiften wir uns die Beeren nur so in den Mund. - Weißt du, bei der einen Beerdigung stank es bei der Hitze schon so aus dem Grabe heraus. - In der Nacht hörten wir aus dem Dorfe Tanzmusik.

Eines Sommerabends nahm uns dein Vater mit auf den Anstand. Wir saßen mucksmäuschenstill und wurden von den Mücken traktiert. Morgens machte uns deine Mutter kalte Umschläge, so schlimm sahen wir aus.

Darum sind wir auch Cilli ferngeblieben, unserm zwölfjährigen Jungenschwarm aus Breslau. – Der Knecht hatte gestohlene Eier unter der Mütze, die er seiner Liebsten zustecken wollte. Und die eifersüchtige Magd hat ihn auf die Beule in der Mütze geschlagen, dass die Eierbrühe unter dem Schirm hervorquoll. – Im Stillwasser sind wir zum Aalstechen gegangen. – Wenn die Kühe gemolken wurden, lehnten sich die Melkerinnen an den Leib der Tiere, kneteten die Euter und sangen hochtönig. – Und – hieß er nicht Hugo – der da Faktotum im Kretscham war – den wir rotznäsig veralberten?

Einmal schliefen wir unter freiem Sternenhimmel. Der weiche Wind trug den Geruch von Mist und Vieh, von Fisch und Getreidefeldern mit sich. Und wir träumten Wagnisse in ferne Zeiten.

Wir haben uns aus diesem Tag gelöst und leben in den Bildern auf, die wir behalten haben. Wir lachen. Uns liegt das Lächeln um die Augen und Wehmut zittert durch unsere Lippen. Wir bekennen anderes, was aus diesen Sommerwochen blieb. Neben Menschen sind dies krumme Tore, verträumt lurende Hühner, Kräuter an den Zäunen, silberne Fischleiber, Wolken im unendlichen Blau, Nachtigallenschlagen, unruhig schnaubende Pferde. Mit dem Luftgewehr schossen wir auf Ballons.

Und die Krähen – weißt du noch? Wir beobachteten sie über das Hoftor hinweg. Schoben wir einen Knüppel langsam über die Oberkante, blieben die Viecher sitzen. Stieg da aber langsam ein Gewehrlauf ins Licht, flog der Schwarm krächzend auf und davon.

Erinnerst du dich noch meiner zahmen Dohle? Sie hieß auch Jakob, Jakob mit k. Sie saß gerne auf der offenen Stalltür und mochte es, wenn der Wind sie leicht bewegte. Vater hatte sie noch angerufen. Wirst noch eingeklemmt werden, du Lerge. Mach dich weg! Und da passierte es auch, dass die Tür zuschlug und Jakob beide Ständer brach. Vater schiente die Beinchen mit Patronenhülsen, die er drüber schob. Da stelzte Jakob einher wie ein Veteran aus dem Hinkenden Boten.

Gab es diese Fülle eines einzigen Sommers, von dem die Tage heute noch erzählen und die Nächte flüstern?

‚Und deine Eltern, Jacob?

Und der Hegemeister? Deine Mutter? Und deine Schwester Hedel?'

,Mein Vater, der Hegemeister, wurde verschleppt – und es kam kein Lebenszeichen mehr von ihm. Mutter wohnt jetzt mit Hedel in Nürnberg. Von dort komme ich eben. Mutter hatte Geburtstag.'

,Und Schlesien?'

,Suste nischt ok heem – das wird ein schlesischer Traum bleiben, Jacob – sonst nichts als heim'.

Die Russen waren so unbarmherzig wie alle im Kriege – aber sie waren ehrlich. Schon Lenin hat es aufgeschrieben – sicher auch zur Warnung aufgeschrieben, was mit einem besiegten Aggressor geschehe. Nicht mehr und nicht weniger wurde getan.

Als der Tag in den Abend schwimmt, trennen wir uns. Hans Riebels fährt zu seiner Familie und dahin, wo man in den Wäldern von einem Land ins andere springen kann. Mein Zug fährt in die entgegengesetzte Richtung.

Die Dohle mit den gebrochenen Ständern hieß Jacob, wie ich. Der Hegemeister schrieb das bloß mit k."

TROCKNE DIE TRÄNEN UND GREIFE ZUM PFLUGE

Es gibt keine regelmäßig wiederkehrenden Teestunden von uns, doch ist es eine innere drängende Erwartung, die uns immer einmal zusammenführt: Berta, Lambert, mich – und Jacob. Ja, ich schließe ihn ein, den Unsichtbaren und doch Vielbestimmenden in unserem Kreise.

Berta ist dabei nicht mehr die nur interessierte Zuhörende. Sie hält Lamberts oft bissigen Ansichten stand und erträgt seinen eigenwilligen Humor mit einem versteckten Spott, wie er um ihren Mund liegt.

So fragt sie gerade heraus, was wohl von bemerkenswerten Menschen zu halten sei. Dabei sieht sie Lambert an, wie ein Fechter den Gegner fordert. Lambert scheint überrascht zu sein. Er sieht auf, hat plötzlich tausend Falten auf der Stirn und große Augen. Seine Hände drehen Kreise, wie Räder gegeneinander laufen.

Er räuspert sich: „Bemerkenswert – hm – ich denke, Sie meinen die Frage ernst?"

Berta nickt mehrmals wie jemand, der beim Spiel eine Zwickmühle gesetzt hat.

„Lassen Sie mich laut denken", sagt Lambert gewichtig und hat etwas von einem Igelgesicht. „Da ist etwas wert, dass es bemerkt wird, beachtet wird – man wird von einer Sache beeindruckt. In diesem Falle von einem Menschen beeindruckt – positiv – versteht sich. – Sie meinten aber doch nicht Leute wie Napoleon?"

Berta kontert: „Auch keine Diktatoren – sondern positive Menschen, Männer wie Frauen!"

Da wird Lambert hellhörig. Sein Blick huscht zwischen uns Frauen hin und her. „Was hat Herr Jacob den Damen denn diesmal aufgeschrieben?"

Wir müssen lachen, denn nun bin ich Berta auch auf die Spur gekommen.

„Die Geschichte von der Majorin", antworte ich und sehe sie verstehend an.

„Gibt es dazu noch einen Tee?" Lambert reicht mir die leere Tasse. Ich schenke nach und bemerke dabei:

„Heute wird Berta vorlesen." Damit stelle ich die Kanne ab und nicke ihr zu.

Sie errötet, blickt zu Lambert und möchte die Verlegenheit verbergen. Dann blitzt ihr Auge. „Möchten Sie den Tee erst noch umrühren?" – Sie hat wieder den Fechterblick, aus dem zu sehen ist, wie sich die junge Frau mit der Zeit an Lamberts Art aus dem Bodenschatten emporgerankt hat.

Lambert sieht erstaunt auf. Sie ordnet Blätter, ruckt mit den Schultern und beginnt zu lesen:

„Die bemerkenswerteste Frau neben meiner Mutter war deren Kusine Lea, die wie Mama auf dem Lande heranwuchs unter den Weiten ziehender Wolken, zwischen den bis zum Horizont wogenden Getreidemeeren, den Sommernachtsgerüchen nach Vieh, Dung, Blumendüften, Wasser und Fisch. Alles Leben im Dorfe war ihr ins Blut gedrungen, pulste auch in ihr. Sie war auf den Höfen gern gesehen, die *Tierjule*. Besonders das Jungvieh hatte es ihr angetan. Manches kranke Kleintier, für das auf den großen Höfen weder Zeit noch Interesse bestand, das man sich so selbst überließ bis zum Sterben, pflegte Lea gesund. Das tat sie mit Liebe, Umsicht und zäher Ausdauer. Daher sprach man von der *Tierjule*.

Lea besuchte eine höhere Mädchenschule und setzte bei den Eltern eine landwirtschaftliche Lehre auf einer Domäne östlich der Oder durch.

Dort lernte sie ihren Beruf von der Pike auf bis zur kaufmännischen Verwaltung hin. Bald begegnete sie dem Manne ihrer Liebe. Er besaß selbst ein großes Gut und sie heirateten.

Lea war sehr glücklich. ‚Wir wünschen uns einen Stall voller Kinder', hatte sie meiner Mutter verkündet. Dazu kam es aber nicht. Bei einem Gewitterritt ihres Mannes stürzte das Pferd, begrub den Reiter unter sich und erdrückte ihn.

Auch als Lea einige Jahre später wieder heiratete, kam es nicht zu den erhofften Nachkommen. Ihr zweiter Mann wurde bei einer Jagd im Nebel versehentlich erschossen. So blieb sie von nun an ledig und widmete sich der Verwaltung ihres Gutes.

Erst nannten sie die Leute ringsum *die Herrin*, wenn sie von ihr sprachen, und das hatte einen guten Klang. Nach dem tödlichen Jagdunfall sprach man mehr von der *Majorin*, wenn man sie meinte. War doch ihr zweiter Gatte als Reserveoffizier Major gewesen.

Man kannte das Bild von ihr, wie sie durch die Felder ritt, mit Fachkenntnis die Arbeiten nachsah oder Anweisungen gab. Denn von da an, als sie einen unzuverlässigen Verwalter, den Gutsinspektor entlassen musste, bestimmte sie alleine. Ihre Art hatte ihr treu ergebene Menschen erworben und sie hatte Vorarbeiter herangebildet für die Feldwirtschaft, für die Waldpflege, die Fischerei, das Groß- und Kleinvieh, das Geflügel und die Gespanne, für die Maschinen.

Sie entließ im Winter keine Tagelöhner, die Familien hatten, wies Pflegearbeiten zu, wie sie nötig waren für den Hof, die Stallungen, die Maschinen, Körbe, Säcke und Geräte. Sie ging in die Hütten der *Hofeleute* und sah nach ihrem Leben. Die Majorin ließ an- oder umbauen, wo es nötig schien. Für die Mädchen richtete sie winters über die Nähstube ein. Dort wurde der richtige Umgang mit Nadel und Faden, mit Anpassung und Zuschnitt, mit Stoffen und ihrer Pflege gelehrt. Für die jungen Frauen gab eine Hebamme Unterricht darin, wie sie sich in einer Schwangerschaft, bei einer Entbindung zu verhalten hätten. Die Majorin selbst griff bei Geburten herzhaft zu, denn wer Ferkeln, Kälbern und Füllen zur Welt verhalf, der konnte bei der Geburt eines Menschenkindes kaum etwas Falsches tun.

Mit der Zeit richtete sie einen Kindergarten ein, denn die Frauen wurden auf den Feldern und in der Wirtschaft gebraucht. Der Pfarrfrau trug sie an, Kochkurse für Mädchen im Konfirmandenalter zu geben. Das geschah auf dem Gute und die Majorin stellte zur Verfügung, was da nötig war. Freilich waren die Kochstunden für die einfache Küche gedacht. Mit dem Lehrer der Dorfschule hielt sie Verbindung und informierte sich über die Schularbeit der Kinder von den Hofeleuten. Wer immer ein ordentliches Zeugnis heimbrachte, wurde von der Majorin mit ein paar Groschen belohnt. Das sprach sich unter den Kindern herum – und dem Lehrer schenkte mancher Lerneifer rechte Freude. Die Majorin ermunterte zum jährlichen Schulausflug, setzte sich dabei auch selbst zwischen die Kinder – immer aber steckte sie dem Lehrer eine Überraschung für sein Völkchen zu.

Alles das hieß aber auch, dass jeder seine Pflicht zu erfüllen, seine Arbeit zu erledigen hatte, wie das die Majorin vorlebte. Als ihr ein Diebstahl zugetragen wurde, ging sie bei Dunkelheit zu dem Häusler. Dort setzte sie sich mit an den Tisch und schwieg. Das tat sie, bis der arme Mensch von selbst zu reden anfing und bald nur noch ein Häufchen Unglück war. Es war nicht neu, dass Hofeleute ihr Deputat unrechtmäßig vermehrten. Ihre Armut forderte den Diebstahl heraus. Und das machte keine Gewissensbisse, wenn sie ihre elenden Hütten und ihr mageres Dasein mit den Herrenhäusern und dem Leben darin verglichen. Die Majorin war nicht so naiv, diese Form der Armeleutemoral nicht auch bei ihren Untergebenen zu wissen. Es enttäuschte sie aber, dass da jemand nicht das Vertrauen hatte, in einer Not zu ihr zu kommen.

Schließlich musste sie begreifen, dass über viele Jahrzehnte gewachsenes Misstrauen der Dienenden gegenüber der Obrigkeit seinen Bestand hatte. Der Lehrer sagte ihr gar, dass manche ihre Anteilnahme den Elenden gegenüber als Schwäche sehen könnten, zumal es noch immer die *Organisierten* gab, die den Besitz der *Herrenklasse* aufteilen wollten.

Daran hatte auch der Krieg nichts geändert, der nun schon fünf Jahre lang das Leben von Millionen zerbombte, zerriss, zermalmte. Da waren die Jungen eingezogen worden und die Majorin hatte mit Frauen, Kindern, Älteren und gar Alten das von der Regierung geforderte Brot zu bringen. Zur Hilfe hatte ihr der Staat zwar kräftige Männer zugewiesen, das waren aber Polen. War die Majorin die Jahre über mit den Saisonarbeitern gut ausgekommen, so waren diese Männer jetzt dienstverpflichtet worden und zur Arbeit in der Landwirtschaft befohlen. Wie arm sie früher auch immer gewesen, sie hatten freiwillig ihre Arbeiten im Nachbarstaat Deutschland aufgenommen. Jetzt waren sie als Menschen einer besiegten Nation zur Arbeit auf dem fremden Gut eingeteilt worden.

Das forderte ihren Stolz und aus dem Glimmen des Unwillens schwelte bald ein Feuer unter dünner Decke und breitete sich aus, wenn auch gesagt sein muss, dass nicht nur in der Zeit der Nazis zwischen den Polen und den Deutschen beiderseits der Grenze kein herzliches Verhältnis bestand.

Es gibt aber immer Menschen, die Grenzen abbauen. Dazu gehörten die Majorin und eine Polin, die in früheren Jahren auf dem Gute ihr Brot verdiente und manche Zuwendung durch die Deutsche erfahren hatte. Nun war sie wieder auf den Hof gekommen. Es gab ein herzliches Wiedersehen zwischen den Frauen. Slawa hatte einen Mann mitgebracht, den sie Petre nannte und der ihr Liebster war. Die Majorin ging vorsichtig mit beiden um und wies ihnen allmählich mehr Aufgaben von Vorarbeitern zu, bis sie deren Vertrauen spürte. Slawa und Petre bildeten ein Brücke von der Majorin zu den anderen Polen. Zwischen denen und den Hofeleuten blieb das Verhältnis jedoch gespannt.

Noch aber stand der (letzte) Kriegssommer im Lande, das seine vollen Schätze gab von den Honigwiesen, den Getreidefeldern, den fischreichen Gewässern, aus den Gärten und Wäldern. Als die Hackfrucht eingebracht war, die Kartoffelfeuer gelodert hatten, wurde das Ernte- und Tanzfest gefeiert. Die Majorin hatte alle geladen, welche Sprache sie auch redeten. Im Freien waren die Reihen der Tische gedeckt und man genoss noch wie im Schlaraffenland, während der Hunger sein Tuch über das noch in der Ferne blutende Feld des Krieges breitete. Es wurde zum Tanz aufgespielt. Mit der Zeit, wie sie vom Abend in die Nacht ging, löste sich die Starre zwischen den Hofeleuten und den Fremden. Sie tanzten miteinander und die Majorin ließ sich von Petre auffordern, tanzte mit ihm, bis sie den Mann in die Arme Slawas drehte.

Da waren aber auch welche dem Tanze ferngeblieben und saßen um ein Feuer. Im Aufflammen der Glut leuchteten ihre Gesichter. Der Lehrer wollte sich zu ihnen gesellen, wurde aber von denen angeschwiegen, bis er wieder ging. Die Majorin sah die Männer auch. Der alte Pisike führte das Wort. Pisike war einer, der für das Aufteilen eintrat. Nicht den Herren, sondern den Hofeleuten gehöre, was sie seit Generationen den Junkern für ein Hungergeld erschuftet hätten, bis sie krummbucklig und verbraucht waren.

Die Männer am Feuer rückten nur widerwillig, als sich die Majorin zwischen zwei Polen und Pisike gegenübersetzte. Sie ließ sich nicht anschweigen. Sie sprach selber:

‚Ich habe es mir durch den Kopf gehen lassen, wie das ist, wenn wir alles aufteilen: die Felder und Weiden, den Wald und die Teiche, die Gärten, das Vieh und die Maschinen, das große Haus und die Ställe, die Scheunen und Remisen, die Schafherden und Gespanne, Hühner und Gänse und Enten und Tauben und Puten und was mir jetzt nicht so zur Hand ist. Dann arbeitet jeder für sich, sät für sich, erntet für sich, gibt seinen Beitrag für den Kindergarten, die Nähstube, die Koch- und Hebammenstunden, den Schulausflug und so fort. Und hier gibt es sicher welche, die alles organisieren können, an welchen Tagen die einen die Ochsen, die anderen die Pferdegespanne haben, wer zuerst die Mähmaschinen oder Kartoffelschleudern erhält, wie die Reihenfolge des Druschs eingehalten wird, welche Rücklagen für das Saatgut, für Düngemittel, Kraftfutter, für den Tierarzt sein müssen. Da wird die Fruchtfolge nach Bodenbeschaffenheit festgelegt, wird die Zuchtfolge in den Ställen aufgeschrieben werden. Gebäude werden repariert, Ersatzteile angeschafft, auf den Märkten wird sich umgesehen. Ach ja, alle werden dann Wild- und Waldaufseher sein können und alle Fischer. Das muss man nur regeln. Holz kann man gemeinsam in den Wintermonaten schlagen.'

Es war eine lange Rede, die da am Feuer gehalten wurde, während sich die Festgemeinde langsam auflöste. Die der Frau zugehört hatten spürten, wie ernst es ihr war. So zeigten sich die Männer betreten. Die Polen, die nichts verstanden hatten, sahen fragend von einem zum andern. Die Majorin hatte einen Berg von Arbeit und Verantwortung vor ihnen aufgebaut. Und es war keine Schadenfreude in ihren Worten, als sie sich direkt an Pisike wandte:

‚Teilenwollen und Habenwollen sind Träume. Träumen ist nicht verboten. Sie sind aber gefährlich, wenn nur aus altem Hass geteilt werden soll. Dann geht es ohne Verstand. Es wird mehr Schaden angerichtet. Deshalb habe ich das eben alles gesagt, damit ihr euch zusammensetzt mit Stift, Papier und der Rechenmaschine. Nehmt euch jemanden dazu, der Land vermessen kann und die Böden kennt zum Ausgleich. Denn ihr wollt ja ehrlich teilen. Tragt das ruhig mit in euren Schädeln herum und holt alle zusammen vom Hofe hier: Domschat und Litwinksi, Wokurka und die Witwe Gladicke, Litau und Mroske, Zillich und Kretschmer, Machleit und wie sie alle heißen. Holt sie auf den Hof. Malt wie Jesus in den Staub, damit sie verstehen. Alle müssen gleiche Stimmen und Rechte haben – auch die, die ihr als Diebe oder Faulenzer kennt. Wählt einen, der das Kommando führt bei der Sache, sonst beginnt alles mit einem endlosen Streit. Wie gesagt, Pisike, setzt euch zusammen und plant es gut. Ich werde euch nicht im Wege sein.'

Das war gesagt worden in einer milden Herbstnacht, als der Krieg vom Osten her die Deutschen zurückdrängte, dem eigenen Lande zu. Die Männer hatten still zugehört, und als die Majorin gegangen war, grinsten manche Pisike an und nickten der Frau nach. Ja, die Russen warfen die Feinde aus ihrem Lande und da und dort waren auch die Junker zusammengekommen, um sich zu beraten. Sie machten sich keine Illusionen wie das sei, wenn fremdes Volk bei ihnen das Sagen habe.

Schon im Winter bekamen sie von den staatlichen Ämtern Anweisungen, sich auf *vorübergehendes Verlassen* der Heimat vorzubereiten, schon jetzt Trecks zusammenzustellen für ihre Leute und sich selber.

Der Sturm brach schneller über das Land, als mit Bangen erwartet. Gerade war der Altknecht gestorben, den sie mit Mühe in den hart gefrorenen Boden brachten, als bei der Majorin der Befehl zum Trecken einging.

Zwar hatte sie wie jedermann gepackt für das Ungewisse. Als aber die Stunde der Entscheidung gekommen war, standen die Menschen wie gelähmt. Der Endgültigkeit des Todes vergleichbar, lag stummes und bleiernes Entsetzen in ihnen, von der Majorin bis hin zu den Pisikes.

Doch fing sich die Herrin zuerst. – Ihre Aufgabe war es, die Leute auf die Fahrt zu befehlen, die nicht schon durch Wehrmachtsfahrzeuge zu einem Bahnhof westwärts gebracht oder ihre Heimat selbstständig mit dem Rad, einem Karren, dem Handwagen oder als Mitfahrer bei anderen verlassen hatten.

Im Rund waren die Gespanne aufgefahren. Die Häusler wurden den Fahrzeugen zugeteilt und luden vor allem das auf, was gegen die Kälte und den Hunger nötig war. Das stapelten sie unter Klagen und Weinen. Die Majorin hatte noch Kisten und Körbe mit allem gefüllt, was die Wurst-, Speck-, Käse- und Milchkammern hergaben. Das wurde genau so verteilt, wie sie aus dem großen Hause noch Betten, Decken und Pelze bringen ließ. Kleine Kinder und Alte saßen auf. Der Zug setzte sich in Bewegung: zuerst die Pferdegeschirre, danach die Ochsengespanne. Im Blick zurück blieben die kleinen Häuschen nie zu vergessene Kostbarkeiten.

Die sich noch länger umdrehten, sahen auch die Majorin, wie sie zwischen Petre und Slawa stand. Da wirkte sie kleiner.

Die Majorin hatte es gesagt, dass sie nachkommen werde. Selbst Pisike war bei ihr vorstellig geworden, hatte sie gar beschworen, mit ihnen zu gehen. ‚Ich komme schon', hatte die Frau geantwortet und Pisike die Hand gegeben .

Die Polen wollten bleiben und im Vertrauen auf die Rote Armee warten. Sie wollten weiße Tücher an die Bäume der Allee zum Gute und aus den Fenstern des großen Hauses hängen. Mit solchen Tüchern auch, mit Brot und Salz wollten sie den Soldaten gar entgegengehen.

Die Majorin hatte Slawa und Petre mit ins Haus genommen und durch die Räume geführt. Sie hatte alle Türen geöffnet. Da war auch die Gewehrkammer. Petre griff sich eine Büchse und zwei Pistolen. Die Majorin und Slawa sahen sich erschrocken an. Petre steckte sich Munition ein. Dann redete er mit Slawa, die der Majorin übersetzte.

Die Dummheit und der Hass seien oft stärker als der Verstand. Die Dummheit und der Hass würden vielleicht hier alles in Brand stecken und dann selber nackt in der Kälte erfrieren. Petre sprach von seinen Landsleuten, die mit versteckter Genugtuung den Treck fahren sahen und nur warteten, hier die Herren zu sein – die Herren und die Richter. Und so sei es auch dringend, dass die Majorin zu ihren Leuten fahre.

Es war eine lange Nacht, da die Majorin mit den beiden Polen saß und sie darüber redeten, dass das Vieh gefüttert oder aber losgebunden und sich selber überlassen werden müsste. Und wenn die Kühe nicht gemolken ... Und wenn die Kälber nicht versorgt ... Und wenn die Schafe nicht getränkt würden ...

‚Fahren Sie mit der Morgendämmerung, Majorin – fahren Sie bald!'

Petre und Slawa wollten ihre Landsleute von Zerstörungen und dem Gute abhalten und den Hof den Sowjets übergeben. Das würde ein Fest für alle sein.

So fuhr die Majorin schon weit vor dem Morgengrauen. Sie hatte den Fuchs vor den leichten Wagen gespannt. Am langen Zügel trabte der Braune gesattelt nebenher. Slawa hatte ihr geholfen, den Wagen zu packen mit dem, was schon in der Bibliothek abgestellt war für diese Flucht. Zuletzt hatte sie den überlangen, schweren und wolfspelzgefütterten Schlittenmantel hochgereicht.

Petre stand nicht weit davon und hatte das Gewehr umgehängt und die Pistolen griffbereit wie der Wächter. Die Majorin sprang noch einmal vom Wagen. Die Frauen umarmten sich und weinten.

‚Sie waren immer gut zu mir, Majorin!'

‚Werden Sie glücklich mit Petre!'

Die Majorin stieg auf, löste die Bremse, schmitzte den Fuchs, der Braune stieg – das Gefährt rollte – die Herrin sah sich nicht mehr um.

Petre schoss einen Salut in den Himmel.

Es war die eigene via dolorosa, die Hunderttausende in die erbarmungslose Kälte des Winters und der Einsamkeit trieb, und Zehntausende säumten diese Straße als Tote: erfroren, verhungert, aus der Luft ermordet, vor Schwäche vergangen. Aber der Treck hat seine eigenen Gesetze und zieht weiter.

Wie viele Stationen waren es für die Majorin auch, die die großen Straßen mied, sie nur anfuhr, um über eine Brücke zu kommen. Sie rastete da, wo man sie aufnahm mit ihren Pferden, Futter gab oder ihr verkaufte. Denn über ihrer Reitkleidung trug sie den langen Rock mit dem schweren Saum. Darin waren fürsorglich Gold- und Silberstücke eingenäht für den Ernstfall.

Allmählich wurde der Rocksaum leichter. Die Majorin schlug sich bis nach Bayern durch, verkaufte erst den Wagen und den Fuchs, trennte sich schließlich von dem Braunen – und begann *das andere Leben*.

Mit dem Hof im Osten verlor sich der Name *Majorin*. Auf einem Gestüt schließlich fand Lea ihr Brot als Reitknecht und Pferdepfleger. Da biss sie sich durch. Und als ein kleines Gut verwaiste, nahm sie es in Pacht. *Von daheim* fanden sich sogar welche, denen sie neue Heimat gab. Wenn die jetzt von ihr sprachen, so sagten sie *die Unsere*.

Die ringsum aber sahen fast misstrauisch auf das, was die fremde Frau mit ihren Leuten wieder auf die Beine stellte. Mit der Zeit gar gab es durch Aussiedler eine Verbindung zu Slawa und Petre. Er wollte ihr gerne aus dem großen Haus ein gewaltiges Geweih zum Erinnern mitschicken, wenn sie ihm in Deutschland ein Paar gute Stiefel, Langschäfter, arbeiten und ihm zukommen lassen könne. Er sei einen Meter zweiundsiebzig groß und habe Schuhgröße einundvierzig. Und sobald es nur ginge, solle sie doch zum Besuch kommen. Auf dem Gute arbeite eine sozialistische Genossenschaft, wie das eben so sei. Ach ja, sie hätten drei Kinder, Slawa und er. Schöööne Kinder.

Lea ließ die Stiefel wirklich arbeiten. Der Pole bekam sie auch und schickte mit Aussiedlern das Geweih in einer großen Kiste. Die Trophäe hatte achtzehn Enden und hing die Zeiten in der Halle des großen Hauses. Lea ließ das Geweih in seinem Kasten. Mit Slawa schrieb sie sich noch mehrere Briefe. Slawas Post blieb nicht erhalten.

In der Fluchtvorbereitung hatte die Majorin auch die Familienchronik ihres ersten Mannes in einem Schließkorb verpackt. Die Gutsherren schrieben von ihrem Leben, zeichneten Geburten, Hochzeiten, Todesfälle auf. Das Wachsen der Wirtschaft und Kostenrechnungen wurden aufgelistet.

Jede Generation hatte ihren Wahlspruch eingedrückt, wie man in Steine meißelt. So steht es aufrecht und steil geprägt:

> Grabe deinen Namen in die Erde!
> Trockne die Tränen und greife zum Pfluge!
> Stehe auf und gehe dem Morgen entgegen!
> Stehe immer wieder auf!

Lea füllte auch ihren letzten Tag mit Arbeit aus. Wurde sie von einer Ahnung erfüllt – von einem Wissen gar? Auf ihrer Flucht westwärts hatte sie sich manche Nacht in den Schlittenmantel gehüllt und auf zwei Stühle, ein Brett, eine Bank oder auch auf den blanken Boden gelegt und geschlafen. An einem milden Herbstabend holte sie den Schlittenmantel aus dem Schrank, hüllte sich darin ein und setzte sich in den breiten Sessel im Umlauf des Hauses. Da schlief sie in eine andere Welt."

Trockne die Tränen und greife zum Pfluge.

Wir sitzen still beieinander. Dann nickt Berta fast energisch.
„Ja!" spricht sie laut. „Trockne die Tränen und greife zum Pfluge! – Das ist ein Wort!"
Ihr Blick geht von mir zu Lambert, als fordere sie auch unser Ja.
Und dem Manne, dessen Mutter auf einem Treck gestorben und am Rande notdürftig begraben war, kommt wie aus einer Erstarrung das Lächeln.
„Es ist ein gutes Wort, Berta!"

Berta putzt in Jacobs Zimmer. Immer wieder unterbricht sie ihr Tun und greift nach Blättern in dem Regal. Die Papiere halten sie wie mich auch gefangen. Lambert steht zwischen Tür und Angel und beobachtet die junge Frau.
„Wissen Sie, warum Sie nicht loskommen davon – trotzdem?" fragt er.

Berta hält inne und sieht ihn wie erstaunt an.

„Trotzdem? Was meinen Sie mit *trotzdem*?"

Lambert geht zu Jacobs Regal und streicht mit den Händen über die Papierstapel.

„Es ist eine Menge aufgeschrieben, was da manchem Leser nicht behagt und seiner Seele kein Licht gibt. Sie haben das ja selbst oft beklagt, Berta. Sie haben bei manchen Geschichten Jacobs gefroren. Aber Sie wenden sich nicht ab. Sie bleiben neugierig."

Berta nickt und setzt sich auf den Rand eines Stuhls.

„Ich habe viel mit meinem Mann über das gesprochen, was da von Jacob auch zu mir gekommen ist. Und wir denken, dass es gar nicht Hans-Jacob Dagas ist, der so einfach in unser Leben kommt. Nein. Es sind die Menschen alle, denen er begegnete, deren Schicksal uns zur Seite bleibt. Conny lachte einmal und sagte, Jacob komme ihm vor wie der Erzähler aus *Tausend und einer Nacht* mit seinen unerschöpflichen Einfällen. Aber wiederum kann man gar nicht so viel erfinden. – Wenn ich nun vor dem Regal stehe, dann möchte ich einfach nur mit dem Finger auf ein Papier stipsen und fragen, wer mir daraus wohl entgegenkäme."

Da dreht sich Lambert zu mir und zeigt auf das Regal.

„Soll ich einfach mal mit dem Zeigefinger stipsen?" Er wartet keine Antwort ab, zielt mit dem Finger auf ein Päckchen Abgelegtes und zieht es heraus.

„Berta", sagt er lächelnd, „wollen wir die Tür öffnen, hinein gehen und *Guten Tag* sagen?" Lambert hält die Bogen vor sich wie ein Tablett und sieht mich fragend an.

„Setzen wir uns", seufze ich nachgiebig, „der Tee ist ohnehin fertig."

Lambert überfliegt noch im Gehen das Geschriebene, setzt sich und lächelt Berta an.

„Ich denke", sagt er, „heute Abend haben Sie eine schöne Gute-Nacht-Geschichte für Ihren Conny!"

Wir sitzen beim Tee. Jetzt ist es Lambert, der uns vorliest.

ER HAT EINMAL UM MICH GEWEINT

„Er stand plötzlich vor mir, als sei er aus dem Nebel getreten.

‚Bartkow', rief ich erstaunt, ‚Mensch Bartkow!'

Er zeigte ein breites Lächeln und nickte: ‚Bartkow und Dagas! An das Spill!' schrie er und wir umarmten uns lachend.

Mit vielen war ich zur See gefahren, einige sind mir im Sinn geblieben, zu denen *Grottke der Hund* gehörte und natürlich *Bartkow der Neugierige*.

Auch ihn hatte das Kriegsende wie so viele andere nach Luv gespuckt. Gleich mir war er auf der Suche gewesen. Wir trafen uns in Bremerhaven und heuerten gemeinsam auf einem Norweger an. Später folgten Reeder aus aller Herren Länder. Das ging drei oder vier Jahre so. Bartkow und ich wuchsen zusammen wie zweie, die mit den Rücken zueinander lehnten, sich Wärme gaben und gegenseitig beistanden, wenn es sein musste. Auf dem Norweger schon hatte Bartkow seinen Beinamen weg: der Neugierige.

Fast in jeder Freiwache suchte er den Kreis der anderen, erzählte und forderte andere auf zu einer Geschichte. Da grinsten manche auch bloß, schüttelten den Kopf und spuckten über die Reling. Ubedja nur – so ein Brauner von Irgendwo mit immer wachen Augen – dieser Ubedja hing an Bartkows Lippen, wenn er erzählte.

Nein, das waren keine Geschichten aus dem Erleben des Krieges. Bartkow suchte die Ferne, gar das Außergewöhnliche. Er erinnerte mich an Grenzendörfers Erzählungen, wie sie mich als Jungen packten in ihrer Spannung bis zum Bersten.

Bartkow war also gekommen, brachte eine weite Zeit zurück. So saßen wir draußen in der Nacht vor der grauroten Glut eines Feuers.

‚Ubedja', sage ich leise und ich wiederholte es: ‚Ubedja!'

Bartkow nickte. ‚Der singende Erzähler Ubedja – wie mit dem Winde gekommen und mit ihm gegangen.'

‚Ich sehe noch, wie das war, Bartkow, wie Ubedja auf den Planken hockte, sich beim Sprechen wiegte und ab und an die Hände wie zum mohammedanischen Gebet vor Mund und Nase führte. Das fing uns ein, als trieben wir auf einem ganz anderen Meere.'

Bartkow legte Holz nach: ‚Ich blieb noch ein Jahr mit Ubedja zusammen, als du in Brest von Bord gingst. Er verließ das Schiff in Beira.'

‚Ja, in Brest ging ich von Bord – da war ein Klumpen Heimweh, der mich fast erdrückte.'

Bartkow hielt mir sein leeres Glas entgegen. Ich schenkte ein.

‚Weißt du noch um die Erzählung, die uns Ubedja über Gabda sang – über Gabda den Alten und Mogdha den Rebellen?'

,Nein – das muss nach Brest gewesen sein.'

Wir starrten in die Gut. Es lag eine fast tönerne Stille in dieser Nacht.

,Erzähle', bat ich Bartkow.

Ich schloss die Augen und dachte mich in die Weite der Nächte auf ruhigem Meer, da wir um die Bodenlampe mit ihrem gelblichen Licht hockten, Ubedja sich wiegte, seine Hände ab und an das Gesicht strichen und er das Stück seines Lebens sang, wie es Bartkow nun auf meiner Klippe singen würde.

Und dies ist das Lied über Gabda:

Es geschah in dem Lande unter der Sonne, in dem alle jungen Menschen als Sohn oder Tochter, alle älteren als Vater oder Mutter angeredet wurden.

Der alle Macht über das Volk besaß, war *Der Ewige* und er wohnte in einem Haus mit einem bewachten Tor. Das Wort des Ewigen war die Gewalt, der sich die Menschen zu fügen hatten. Mildtätig war der Ewige gegen die Gehorsamen, denen er Speisen und Getränke verabreichen und ihnen zum Tanze aufspielen ließ.

Mogdha war nur ein Rebell, der das Essen verschüttet und in das Getränk gespien hatte. Ja, er ließ die Blumen, die dem Ewigen zu Ehren gepflanzt und gepflegt wurden, verdorren.

,Seht', rief er und lachte höhnisch, ,nichts ist ewig!'

Als ihn Soldaten des Ewigen hart überwältigen wollten, schlug Mogdha mit seiner Keule nach ihnen, dass einer siech wurde und blind obendrein. So hatte Modgha sein Leben verwirkt und wartete in einem dunklen Verlies auf seine Hinrichtung.

Durch ein Loch in der festen Tür ward ihm ein Brei gereicht, und wenn er den Kübel mit seinem Unrat aus dem Gefängnis tragen musste, so hatte er sich vorher selbst die Augen zu verbinden. Mit einem Stock wurde er dahin dirigiert, wo der Unrat auszuleeren war. Der Stock leitete ihn zurück in den Raum seines Elends.

Es war ein Tag vor der Hinrichtung, dass ein Alter zu den Wachsoldaten trat und bat, Mogdha besuchen zu dürfen.

‚Was willst du, Vater?' fragten sie.

‚Ich bin Gabda, ihr Söhne, und ein alter Mann aus Spirha, woher auch der Verurteilte kommt. Seine Mutter ist zu alt für den Weg zu ihrem Sohne. So sendet sie mich, ihm noch einmal das Tuch seiner Kindheit um die Stirn zu winden. Lasst mich zu ihm, meine Söhne. Es ist kein Unrecht an mir. Hier ist das Tuch. Das ist mein Sack, den ihr untersuchen sollt. Ihn werde ich vor der Tür stehen lassen, bis ich wieder gehe.'

Damit gab Gabda den Sack in die Hände der Soldaten, die ihn untersuchten, sich berieten, den Sack an die Tür stellten.

‚Binde ihm das Tuch seiner Kindheit um die Stirn, als seist du seine Mutter, Vater', sagten sie und wiesen zum Kerker.

‚Gibt es eine Lampe?' fragte Gabda, ‚es kommt die Nacht schon, ich kenne den Weg nicht.'

‚Nein', sagten die Soldaten, ‚der Sohn Mogdha wird in diesem Leben kein Licht mehr sehen, so ist das sein Gericht. Und mit verbundenen Augen auch wird man ihn richten. Nimm deine Hände und Füße zum Sehen, Vater.'

‚Dann lasst wenigstens die Tür einen Spalt breit offen', bat Gabda.

Da strich ihm ein Soldat über die Wange: ‚Auch keinen Spalt breit, Vater. Das ist das Wort des Ewigen.'

So geschah es also, dass Gabda sich zu Mogdha tastete und die Tür geschlossen blieb. Weil es die Soldaten jedoch befohlen hatten, durften Gabda und Mogdha nicht leise sprechen. Also sang und betete Gabda, wie er Mogdha das Tuch der Kindheit um die Stirn wand und das Weh der Mutter an den Sohn überbrachte.

Die Nacht war schnell gekommen. Die Soldaten saßen um das Kohlebecken und rieben sich die Hände.

‚Die Zeit ist um!' rief einer.

Aus dem Kerker antwortete Gabda, dass er nun gehen werde. Sie öffneten ihm, der gebückt zu ihnen trat.

‚Zeige dein Gesicht', sagten die Soldaten und führten den Gebückten zum Kohlebecken. Dort betrachteten sie die verschwimmenden Züge der Trauer, denn der Alte hatte sich mit der Asche des Elends eingerieben, schluchzte, verneigte sich, ging aus der Tür, verneigte sich noch einmal tief und schlurfte seines Weges.

‚Da steht dein Sack noch, Vater!' riefen ihm die Wächter nach, doch der Mann schüttelte den Kopf und verging in der Dunkelheit.

Als die Sonne den neuen Morgen brachte, wurden die Wächter wieder abgelöst. Sie und die neuen Hüter sahen durch das Loch in der Tür auf den Gefangenen. Er hatte sein Gesicht verhüllt und kniete an der Wand.

‚Wenn die Becken dröhnen, wird man ihn richten', sagten die neuen Hüter und die Soldaten der Nacht nickten.

Duongduong – duongduong – duongduong dröhnten die Becken in die Zeit des Mittags, dass die Söhne und Töchter, die Väter und Mütter kämen und sähen, wie ein Rebell gerichtet wird. Wie auf einem Basar wirrten bald die Stimmen derer vor dem Gefängnis und Stille trat ein, als der Ewige herbeigetragen wurde. Er hob seine Hände zu den vier Winden und nickte. Das war das Zeichen für die Hüter, den Schuldigen vor den Herren zu führen.

So brachten sie ihn, der das Tuch der Kindheit um die Stirn trug und das Gesicht mit Asche eingerieben hatte.

,Knie dich, Mogdha', sagten die Hüter und der Verurteile tat es.

,Gib dein Gesicht dem Staube', sagten die Wächter und Mogdha neigte es in die Steine.

,Nehmt ihm das Tuch der Kindheit!' befahl der Ewige. Und sie nahmen das Tuch der Kindheit von seiner Stirn.

,Nehmt ihm das Kleid!' befahl der Ewige. Da nahm man dem Todgeweihten das Kleid.

Wie aber das geschehen war, schrie einer der Wächter: ,Herr und Ewiger! Das ist nicht Mogdha! Dieser hier ist nicht Mogdha!'

Die Menge stand starr und riss die Augen auf. Der Ewige erhob sich und sah auf die nackte Gestalt vor ihm. Er winkte. Man brachte Wasser. Der Nackte hatte sich das Gesicht zu waschen.

,Das ist ja ein alter Vater!' rief es von den Menschen her.

,Gabda ist das, ich kenne ihn, er kommt aus Spirha!' tönte eine andere Stimme.

Der Ewige hob die Hände. Die Stimmen verebbten.

‚Wer bist du, Vater?' Der Ewige rief es zornig.

Gabda fiel auf die Knie und sprach zur Erde. Laut sprach er, dass er Gabda sei und schuldig des Betruges. So wussten es bald der Ewige und alle auf dem Platze, dass Gabda und Mogdha die Wachen getäuscht hatten. Gabda war im Gefängnis geblieben, Mogdha hatte es als der Alte verlassen.

So wurde es dem Ewigen und allen dargelegt, wie Gabda das Tuch der Kindheit für die Mutter Mogdhas brachte, in dem dunklen Loch des Kerkers die Kleidung mit dem Verurteilten tauschte, ihm das Gesicht mit Asche rieb und dem Betruge die Nacht zu Hilfe kam.

‚Warum hast du die Wachen belogen, alter Vater?'

‚Ich log nicht, Herr! Ich sagte den Hütern, wenn ich ginge, so nähme ich meinen Sack wieder an mich. Der Sack steht noch immer an der Tür. So bin ich auch nicht gegangen.'

‚Willst du des Todes sein für Mogdha, den Bösen?'

‚Mein Leben liegt in deiner Hand, Ewiger.'

‚Warum hast du die Soldaten, warum hast du mich betrogen? Was schuldest du Mogdha dem Bösen?'

‚Er hat einmal um mich geweint, Ewiger!'

‚Geweint? Er? Um dich? – Warum geweint? Sprich!'

‚Das war vor weiter Zeit, Herr, als Fremde in die Berge einfielen, mich fast erschlugen und meine Herde forttrieben. Auf dem Weg in die schwarze Welt war ich schon, als mich Mogdha, ein Kind noch, fand. Mein Bild war wohl des großen Jammers, denn der Knabe weinte bei meinem Anblick. Vater, lieber Vater, rief er, was hat man dir getan? Dabei schluckte und schluchzte er, half mir. Auf ihn gestützt, schleppte ich mich doch zu

Tale. In Mogdhas Hütte ward ich aufgenommen. Mit dem Fette des Hammels und heilenden Ölen pflegte man mich ins Leben zurück. Mogdha hat um mich geweint, Ewiger, und mich ins Licht zurückgebracht. So schulde ich ihm ein Leben. – Richtet, Ewiger, wie es sein muss.'

Da gab es Bewegung unter den Menschen, die die Geschichte Gabdas nacherzählten. Der Ewige hob die Hand, dass wieder Ruhe sei. Die Menge hieß er heimzugehen. Es gebe heute kein Gericht. Fünfzehn aber, die er gemustert hatte, schickte er zu den Menschen nah und weit. Sie trugen schwarze Schnüre bei sich. Die sollten sie in den Händen halten und die Menschen befragen, wann sie um den Ewigen einmal geweint hätten. Wann immer das geschehen war, sollte ein Knoten dafür gebunden werden, dass man es wisse, wie viele schon um den Ewigen geweint hätten. Die Zeit über, da dies geschah, hatte Gabda bei den Soldaten zu bleiben.

Da wechselte der Mond viermal – aber keiner der Fünfzehn kehrte mit einer geknoteten Schnur zum Ewigen zurück. Niemand war gefunden worden, der um den Ewigen geweint hatte. Aus Furcht also, mit knotenlosen Bändern vor den Ewigen zu treten und seinen Unwillen zu spüren, ließen sie die Schnüre am Tor abgeben und gingen fort.

‚Es gibt keine Schnur mit einem Knoten, Ewiger', wurde ihm gemeldet.

‚Nicht eine einzige?'

‚Keine, Ewiger, keine einzige!'

Da ließ der Ewige Gabda vor sich kommen.

‚Um mich hat noch niemand geweint, alter Vater. Sollte ich nicht mehr wert sein als Modgha, der die Blumen sterben ließ?'

‚Ewiger', antwortete Gabda bescheiden, ‚es war ein Kind, das da einmal um mich weinte mit seinen reinen Augen. Hier bei dir sehe ich keine Kinder. Deine Diener sind gehorsame Väter. Wie sollten solche um dich weinen, die dich fürchten?'

Da sah der Ewige Gabda lange an.

‚Du solltest eigentlich gerichtet werden, wie es Mogdha bestimmt war. Das wird nicht sein, obwohl du die Hüter und mich betrogen hast. Ich will aber eine Zeit mit dir durch das Land gehen. Du wirst mich zu den Kindern führen. Ich will sie lachen sehen und ihr Weinen vernehmen. Was in mir an Licht ist, wirst du den Kindern sagen. Die Trauer in mir wirst du ihnen als Geschichten erzählen. Ich will es sehen, ob wenigstens ein Sohn, eine Tochter um mich weint. Dann kehren wir beide dahin zurück, woher wir als reine Kinder kamen.'"

Lambert hat gelesen. Wir sitzen noch zusammen und spüren unser gegenseitiges Gelöstsein. Dann steht Berta auf.

„Danke, Lambert", sagt sie lächelnd.

„Danke", nickt sie mir zu und geht.

HANNI

Es ist wenige Tage später, dass ich im Wintergarten sitze und meinen Vegesack lese. Daneben summt Bertas Staubsauger. Plötzlich verstummt das Gerät. Berta kommt, stellt sich mir zur Seite. Ich schlage das Buch zu, blicke zu ihr hoch. Sie spricht so, als richte sie ihre Gedanken an sich selbst.

„Jacobs Geschichten gehen mir so viel im Kopf rum. Bei ihm gibt es so viel Abschiednehmen. Vieles ist so ohne Erbarmen. Wie sehen Sie das Leben?"

Ich stehe auf, trete neben die junge Frau, sehe nach draußen, als suche ich einen Punkt zum Festhalten.

„Als ich so jung war wie Sie, habe ich auch die Trauer und den Abschied von mir gewiesen, wie das jeder tut, den ungestüme, unverbrauchte Kraft trägt. Dann begegnet man in den vielen Jahren seines Lebens dem Leid, dem Elend, der Trauer. Sie brauchen ja bloß die tägliche Zeitung mit den mannigfaltigen Todesnachrichten aufzuschlagen. Es gibt nichts von Bestand, Berta. Um das zu wissen, bedarf es keiner Philosophie. Trauer und Abschied erinnern in uns alles das, was wir innig liebten, was uns Seligkeit gab und das, was wir Glück nennen. Es ist fortgegangen aus unserem Leben, es wurde uns genommen, die Zeit war erfüllt. Wir denken daran in Dankbarkeit und werden demütig darin, alles Endgültige erkennen zu müssen. – So denke ich das."

Berta sieht mich an und ihr Blick ruht lange in meinen Augen.

„Dann ist die Trauer eine Sehnsucht nach dem Verlorenen?"

„Tiefe Sehnsucht – ja!"

Berta sucht meine Hände. „Als Mutter gestorben war, gab es in mir auch nicht nur das Bild von ihrem Krankenlager und ihrem Ende. Das verblasste gar rasch. Aber alles Leben, in dem wir unsere gemeinsamen Sonnenstunden hatten, das kehrte immer und immer wieder zurück. Und besonders gibt es da die Sehnsucht zu den Tagen, da ich als Kind krank liegen musste und Mutter mich umsorgte in ihrer Liebe und Wärme."

Ich nehme Bertas Wangen zwischen meine Hände. Unser weiches Lächeln geht ineinander. Ich schmiege mein Gesicht in ihr dichtes Haar und atme seinen Duft wie bei einem Kinde. Ich habe das Verlangen sie festzuhalten. Ich fühle mich auf einmal einsam, und was ich fühle, sage ich ihr:

„Wir wollen immer geborgen sein – vielleicht so, wie wir es einmal im Mutterleib gewesen sind."

So stehen wir eine Weile aneinander gelehnt, bis wir uns mit einem Lächeln lösen.

Es ist ein einzelnes Blatt nur, das mich wieder an Frau von Woytag erinnert. Jacob muss von einem Gang durch die Nacht heimgekommen sein, als er das hier schrieb:

„Du wirst nie so weit gegangen sein können in die andere Welt, als dass mein Herz dich nicht trüge bis in alle Ewigkeit. Wie liebe ich dich – wie liebe ich dich!

Ich ging einen Feldpfad wie den, der unser Windweg war. Weißt du noch? Denn da standen wir umschlungen. Wir küssten uns und mein Mund atmete das Leben. Der Wind spielte mit deinem Haar.

Ich liebe dich!

In alle Ewigkeit – Amen!

Halte mich fest – du mein Liebster!

So lange mein Herz schlägt – Liebste!

Wie auf dem Windweg habe ich still gestanden – hatte ich die Augen geschlossen – und du küsstest mich von den Sternen her.

Weil du nie von mir gegangen bist, nie von mir gehen wirst auch in der anderen Welt, habe ich nicht geschrien vor Schmerz und nicht um Erbarmen gejammert.

Aber ich stand und weinte, bis mich deine Hand von den Sternen her wieder aufhob.

Meine Seele wird immer weinen um dich – aber mein Herz wird dir singen.

Ich werde immer wieder durch die Nächte gehen – und du wirst bei mir sein –

in alle Ewigkeit – Amen."

Berta sagte es: Da gab es viele Klagen in Jacobs Leben. Aber waren es mehr als die tausendfach anderswo still gelittenen und nie aufgeschriebenen? Jacob schrieb sich von der Seele, was andere erdrückte, weil sie es nicht loswerden konnten.

Nicht anders kann es gewesen sein nach dem tödlichen Unfall von seiner Frau Hanni und seinem Sohn Arne. Da gab es die Stunden der Abwendung von Gott wie auch das Klagen gegen ihn. Es gab die Stunden und Tage, da Jacobs Mund schmal wurde und verschlossen blieb. Es gab die Zeit in den Nächten, da er auf den Klippen stand und seine Seele schrie. Es gab die Stille um ihn, die doch rauschte, da der Mann tief erschöpft war und selber dem Sterben nahe. Es war, dass er aus sich selber fortging als Suchender.

Solches hat er aufgeschrieben, wie ich es nun allein lese. Jetzt im Herbst kommen die Abende früher in die Tage. Ich sitze unter der Lampe in der Ecke mit der alten Uhr. Nur diese Lampe leuchtet hell. Weiter weg auf dem Tisch in der Mitte brennt eine Kerze. Fast ist mir, als hätte ich sie für Jacob angesteckt.

„Wie weit der Himmel des Sommers über dem Meere sich wölbt. Ich stehe auf den Klippen und sehe das Wasser, mich und den Himmel wie auf einem Holzschnitt. Und ich sehe meine Ohnmacht, meine Winzigkeit, mein Nichts.

Soll ich den Wogen schreien, die mir das Leben nahmen in meiner Frau und meinem Jungen? Wie sollten sie meine Klage annehmen? Ich stehe. Meine Augen verschwimmen. Ich weine in letzter Kraft. Der Wind trocknet meine Tränen. Meine Lippen schmecken das eigene Salz. Zu welchen Sternen sind die Seelen Hannis und Arnes unterwegs?

Hier haben wir schon zu dreien gestanden in solcher Nacht. Wir haben unsere eigenen Sterne gesucht, sie uns gegenseitig geschenkt.

‚Den dort möchte ich!' hatte mein Sohn aufgeregt gerufen und auf das Bild des *Füllens* gezeigt.

‚Er gehört dir', hatte Hanni den Jungen in den Arm genommen und ihn geschmust.

Als wir nach Hause gingen, zeigten wir uns immer wieder *unsere Sterne*. Hanni hatten wir *Das Haar der Berenike* und mir den *Kiel des Schiffes* zugeteilt.

Zu Hause kam der Schlaf noch lange nicht. Arne sprang wieder und wieder vor die Tür und verfolgte den Lauf des *Füllens*, bis er auf Hannis Schoß einschlief und wir uns küssten ob dieses tiefen Glücks.

In welcher Welt wird mein Sohn Arne reiten? Wo schmiegen sich die Wolkenwinde in Hannis *Haar der Berenike*?

Ich bin ein Einhandsegler geworden. Der Kiel des Schiffes schneidet durch die rauhe See. Denen, die zuerst die weiten Meere befuhren, wiesen die Sterne die Wege in die Häfen."

„Hanni und ich waren auf einen Turm gestiegen mit dem Blick über die Fülle von Wald, Feld und Wiese. Da und dort duckten sich rotbraune Punkte ins Land. Wie klein diese Dörfer und wie fern sie lagen. Der Wind wirrte uns das Haar. Hanni hatte sich geschlossenen Auges an mich gelehnt. Ich atmete diese Liebe. ‚Küss mich', bat sie leise und wir küssten uns in warmer Zärtlichkeit. Dann nahm sie meine Hand und legte sie auf ihren Leib.

‚Wenn du ganz still bist', sagte sie, ‚kannst du es vielleicht schon hören.'

Sie sprach von dem Kinde in ihrem Leibe, von dem ich bis zu dieser Stunde nichts wusste.

,Ist es wahr?' Das stammelte ich und fiel vor ihr auf die Knie, barg meinen Kopf in ihrem Schoß. ,Ist es wahr?' wiederholte ich und umschloss sie fest und wiegte sie, wie ich auf den Knien lag.

Hanni strich mir das Haar. ,Hörst du es?' frage sie wieder.

Da presste ich mein Ohr feste auf ihren Bauch, spürte das Pulsen ihres Blutes.

,Es singt in dir, Hanni – es singt in dir', habe ich da geflüstert.

In der Nacht, als wir uns die Sterne geschenkt hatten, als wir im Bett lagen und Hanni meine Hand in die ihre schloss, da lachte sie leise auf.

,Wie reich wir sind', sagte sie. ,Wir besitzen drei Sterne und einen Turm, weißt du noch? – Wir hatten das fast vergessen.'

,Ja, meine Liebste', antwortete ich und schmiegte mich ein, ,das war, als es in dir gesungen hat.'"

„Das war in Gefangenschaft, als sich zwischen Enno und mir ein Band wob, und eines späten Tages nach dem Heimkommen holte er mich mit dem Boot zu sich in das Haus auf der Warft. Damals schon – im Lager – sagte er mir, dass ich kommen sollte, bei ihm zu Hause – tu Hus – gäbe es keine Grenzen, und die Wurzeln von Feuer, Wasser und Erde seien nirgends so tief. Wir litten alle am Heimweh – aber Enno sicher am stärksten in der Sehnsucht nach dem Lande im Wasser.

Nun hatte er mich auf seine Hallig geholt. Die wenigen Bewohner lernte ich bald kennen – und auch die Grenzen zwischen dem Land und der See. Enno hatte sein Leben mit der Viehwirtschaft da wieder aufgenommen, wo er es durch den Befehl verlassen musste. Vom Vater hatte er übernommen, was der ihm in Mühsal und Arbeit aufbewahrt hatte.

Als ich in das Haus auf der Warft trat, blieb eine andere Zeit draußen vor der Tür, als sie hier ihren Gang nahm. Im ruhigen Pendelschlag tickte die Holzräderuhr durch die Tage. Ennos Eltern waren alt geworden und trugen ihre Zeit schweigsam. Aber in ihren Augen las ich das Willkommen für den Gefährten des Sohnes in schwerer Zeit.

Eine junge Frau trat in den Raum. ‚Das ist Hanni', sagte die Mutter Ennos zu mir. ‚Sie ist unsere Nichte und auch zu Besuch von draußen.' Draußen war die Zeit vor der Tür.

Ich gab Hanni die Hand und wir lächelten uns in die Augen. Mit Enno ging ich zu seinen Tieren, auf den Wiesen wendete ich mit ihm das Gemähte. Hanni war uns zur Seite, zwischen uns flogen die Worte wie bunte Vögel. Es ergab sich wie von selbst, dass ich mit der jungen Frau auch allein arbeitete. Wir hielten dabei jeder für sich inne, das Bild des andern in uns aufzunehmen.

Wir verliebten uns ohne ein Wort aneinander.

Enno fuhr über Nacht *mal rüber* zu Besorgungen. Die Eltern, Hanni und ich saßen am breiten Tisch. Ennos Vater hatte mir Handgeschriebenes gereicht. Es waren Aufzeichnungen vom Leben hier auf der Warft.

‚Lesen Sie das nur laut!' hatte er mich aufgefordert.

Ich sah diese steilen Schriftzüge und las vom Leben und Tod, von Hoffnung und Schmerz, von Hochzeit und Geburten. Der Vater rauchte seine Pfeife dabei und nickte. Die Mutter hatte eine Handarbeit und ihr Lächeln ging zu Hanni.

‚Tscha denn', sagte dann der Vater und erhob sich zur Nachtruhe. Da packte auch die Mutter ihre Arbeit in einen Korb. Sie sah Hanni und mich an.

‚Wenn ihr noch mal rausgehen wollt – hier braucht man ja nicht abzuschließen.'

Hanni und ich saßen noch am Tisch. Aus dem Flur tropfte das Ticken der Uhr.

‚Ich möchte noch zum Nachtmeer gehen', sagte ich. ‚Kommen Sie mit mir?'

Wir löschten die Lampe und gingen in die Nacht. Die Luft schmeckte nach Salz und Sternen. Die Wellen schmatzten sich in die kleine Böschung zum Meer hin. Hanni zog die Schuhe aus, die Strümpfe. Ich tat es ihr nach. Wir legten uns mit den Gesichtern in die Sterne und ließen das Wasser unsere Füße umspülen.

‚1177", sagte Hanni, „1177 ist eine gut zu merkende Zahl. Da soll es gewesen sein, dass der Doge von Venedig einen kostbaren Ring in das Meer warf zum Zeichen seiner Vermählung mit der See. Das sollte wohl Venedigs Macht zeigen. Das Bündnis mit der Allgewalt Meer machte unbesiegbar. Aber Venedig als Seemacht wurde bedeutungslos.'

Sie zog den Fuß quer, hob ihn aus dem Wasser, senkte ihn wieder hinein, wie man gerne spielt.

‚Vor dem Meer kann ich nur demütig sein – wie vor Gott!' sagte ich leise.

‚Macht es dir Angst, Jacob?"

‚Ja – wenn ich daran denke, mein kleines Leben wäre seiner unbeschreiblichen Gewalt ausgeliefert. Ja, dann habe ich Angst. Fürchtest du dich nicht?'

‚Ich war schon als Kind oft hier. Da gab es Sturm und Gewalt, dass ich Augen und Ohren verschloss und die Schürzen der Frauen suchte. – Doch die Menschen blieben ruhig dabei, ernst – aber ruhig. Niemand hätte hier je versucht, sich einem Dogen gleich dem Meere anzubiedern. In Geschichten freilich, die an den Nachtlampen erzählt wurden, ging gar Gespenstisches um, wie das anderswo auch ist. Wer dem Meer ein Herr sein wollte, den verschlang es. Und in bestimmten Nächten gingen die Seelen derer um, die hoffärtig waren.'

Wir trockneten unsere Füße im Winde von der See her und zogen uns an. Beim Aufstehen reichte ich Hanni die Hand. Sie gab sie mir und ich behielt sie in der meinen. Wir lehnten aneinander inmitten des Meeres zwischen Himmel und Erde und atmeten die Tiefen unserer Leben.

‚Ich möchte dich küssen, Hanni!'

Ich schloss sie in die Arme und spürte ihr Lächeln. Wir standen und hörten auf das Schwingen des Meeres. Arm in Arm gingen wir dem Hause zu.

Hanni blieb stehen und drehte mein Gesicht zum Himmel. Mit ihren feinen Händen strich sie meine Linien ab und streichelte mich.

‚Es ist ein fast heiliger Brauch, unter den Sternen und inmitten des Meeres nicht zu lügen.'

‚Mein Herz spricht zu dir – es lügt nicht, Hanni!' Aber dieses Herz schlug jetzt wie ein mächtiger Hammer, dass mir schier der Atem stockte.

Vor dem Hause blieben wir noch einmal stehen, drehten uns zum Wasser zurück.

,Eins sein mit dem Meere ist ein Weg in die Unendlichkeit', sagte sie und legte ihre Finger auf meinen Mund.

,Ich liebe Hanni', sagte ich zu Enno. ,Gibt es einen Weg?'
Der Freund lächelte. ,Da kommt sie. Frage!'
Im Beisein Ennos sagte ich es dann: ,Er weiß jetzt auch, dass ich dich liebe. Sollte ich fortgehen von der Warft?'
In Hannis Augen blitzte es, als sie ihren Vetter ansah und auf mich deutete.

,Du kennst ihn aus einer ganz anderen Zeit. Würdest du mich ihm anvertrauen?'

O glückliche Unendlichkeit zwischen Himmel und Erde, Wasser und Sommer in der Weite der Herzen."

„Tante Hedes Bett!
Mit Hanni löste ich mich in ein anderes Leben. Wenn mich die Jahre vorher mit Schalen umwachsen hatten, so brachen diese und fielen.

Platos Liebe – Elisabeths Liebe – Hannis Liebe – Vertrauen Gottes!

Welche Geschenke aber wurden mir auch gegeben in den Menschen aus Hannis Kreis. Das gesagte Wort galt. Jeder Handschlag gab Vertrauen. Ich wurde in neue Geborgenheit genommen.

Hannis Leute waren alle zu unserer Hochzeit gekommen: mit dem Gespann, dem Auto, dem Fahrrad, zu Fuß gar. Nach ihren Bräuchen hatten sie die Festtagskleidung angelegt. Manche trugen sie steif und feierlich. Der Kirchgang geschah in Ruhe und Würde. In den Bänken saßen die Frauen, Männer und Kinder, die Hannis und mein Leben mit begleiten würden.

Bis dass der Tod euch scheide!

Hanni presste meine Hand und mir war nie ernster zumute. Die Kaffeetafel in der großen Stube. Die getürmten Kuchenteller. Die bauchigen Kaffeekannen. Leises Klirren und Gelächter. Hanni und ich drückten uns unter der herabhängenden Tischdecke die Hände. Ich sah sie an und sagte es ihr noch einmal:

‚Bis der Tod uns scheidet.'

Im großen Flur wird zur Harmonika getanzt. Onkel Bruno hält eine Rede. Er liest sie ab, denn sie ist von 1912, als Tante Hede heiratete und das große Bett mitbrachte.

Beifall, Gelächter und Anspielung. Jens nimmt mich zur Seite und zeigt auf Onkel Bruno.

‚Es ist seine Leib- und Magen-Hochzeitsrede, seitdem er sie in den Familienpapieren gefunden hat. Und von dem Bett wird noch mehr die Rede sein.' Jens knufft mich und wir trinken ein Glas zusammen.

‚Das ist ein Bett mit Garantie', sagt Jens und grinst.

Mit dem Abendessen klingt die Feier aus.

Alle Zeit ist hier streng bemessen. Das habe ich schon an der Kirmes erfahren. Ein Plakat hatte es angekündigt, dass sie am 14. Juli bei Bauer Schröder in der Scheune stattfinde. Nach dem Mittagessen begann das Fest mit dem Bullenreiten und Ringstechen. Nun saß man an großen Kaffeetafeln zusammen. Die Musik spielte auf und es wurde getanzt. Manche gingen zum Abendbrot heim, andere zu Fisch-Fiete auf einen Happen. Danach wurde noch getanzt bis 23 Uhr. Ende des Festes.

Wie von diesen Kirmesfesten in Schröders Scheune her gewohnt, verabschiedeten sich unsere Gäste auch bald nach dem Abendessen. Hanni und ich saßen mit den Eltern noch in der Laube.

‚Tscha denn', sagte meine Schwiegermutter lächelnd und erhob sich. ‚Tante Hedes Bett wartet ja nun – da geht man.'

Vater gab mir einen Klaps und seiner Tochter einen Kuss. Dann standen meine Frau und ich in dem weiten Zimmer mit dem riesigen Bett Tante Hedes. Da türmten sich die Federdecken und –kissen über dem blauen Gestell. Kopf- und Fußende waren bemalt mit biblischen Szenen. Oben tanzte Mirjam den Siegestanz, unten lag ein Mann mit einer Krone im Prunkbett, als sei er Nebukadnezar bei seinem Traum von den Weltreichen.

Jens allerdings hatte der Bemalung eine ziemlich drastische Deutung gegeben. Und was die Tante Hede betreffe, so habe die in der Figur Mirjams nur die liebende Braut gesehen, die ihre Freude über die Hochzeitsnacht im Tanze ausdrücke, während der durch die stürmische Nacht überanstrengte Gatte erschöpft und tief in Morpheus Arm liege.

Hanni zog die dichten Vorhänge zu und schlug das Bett auf. Auf dem Laken waren zwei prächtige Nachthemden mit feiner Handarbeit gebreitet.

Entkleidet standen wir uns nun wie Adam und Eva gegenüber. Als ich meine Frau in die Arme schließen wollte, zeigte sie spitzbübisch auf die Nachthemden.

‚Sie gehören dazu', lächelte sie mich an und reichte mir das Königsgewand.

Ich erinnerte mich an die geschenkten Nachthemden meines Onkels Karl, in die ich als Kind gehüllt wurde.

Jetzt trieben wir Allotria mitternächtlicher Geister, bis unsere zärtlichen Späße doch ohne Tante Hedes kostbares Erbgut da endeten, wo alle Liebe hinführt.

Hanni – meine Hanni!

Ihr Körper lag mir angeschmiegt, ihre Wärme strömte in mein Blut. Im tiefen Glück war sie eingeschlafen. Ich streichelte ihr Gesicht, ihr Haar. Da gingen meine Gedanken plötzlich in die Nächte mit Plato. Nein, es kam mir nicht wie ein Verrat vor, jetzt daran zu denken. Aber es waren die Stunden unseres Abschieds, als wir so lagen, wie Hanni und ich in den Morgen gehen werden. Plato küsste mich.

‚In meinem Leibe soll unser Sohn wachsen', sagte sie. ‚Es ist Erfüllung für den Mann, einen Baum zu pflanzen und einen Sohn zu zeugen. Gib mir deinen Sohn.' Aber draußen vor dem Tore forderten sie schon Einlass, die mich fort wiesen aus ihrem Lande ins Elend der Sehnsucht.

Hannis Küsse weckten mich. Ich zog sie auf meinen Leib und atmete dieses Glück.

‚Bleib noch', bat ich und hielt sie fest.

Als wir die Vorhänge zogen, flutete der Sonnentag ins Zimmer. Ein Lichtspiegel glänzte auf den breiten Dielen.

‚Wir werden ein Kind haben', sagte Hanni in den Tag hinein. ‚Tante Hedes Erbstück gibt dafür die Garantie.'

Sie drehte sich zu mir und meine Augen kosten ihre süße Nacktheit.

‚Ein Kind, ja, wahrscheinlich einen Sohn. Denn es ist verbürgt von allen jungen Paaren her – es ist sogar aufgeschrieben. Tante Hede selbst empfing in dieser Schlafstatt sechs Jungen und drei Mädchen, gezeugt unter den Tänzen Mirjams und den Träumen Nebukadnezars. Amen.'

Das war es dann auch, dass in dieser ersten Nacht in Hedes Bett unser Sohn Arne ins Leben gerufen wurde.

Als wir zu den Eltern an den Frühstückstisch traten, hatte mein Schwiegervater rein zufällig einen Kalender zur Hand, in dem er blätterte. Mutter sah Hanni und mich belustigt an. Dann zwinkerte sie ihrem Mann zu:

‚Es gibt ja solche Menschen, und es gibt andere. Aber Tante Hede hat noch niemanden enttäuscht. – Noch nie.'"

ARNE

„Arne – mein Arne!

Wie Glut leuchtete der rote Mohn in unserem Garten, durch den ich dich glückstrunken trug, den wir beide durchtollten, bis du in die Arme der Mutter flogst.

Wie mit warmer Hand gestreut, fielen Blütenblätter zur Erde und schmückten sie zu einem Brautgang.

Mit den Gedanken eines Kindes frage ich zu deinem Stern, ob dir der Mohn bis zum Himmel leuchtet.

Ich sehe deine Augen, als deine Hände in den meinen lagen und ich das Glück zur Ewigkeit umfassen durfte.

Da durchströmte es mich bis dahin, da wir noch in den Träumen Gottes lagen: du, deine Mutter, ich.

Bist du fortgegangen, weil es Freude der Fülle war und nichts weiter größeres Singen sein konnte?

Eine Stunde schenkte tausend für alle Zeit.

Ich sitze auf der Terrasse, mein Arne, wie du mit mir und der Mutter gesessen. Aber ich finde keine Ruhe dabei. So gehe ich die Wege durch unseren Garten - und ich spreche zu euch: zu Mama und zu dir.

Jetzt stehen die Gartenstühle wie angehaltene und sterbende Uhren. Der Sonnenschirm sinnt zusammengeklappt wie ein vergessener Soldat. Ab und an stupst der Wind ihn an. Die Regentischdecke hat einen Teppich von Blütenstaub. Ich schreibe deinen Namen hinein und den von Mama.

Erst schreibe ich *Arne*, dann schreibe ich *Hanni*. Dabei höre ich euer beider Lachen, wie es durch den Garten hüpft.

Gestern Abend ging ich zum Meer und mit geschlossenen Augen in die Nacht. So bin ich einmal mit dir gegangen. Du hast mich geführt. Danach haben wir das umgekehrt gemacht. Ganz fest hast du die Augen gekniffen und bist stehen geblieben.

‚Das Meer singt! Hörst du es, Papa? Das Wasser singt!'

Da kniete ich mich nieder zu dir. Ich umfing dich. Mir rannen die Glückstränen.

‚Ich höre es, wie das Meer singt', flüsterte ich dir ins Ohr. Lange standen wir und lauschten. Als wir nach Hause kamen, küssten wir Hanni von Herzen, lachten sie an und wiederholten es: ‚Das Meer singt!'"

„Arne, mein Arne! Es wird nicht sein, dass mein Sohn in die Welt wächst. – Gott hatte dich mir geliehen, damit ich eine Sonnenzeit auf einer goldenen Insel leben durfte. Gott hatte mir deine geliebte Mama geliehen, damit mein Leben erfüllt sein sollte. Nun seid ihr jeder zu seinem Stern geflogen. Weißt du es noch? Uns gehörten drei Sterne und ein starker Turm!

Das Füllen trage dich durch die Zeit bis zur Ewigkeit, mein Arne.

‚Meine Liebste', hast du einmal zu Mama gesagt und ihr das Haar gestreichelt.

Wird sie sich schmücken wie Berenike mit ihrer weichen Locke? Der Kiel des Schiffes wird mich weiter durch die Meere meines Lebens tragen, bis wir wieder zusammen sind, mein Arne: du, die Liebste und ich.

Sei gesegnet, mein Arne!"

Ich lese das und vor meinen Augen stehen die Bilder eines großen Glücks und eines lichten Weges zum Tode hin. Das sind Klagen in die Einsamkeit des Mannes Jacob. Mein Blick wandert in meinen Garten, in den Wald seines Grüns. Wie Jacob könnte ich seine Wege gehen, langsam gehen, immer wieder stehen bleiben, mit meinen Blumen sprechen, mit den

Händen die Kräuter zärtlich berühren, den Duft dieser Stunde atmen. Und die ich liebte, könnten mir still zur Seite sein.

Nur haben meine Augen keine Tränen mehr. Sie sind ausgeweint. Berta spürt, wie bedrückt ich bin. Da gebe ich ihr diesen Brief Jacobs an seinen Sohn zu lesen.

Berta legt die Blätter auf den Tisch. Sie wölbt die Lippen ein und schüttelt den Kopf.

„Ich möchte aus der Zeit Jacobs fortgehen", sagte sie. „Ich bin zu jung für sein Leben, wie er es uns in seine Kisten gepackt hat. Ja, ich möchte aus seinem Leben gehen und die Tür schließen."

Sie greift energisch zu ihren Geräten und rumort im Nebenzimmer.

„Nein!" höre ich sie laut sagen. „Nein!" Und dann summt der Staubsauger.

NOTIZEN

Es ist da etwas Eigenartiges mit uns geschehen. Zwischen Lambert, Berta und mir liegt eine unruhige Spannung. Wir sind uns gegenüber unsicher geworden. Jacob öffnet Türen in uns, die wir dem anderen gegenüber verschlossen halten möchten. Berta hat es mit ihrem lauten Nein gerufen, sich die Nase geputzt und eine Maschine angestellt. Lambert las den Brief auch und sein Mund wurde sehr schmal. Er sah mich lange an und forschte in meinen Augen.

„Seelen bluten auch im süßen Erinnern", sagte er verlegen und griff nach seinem Kragen, als sei dieser zu eng. Er stand auf. Ich hatte das Gefühl, dass er Halt an mir suchte und mich an sich ziehen wollte. Aber er legte mir bloß die Hand auf die Schulter:

„Dein Leid ist vielmehr auch mein Leid, als du es weißt. Deine Freude ist viel mehr auch meine Freude, als du es zu spüren vermagst." – So ähnlich habe ich es gelesen.

Als er geht, berührt er mich zärtlich und nickt Berta zu, dass Glanz aus ihren Augen bricht.

Wie lange nun schon geht Jacob neben mir – ist sein Wachen auch mein Suchen? Ich blättere in den Stößen und suche nach einem solchen Brief an Hanni, wie er ihn dem toten Sohne schrieb. Es finden sich Notizen:

„Der Regen durchrauscht die Nacht. Ich trete ans Fenster und atme die frische Feuchtigkeit. Ich denke nur deinen Namen – Plato."

„Wo sind die Kinder meiner anderen Liebe geblieben? Wo soll ich sie suchen – Achmed und Subuida? Sei dankbar für das Schöne, so sagt man. Aber mein Herz schlägt mir im Halse."

„Mit Rolf im Café. Einer kommt betteln. Rolf erzählt, sieht kaum auf, legt dem Mann aber zwanzig Mark auf den Tisch und erzählt weiter. Der Bettler sieht auf Rolf und wartet. Rolf erzählt. Der Bettler setzt sich zu uns. Rolf erzählt. Der Mann hebt den Schein und hält ihn gegen das Licht. Rolf sieht auf, stockt, blickt den Fremden an.

‚Danke', sagt dieser. ‚Ich wollte bloß Ihr Gesicht sehen.' Und der Mann geht."

ENZE

Sie ist auf blaues Papier geschrieben, die Geschichte von Enze. Wir haben sie jeder still für sich gelesen: Lambert, Berta und ich. Nun tragen wir einzeln auch an diesem Schicksal und spüren, wie ohnmächtig wir alle im Leben sein können.

Es war in einer Männerrunde und beim Wein, dass da stille Gespräche wechselten und wohl jeder von denen am runden Tisch ein Stück von sich selber in die Geborgenheit der anderen gab. Einen nennt Jacob mit Namen. Rossberg hieß er und einstmals war er Gefängnisdirektor. Und Rossberg erzählte die Geschichte Enzes:

„Enze, der nun schon lange tot ist, wurde als junger Mann des Mordes verdächtigt und nach Indizien zu lebenslanger Haft verurteilt. Ich selbst habe der Verhandlung nicht beigewohnt, doch konnte ich ja in den Papieren lesen. Da war mir wahrhaftig nicht wohl dabei. Ab und an ließ ich Enze unter einem Vorwand zu mir ins Büro kommen. Er und seine Geschichte ließen mich nicht los. Ich war von seiner Schuld nicht überzeugt. Nach Gesprächen mit Freunden aus meiner Branche versuchten welche, das Verfahren wieder aufzurollen, aber das gelang auch nach zähen Verhandlungen und neuen Recherchen nicht.

Ich hatte wenig Möglichkeiten, Enzes Los etwas zu erleichtern. Aber mit der Zeit ließ ich ihn zu mir nach Hause bringen für Arbeiten im Garten. Erst erledigte Enze seine Aufgaben alleine unter der Aufsicht des Wärters. Später arbeiteten er und ich zusammen. Die Aufsicht blieb im Hause.

Man kann viel von Menschen erfahren, die mit der Erde arbeiten – mit der Erde und mit Wasser. Das zeigt, wo sie ihre Wurzeln haben.

Enze hatte die Hände für Erde, für Wasser und Pflanzen. Mir war das manchmal so, als sei er mit den Elementen verwachsen. Wäre er nun für eine Handlung im Affekt verurteilt gewesen, so hätte ich das noch hingenommen. So aber sollte er nach reiflicher Planung und so weiter seine Untat begangen haben. Wenn ich nun aber sah, mit welcher Frömmigkeit der Mensch seine Arbeit verrichtete, wie er in fast zärtlicher Weise die Pflanzen pflegte, wie er auch meine Partnerschaft frei und offen annahm, so verdichteten sich meine Zweifel an seiner Schuld mehr und mehr.

Es kam auch, dass wir in einer Pause auf der Gartenbank saßen und ich ihn rundheraus fragte: ‚Warum haben Sie nicht mehr für Ihre Unschuld gekämpft?'

Da antwortete er: ‚Manchen fällt das Glück in den Schoß und es gibt keine Erklärung. Ich bin für das Unglück bestimmt und ich weiß nicht warum! – Und getötet habe ich niemanden. Gott weiß es.'

‚Schöpfen Sie Ihre Kraft aus Gott, Enze?'

‚Ich habe mich ihm unterworfen. Er muss es richten.'

‚Sie könnten jetzt fliehen - und ich würde Sie nicht hindern!'

‚Als Gejagter findet man keine Geborgenheit, Herr Direktor.'

‚Und im Gefängnis sind Sie geborgen?'

‚Ich bin auf einer Station meines Lebens. Ich werde warten.'

Enze war viele Jahre bei mir im Gefängnis und auch in meinem Garten tätig. Einen Aufseher brauchte es schon längst nicht mehr. Mit der Zeit sahen ihn auch die Mitgefangenen für einen Sonderling an. Da geschah es, dass Enzes Unschuld bewiesen wurde. Der wahre Täter hatte sich kurz vor seinem Tode vor Zeugen zu der Untat bekannt, deren man Enze bezichtigt hatte. So konnte mein Gefangener bald entlassen werden. Aber da wurde Enze bei mir vorstellig. Er wollte nicht nach draußen in das andere Leben.

‚Ich bin zu müde dafür, Herr Direktor!' sagte er mir.

‚Aber Sie können nicht hierbleiben als Gefangener, Enze!'

‚Auch Gott hat mich vergessen', schüttelte er den Kopf.

‚Nein, Enze, der hat sich Ihrer doch jetzt erinnert!'

‚Und wie soll ich mit einem Karton dann vor der Tür nach draußen stehen? Ist es dort besser geworden für solche wie mich?'

Nun – ich musste Enze entlassen. Aber da hatte ich ja das Gartenhaus mit der kleinen Wohnung. Das bot ich Enze an und er zog ein mit seinen Habseligkeiten im Karton. Er bekam eine Haftentschädigung.

‚Was wünschen Sie sich denn jetzt?' fragte ich ihn.

‚Schenken Sie mir Ihren Garten für ein paar Jahre', bat er.

Das habe ich getan. Ich habe ihm gesagt, er soll ihn haben, als sei er sein Eigentum. Und ich habe es ihm schriftlich bestätigt für seine Lebzeit.

Manche von Ihnen, meine Herren, kennen meinen so berühmten Garten. Das ist Enzes Werk, dass man vom Garten der Träume spricht. Dort hatte sich Enze eingesponnen. Dort war er eins geworden mit Erde und

Wasser, mit Sonne und Wind, mit Regen und Wolken. Ich habe einmal ein Märchen über einen Garten gelesen . Einen noch viel schöneren hat Enze aus meinem werden lassen. Manchmal bat ich, ihn besuchen zu dürfen.

Er empfing mich an der Tür. Sein Arm schwang einen weiten Bogen vor meinen Augen. Damit schenkte er mir, was seine Hände, was alle seine Sinne geschaffen hatten. So gingen wir schweigend die Wege durch die Herrlichkeiten. Was meine Augen sahen, was meine Seele genoss, das war nicht mit Ahs oder Ohs abzutun. Diese Fülle war nicht mit Worten zu sagen. Ein Mensch selbst war diesem Garten verwachsen. Darin war er erblüht.

Nach den Rundgängen saßen wir unter dem Bogen an einem grünen hölzernen Tisch mit braunen Flecken. Enze zeigte lächelnd auf diese Möbel.

‚Die Zeit zeichnet alles', sagte er.

Wir tranken Tee und ich schwieg. Damit wollte ich, dass Enze erzählen sollte. Da war doch noch sein Leben vor der Verurteilung gewesen. Diese Tür öffnete er aber nur einmal einen Spalt breit. Die Frau, die er liebte, hielt zu ihm, als er bei uns einsaß. Er aber hatte sie richtig angefleht, ihren Weg ohne ihn zu gehen – bis sie schließlich nachgab. Sie hat später geheiratet und Kinder geboren. Enze sagte:

‚Sie wissen ja, dass manche Gefangene sich einen Kanarienvogel halten. Das Tier lebt doppelt vergittert. Ich konnte es nicht ertragen, dass diese junge Frau durch mein Gefangensein leiden sollte, leiden und warten. Warten – worauf?'

Als ich behutsam nach anderen Menschen fragte, sagte Enze:

‚Ich bin nicht mehr neugierig auf Menschen – und kaum noch auf Gott – ja.'"

Rossberg hielt inne, hob sein Glas gegen das Licht, schwenkte den Wein, senkte seine Nase hinein, trank aber nicht und setzte das Glas wieder ab.

„Es gab aber auch für Enze den Winter. Da fällt der Reif in alle Gärten", sagte Kopmann versonnen.

Rossberg nickte: „Bis in die Kälte hinein bereitete Enze sein Reich für die Ruhezeit und den kommenden Frühling zugleich. Und in den Tagen, da das Leben wie erstarrt schien, werkte er im Gartenhaus. Seine Nächte atmeten die Stille. Er las dann die Bücher, die er sich bei mir borgte. – Enze – hatte sein Leben in die eigenen Hände genommen, als bestimme er die Zeit. Es war, als sei er nach erbarmungsloser Schinderei auf einem Sklavenschiff nun in das eigene Boot umgestiegen, dessen Kurs nur er bestimmte."

„Es ist aber doch seltsam", antwortete Zwitasch. „Enze verließ die ihn fesselnden Gitter der Anstalt und ließ sich in seinem Garten einwachsen."

„Das habe ich ihn auch gefragt", pflichtete Rossberg bei. „Da hat Enze genickt – aber er könne jederzeit die Tür nach draußen durchschreiten und in die Welt gehen."

„Hat er es denn getan? Manchmal wenigstens?"

„Ja – das tat er – bloß um sich immer wieder einmal zu sagen: Ich bin frei wie die Winde – es gibt keine Gitter mehr. So deutete er es mir einmal."

„Und – in seinem – in deinem Garten starb er auch? – Wie alt wurde er?"

„Enze war um die sechzig, als wir ihn aus dem Garten trugen. Es war die Zeit des Jahres, da die Natur in sich selber und aus sich heraus nur so schwelgt und üppig schenkt. Enze hatte seinen Tod, wie er zu seinem Märchengarten passte. Nach dem Essen hatte er sich in einen Korbsessel zur Ruhe gesetzt. Da schlief er ein – und wachte nicht mehr auf."

Kopmann hob sein Glas. „Auf Enzes Zeit!" prostete er. „Auf Enzes Zeit!" – Wir tranken.

„Wo habt ihr ihn begraben?" wollte Zwitasch wissen. Rossberg antwortete langsam:

„Wir müssten wohl auf dem höchsten Berge der Welt stehen, um manches besser zu begreifen. Der Mensch, der sich für den Rest seines Lebens nach der Enge des Gefängnisses eingesponnen hatte in seine eigene Welt, dessen Asche verwob sich mit den Wassern der Meere."

„Gebt mich dieser Unendlichkeit", hatte Enze geschrieben.

Als ich mit Lambert durch meinen Garten spazierte, fragte ich ihn: „Begreifen Sie Enze?"

„Nein", antwortete er. „Begreifen? – Wie soll das gehen, wenn jemand drei Leben gelebt hat – drei oder vier gar?"

„Drei Leben – vier?"

„Ja – das vor dem Urteil – das hinter Gittern – das dritte im Garten, den er zum Märchen spann – und das vierte in der Unendlichkeit, wie er sie wünschte."

„Sie rechnen den Tod zu seinem Leben?"

Lambert hebt ratlos die Hände: „Sollen wir nicht alle aus ihm auferstehen?"

Ich lausche dem Ton seiner Stimme nach. Lambert ist in vielem zu hart und kompromisslos. Seine Frage nach der Auferstehung ist für mich seine Verneinung. Aber es ist nicht das erste Mal, dass ich den Mann nicht einordnen kann. Wo liegt die Wurzel?

Er kam aus dem Osten. Auf dem Treck erfror seine kranke Mutter. Man konnte den steinharten Boden kaum aufbrechen. Dafür türmte man hastig Steine zu einem Hügel über der Toten. Sie hatte noch ihre Kleider an, als man sie in grobes Sacktuch hüllte und der Erde gab.

Dem jungen Lambert gefroren die Tränen auf den Wangen und er biss sich die Lippe blutig. Jemand nahm ihn um die Schultern.

„Sie hat es jetzt gut, glaube mir", sagte eine rauhe Stimme zu ihm. Und der Junge drehte sich nicht mehr um, wie er gebeugt ging unter der Last seiner Verzweiflung und Trauer.

Diesen Elendsweg konnte Lambert wohl nie mehr abwerfen. Daher rührte manche Bitterkeit von ihm – und die Bitterkeit mischte sich oft mit einem Sarkasmus – auch wenn er niemanden verletzen wollte.

Einmal fragte ich ihn, ob er an Gott glaube und in die Kirche gehe. Er saß vor mir und sah mich an. Seine Augen tasteten mein Gesicht ab, als ob sie eine Schwäche an mir suchten. Dann kehrten sie in meinen Blick zurück, hielten mich förmlich fest.

„Gott habe ich mich unterworfen", sagte er und sah von mir weg zum Fenster hin. „In die Kirche bin ich auch gegangen. Man sagte mir, dort könne ich Gott und Gemeinde erleben. Aber ich fand keinen Bezug. Ich bin nicht berührt worden von diesen – in diesen Stunden. Und ich habe solche Menschen der Gemeinde beneidet, die so helle Augen hatten, aus denen es richtig leuchtete. Ich habe gestaunt über sie. Nur in mir war etwas zu Stein geworden, stumm und klanglos – und ich weiß bis heute nicht, was das ist."

Er steht auf, geht einige Schritte, bleibt stehen und nickt, als müsse er sich etwas bestätigen.

Ich trete zu ihm. „Ich möchte Sie ansehen", sage ich.

Seine Stirn wird faltig und jetzt lese ich in seinem Gesicht. Seine Augen blicken misstrauisch, fragend und forschend zugleich. Der Mund ist wie im leichten Schmerz verzogen. Er ist schief, der Mund, nach links unten gespannt. Die Oberlippe ist von der Nase so weit entfernt wie die untere von der Rundung des Kinnes. Von den Nasenflügeln her ziehen sich tiefe Furchen bis neben die Mundwinkel. So zeichneten sich Ernst und Trauer zugleich.

„Haben Sie nun alles gesehen?" fragt Lambert und lächelt.

„Ein Steinchen zu einem Mosaik", antworte ich.

Und ich denke: „Lambert – gab es nie eine Liebe, die doch Steine erweichen kann?"

DIE BIRKEN JACOBS

Lambert hat mich in die Stadt eingeladen. Wir bummeln durch die Ladenzeile. Lambert sucht in einem Bildergeschäft nach einem Rahmen. Wir stöbern in den dicht abgestellten Arbeiten. Lambert hebt ein Bild ins Licht. Wir betrachten es.

„Erinnern Sie sich?" fragt er. Ich verstehe und nicke ihm zu.

„Die Birken Jacobs", sage ich und Lambert wiederholt es: „Ja, seine Birken."

Es war erst einige Tage her, dass ich einen Brief Jacobs an seine tote Frau und den ihm genommenen Sohn fand. Wir lasen die Blätter gemeinsam. Von solchen Birken auch schrieb Jacob, wie wir sie jetzt auf dem Bilde sehen, das wir nach allen Seiten in das Licht halten und es schließlich auf ein Regal stellen. Wir betrachten es und sind still.

Lambert lässt seinen Rahmen einpacken und bezahlt. Er lädt mich ins Café ein.

„Es ist nicht das erste Bild dieser Art – wie wir es sahen."

Lambert nimmt das Gespräch wieder auf. „Ich kannte Venohr, Harry Venohr – den auch der Krieg vernichtete. Welchen Beruf er hatte, weiß ich nicht mehr. Aber er konnte malen, konnte es. Sie kennen das Bild von meinem Vaterhaus. Das ist von seiner Hand und kam erst auf Umwegen zu mir. Aber Harry war mehr ein Maler von Bäumen, in die ich – in die man – Menschen hineindachte. Manchmal meinte ich, in seinen Baumbildern mir selbst zu begegnen – mir und anderen mit ihren Schicksalen. Und immer wieder war da das Motiv der Zuneigung. Sie standen innig zueinander: zu zweien wie sich Liebende, zu mehreren wie eine Familie. Sie standen fest verwurzelt, auch wenn das Alter oder der Sturm sie gekrümmt hatte, wie das auch bei Menschen ist."

Zu Hause nehme ich mir die Blätter noch einmal zur Hand, die ich mit Lambert schon las. Sie sind wie eine Rede Jacobs weit ins Licht hin zu

Hanni und Arne. Ich lese halblaut wie in einem kleinen Kreis. Jacob schreibt:

„Die Birken an Hendriks Garten haben sich noch mehr zueinander geneigt. Ich stehe davor und bin gebannt von dem Spiel, wie sie der Wind wiegt und hebt. Und da hinein sage ich eure Namen, Hanni und Arne. So fügen sich die Bäume auch zueinander: wie eine Mutter, die mit ihrem Kind scherzt und ihm den Himmel zeigt. Als ob es dein Haar wäre, Hanni, so hängen von schlanken weißen Ästen die Reiser in ihrer Blattfülle wie gelöste Zöpfe. Darüber ziehen weiße Wolken ins Nirgendwo. Wenn das Licht aus dem Grün bricht, höre ich euer Lachen. Und ich sage diesem Licht guten Tag und meine Grüße bis dahin, wo ihr nun seid.

Wie haben wir die Birken geliebt! Ihr wisst es noch! Mit den Rädern haben wir ihre Alleen erobert. Und auf dem Heideweg zu Geesens Born stiegen wir einfach ab, ließen die Räder fallen, rannten und haschten uns. Bei den Birken trafen wir uns, fielen uns um den Hals und umarmten die Bäume. Wir lagen im Sande. Unsere Augen zogen mit den Wolken, die wir uns wie Schiffe zuteilten. Wir lehnten an den Birkenstämmen und hielten uns an den Händen.

Arne, mein Arne! ‚Ich bin ein Kapitän!' hast du in den Sommer gerufen und mir deine Kogge weit voraus gezeigt. ‚Ahoi!' Hanni – weißt du noch? Du sprangst auf, hobst den Jungen an dein Herz und wiegtest ihn. Dann gabst du ihn mir, breitetest die Arme weit über die Welt und schriest es in heller Freude: ‚Seid gesegnet, ihr Winde! –Seid gesegnet, ihr Wolken!

– Seid gesegnet, ihr Menschen!' Dabei hast du dich fröhlich im Kreise gedreht.

Nun habe ich mich an Hendriks Zaun gesetzt. Ich schließe die Augen und sehe, wie du dein Haar flechtest. Der Wind legt sich mir aufs Gesicht und ich rieche den Sommer. Ich träume, dass du mich küsst. Ich höre deine Stimme wie in der einen Nacht am Strand:

‚Eins sein mit dem Meere ist ein Weg in die Unendlichkeit.'

Ein starker Wind kommt auf. Ich fröstele und erwache. Das Feenhaar der Birken wogt wie das erregte Meer."

Ich lege das Papier aus den Händen und trete auf die Terrasse. Es ist windstill. Die Bäume stehen wie im Warten. Der Holunder hat seine blühenden Schirme aufgespannt. Feine Rispengräser wiegen leicht. Aus einem offenen Fenster der Nachbarschaft webt weiche Musik in den Abend. Gegen den milchigen Himmel wischen taumelnd fünf, sechs Fledermäuse. Ich habe lange keine mehr gesehen.

Die Nacht bringt die Stunden, in denen man an sich selber Fragen stellt und in Bildern denkt. Immer wieder lese ich, lesen wir bei Jacob die Bilder, wie er sie mit der Sprache zeichnet. Das Meer hat ihn nie mehr losgelassen, seit er die Hallig besuchte. Seine Liebe galt auch der Heidelandschaft mit ihren Birken. Hat er immer die Weite gesucht – die Unendlichkeit gar? Das lässt auch mich nicht los, nach mir selber zu fragen, nach dem, was mein Leben war – nach Gott auch.

Es fällt mir ein Erlebnis Jacobs ein, wie er es in wenigen Sätzen niederschrieb. *Sag' Ja zum Tode,* heißt es da.

Als ich gar langsam in Jacobs Geschichten eindringen konnte, ging es mir wie Berta. „Schreibt er denn nur immer so schwere Sachen? Abschied, Tod, Trauer? Was war denn mit ihm bloß los?" Inzwischen gehe ich selber anders mit dem um, was ich sonst gerne vor der Tür ließ, nicht in mich aufnahm – besonders den Tod.

Jacob hat ihn nicht als das Endgültige angenommen, nicht als den grimassierenden Sensenmann, den über die Pestilenz lachenden hohlen Schädel. Eher vielleicht als den schönen Jüngling, wie er in Weimar in Goethes Haus am Frauenplan gezeigt wird. Er gehört wohl zur griechischen Mythologie, der am Ende des Lebens die Heimgehenden lächelnd an der Hand nimmt und sie in ein anderes Licht führt.

Eben las ich es noch in dem Brief aus Hendriks Garten: „Wenn das Licht aus dem Grün bricht, höre ich euer Lachen. Und ich sage diesem Licht meine Grüße bis dahin, wo ihr nun seid."

Aber es bedarf wohl vieler Stationen eines Lebens – oder eines unerschütterlichen Glaubens – auf das neugierig zu werden, was uns in einer anderen Welt erwartet, wenn wir diese verlassen müssen. Dann verlieren sich Zweifel und Angst.

Jacob hatte einseitig bedruckte Werbezettel für Notizen benutzt. Ich fand sie krumm gefaltet an einer Seitenwand der kleineren Kiste, als seien sie nachträglich dort hingesteckt worden. Ich falte sie auf und knicke sie gegen. Ich lese:

SAG' JA ZUM TODE

„Sag' Ja zum Tod! Nun habe ich die Tür zu Julius letztem Zimmer hinter mir geschlossen. Wir haben Abschied voneinander genommen.

‚Es ist nun an der Zeit', hatte Julius mir zugelächelt und meine Hand genommen. Und ich habe mich nicht gedrückt mit Ausreden, dass das letzte Wort noch nicht gesprochen sei – und die Kunst der Ärzte – und – nein. Ich habe mit beiden Händen die meines Freundes umschlossen und genickt.

‚So müssen wir Abschied nehmen', habe ich gesagt und so gelächelt, wie ich innen weinte. Wir haben uns Dank gesagt für die gemeinsame Zeit – Dank auch für die Jahre, da wir uns nicht sehen konnten und dennoch jeder im andern verblieb.

‚Nein', hatte Julius den Kopf geschüttelt. ‚Es muss nicht ständig jemand bei mir sein. Niemand weiß die Stunde. Bloß – für mich wird sie hier kommen.'

Und seine Augen bekamen jenen schelmischen Glanz, mit denen sie so hell leuchten konnten, bevor sein Wort uns lachen machte.

‚Geh zum Schrank', bat er. ‚Guck' in die Aktentasche – hol' uns die Flasche.'

Das tat ich und füllte Wein in zwei Gläser. Wir ließen sie klingen und sahen uns beim Trinken in die Augen.

‚Wein ist natürlich in diesem Hause verboten', lachte Julius und forderte noch einen Schluck. ‚Warum verbieten sie den Sterbenden, was die Lebenden fröhlich macht?'

Er musste husten und ich stützte ihn, dass er sich aufsetzte.

,Trink noch – Trink für uns beide, Jacob.'

So trank ich für ihn und für mich. Da muss er gesehen haben, dass mir der Hals wie geschnürt war und meine Augen tränten.

,Ich habe vorgesorgt, Jacob. Mit meinem Tod kommt nicht die Schwärze tiefster Nacht. Meine Seele wird ihre Hülle verlassen und in das große Licht kommen. Denke daran, Jacob, dass ich in eine unendliche Weite gehe und alle Enge hier verlasse. Deshalb sage ich Ja zum Tod, wie immer sich ihn einer ausmalt.'

Und mein Julius gab mir ein Tuch, zeigte auf meine Augen und sagte fast belustigt: ,Wisch das Wasser ab. – Wir haben doch den Wein.'

Ja, so war das in diesem Zimmer, aus dem Julius nur noch herausgetragen werden würde.

,Nun geh, mein Gefährte Jacob. Nun geh zurück in die alte Welt. In der neuen kommen wir doch wieder zusammen. – Nein, ich will das nicht, dass sich Menschen in Schwarz hüllen und traurige Gesichter haben. Trauer macht bloß alt, Jacob. Beobachte das einmal. Trauer verspannt und verschlägt die Stimmen, die obendrein noch singen sollen und zittern dabei.

Geh nun, Jacob, mein Guter. Und nimm ein Bild in dich auf, wie ich es einmal in Schweden – ich meine, es war in Schweden – verwundert betrachtete. Da gab es eine Beerdigung von einem Kunstpfeifer. Weißt du, das war so ein kleiner Kerl, der sich mühsam durch das Leben gepfiffen hatte, ob es ihm danach zumute war oder nicht. Da waren alle solche Kunstpfeifers an sein Grab gekommen, die sich als Jongleure, unglückliche Clowns, Drehorgelspieler oder Seiltänzer im Kleinzirkus durch das Leben gemogelt hatten. Bunte Ballons hatten sie mitgebracht. Die ließen sie über dem offenen Grab aus den Händen. Ein Clown, ein richtig farbiger Clown mit riesigem Mund, spielte auf einer Mundharmonika und es liefen ihm trotzdem dabei die Tränen. Und jeder hatte an Stelle von Blumen oder einem schlimmen Kranz mit Schleifen etwas von sich selber mitgebracht. Das gaben sie dem Kunstpfeifer mit auf den Weg in die ferne Zeit. Der Jongleur ließ seine drei Bälle spielen und sie nacheinander in die Grube fallen – wie das so sonst mit der Erde gemacht wird oder dem Sand.

Eine schmächtige Seiltänzerin hielt ein aufgespanntes Schirmchen über den Sarg, schwang es ein wenig und schenkte es dem Kunstpfeifer. Ein Zauberer war das wohl, der aus seinem Zylinder luftige Tücher ins Grab quellen ließ. Da war noch eine unscheinbare, zierliche kleine Frau. Sie nahm ihren Hut vom Kopfe, schnitt sich aus dem Haar eine Locke ab, küsste sie und gab sie dem Wind.

Ich weiß nicht mehr alles. Aber die Freunde blieben bei dem Kunstpfeifer, bis sein Grab zugeschaufelt war. Dann bildeten sie einen Kreis und verbeugten sich. Bevor sie gingen, steckten sie Windmühlen auf den Hügel, jede in einer anderen Farbe.'

Julius schloss die Augen.

‚Geh nun, Jacob, geh! Und wenn sie dir sagen, dass ich tot bin, dann gib etwas Buntes und Leichtes dem Winde. Er wird es zu mir tragen.'

Ich konnte nicht mehr sprechen. Aber ich legte mein Gesicht an das meines Julius und streichelte sein Haar.

‚Etwas Leichtes und Buntes, ja', sagte ich leise und küsste ihn.

Wir lösten uns voneinander und ich ging zur Tür. Dort drehte ich mich noch einmal zu Julius um. Er nickte mir zu und lächelte."

RRRRROCK PRRRROBIERRRREN

Ich erzähle Berta von Julius. Sie wehrt mit den Händen, als müsse sie etwas wegschieben.

„Zu Hause werde ich mich zu einer flotten Musik durch meine Wohnung drehen. Ich lebe nämlich noch. Also!" Und sie sieht Lambert herausfordernd an.

Der lächelt zurück: „Tanzen Sie, Berta, drehen Sie sich schwindlig und fallen Sie Ihrem Conny in die geöffneten Arme. Genießen Sie das Leben. Den Gevatter Tod aber kann niemand wegtanzen. Das haben sie im Mittelalter gegen die Geißel der Pest auch versucht. Der Tod gehört zu unserem Dasein, Berta. Und in einem langen Leben gibt es viele Begegnungen mit ihm. Er wird mehr und mehr selbstverständlich. Freilich – wenn man jung ist, sperrt man ihn gerne aus. – Wie sehr es Jacob aber doch mit dem Frohen und Lebendigen hatte, das möchte ich gerne vorlesen. Es ist Balsam für die Herzen aller Bertas und Träumer."

Lamberts Augen gehen zwischen Berta und mir. Er lächelt spitzbübisch und wedelt mit einem Packen Papier. Die Blätter hatte er den Tag zuvor durchgesehen.

„Das sind Kistenpapiere, meine Damen, bei deren Studium die Seele fröhlich Purzelbäume schlägt."

Berta zieht die Stirn kraus und sieht Lambert von unten her ins Gesicht.

„Für alle Bertas also", spöttelt sie. „Für alle Bertas! Hier ist eine einzige von ihnen und sehr neugierig auf die Bocksprünge der eigenen Seele. Wir werden ja hören, wie es Jacob mit dem Lebendigen treibt!"

Lambert sieht die Frau über den Brillenrand an.

„Wie wunderbar Frauen sein können." Er strahlt Berta an.

Wie ein umständlicher Büromensch leckt er einen Finger an, ordnet er die Blätter. „Wie heißt es doch bei Wilhelm Busch? Wer in Dorfe oder Stadt einen Onkel wohnen hat und so weiter. Und hier ist die Rede von einem so guten Kerl. Erst heißt er Henry, zwischendurch Friedrich-Wilhelm und zum Schluss lesen wir seinen Taufnamen: Henry-Maximilian.

Entspannen Sie sich, gute Berta. Jacob hat die Sache bloß abgeschrieben, wie ich meine. Hören wir auf den Onkel mit den vielen Vornamen. Ich lese:

„Als Onkel Henry verwitwet und später auch pensioniert war, gehörten bestimmte Riten zu seinem Tagesablauf. Nach der Abfolge dieser Eigenheiten konnte man fast die Uhr stellen. Onkel Henry war schließlich in seinem Berufe einmal Beamter mit Publikumsverkehr gewesen.

So kehrte er täglich zur bestimmten Zeit auf einen Martini bei Massimo Jacometti ein. Signore Massimo hatte im obersten Stock des Warenhauses Znüni das Restaurant gepachtet. Dort bot er vorzügliche italienische Küche an. Onkel Henry aß gerne Nudeliges und amüsierte sich über Massimos italienisches Deutsch mit rrrollendem RRR. Bene!"

Lambert unterbricht sich, leckt die Lippen, sieht uns Frauen abwechselnd an und schwärmt: „Jetzt mit Ihnen, meine Damen, bei Massimo um die Ecke an einem gedeckten Tisch, ein wenig abseits! Die Gespräche summen! Massimo legt uns die Speisekarte vor, wartet! Wir blättern! Massimo notiert mit Schwung: dreimal Knoblauchsuppe! Je einmal Osso buco, Kaninchenragout mit Polenta und – Saltimbocca alla romana – ja! Und was trinken wir? Einen gut temperierten Frascati trocken. Ach, meine Damen! Bloß im Gedanken daran könnte ich Sie beide küssen!"

Lambert blitzt Berta an. Die kichert. Er zwinkert mir zu. Ich lache und schüttele den Kopf.

„Na gut", seufzt er. „Kommen wir wieder zur Sache."

„Eines Nachmittags, nach dem Genuss von Martini und rollendem RRR Massimos, verließ Henry seinen Freund und fuhr mit der Rolltreppe in den zweiten Stock. Während der Rollfahrt schweifte sein Blick über den Glitzer und die fast aufdringlichen Verführungen ringsum. Henry tat den weiten Schritt auf festen Boden und stand sogleich vor dem Rücken einer zierlichen Frau, die ihrerseits eine Schneiderpuppe leicht verdeckte. Das hätte Henry sicher wenig beachtet, wenn nicht die schlanke Dame wie auch die Modellpuppe die gleiche sehr elegante und in weichen modischen Farben gehaltene Jacke getragen hätten.

Wie Henry nun von der Treppe trat, rückte die Frau auch etwas zur Seite, drehte sich gar, wurde des Mannes gewahr, zeigte auf sich selber und fragte:

‚Wie gefällt Ihnen die Jacke?'

Henry stutzte nicht einmal, trat näher zu der Dame, wieder zwei Schritte zurück, hieß die Frau sich drehen, etwas weggehen, ein wenig näher kommen, verglich dann die Jacke auf der Schneiderpuppe mit der an der Zierlichen und klatschte lautlos in die Hände.

‚Besser hätten Sie nicht wählen können, meine Dame.'

Sie nickte, trat näher zu der Puppe, knöpfte deren Jacke auf, befühlte das Futter, wandte sich wieder zu dem Manne.

'Da passt noch ein Tuch rein", sagte sie mehr fragend.

‚Ein weiches', antwortete er, ‚ein weiches in Pastellfarben.'

Sie echote: ‚Pastellen, ja.'

Sie zog die Jacke aus und reichte sie Henry. ‚Halt mal', bat sie, und dabei waren ihre Gedanken sicher schon einen Gang weiter bei den Stoffen, die sie ansteuerte. Henry folgte ihr mit der Jacke über dem Arm.

‚Einen passenden Rock dazu nähe ich mir selber – hier finde ich schon etwas.'

Die Frau suchte, ließ sich die Stoffe wenden, aufrollen, knautschte welche, legte sich Bahnen an. Henry hielt die Jacke daneben und gab sein Urteil ab.

Da kamen ihm Bilder des Erinnerns. Mit seiner Frau war das nicht anders gewesen. So ließ ihn nicht nur der Martini leise lachen. Die Frau spürte von all dem nichts. Frauen scheinen stets aus dem Tage zu gehen, wenn sie schicke Dinge für sich suchen.

Schließlich wurde die Menge Stoff für einen Rock gemessen, abgeschnitten, gefaltet und verpackt. Henry stand noch immer daneben und hielt die Jacke, die an einer anderen Kasse zu bezahlen war.

‚Sie haben mir aber sehr geholfen', lächelte die Dame. ‚Kommen Sie auf einen Kuchen mit? Ich lade Sie ein!'

Henry kam auf einen Kuchen mit. Er rückte der Dame den Stuhl und setzte sich dann selber. Die Bedienung kam. Also heute gäbe es Großmutters Hefekuchen, lächelte die Frau mit dem kleinen weißen Schürzchen und dem Häubchen. Dabei sah sie erst die Dame sehr freundlich – und noch freundlicher Henry an.

‚Als ob ihn Ihre Frau selbst gebacken hätte', sagte die Frau in Schwarz-Weiß und zückte einen schmalen Block.

‚Ich weiß nicht', zögerte Henry.

‚Doch ja', nickte die Dame, ‚zweimal wie bei Oma!'

Der Stift tanzte auf dem Papier und notierte Omis Gugelhupf. Und die Bedienung lächelte die Dame an.

‚Wir Frauen wissen schon, was unsere Männer mögen, nicht wahr?'

Die Dame lächelte zurück. ‚Immer, ja.'

‚Und zu trinken?' – Die Schürzenfrau sah ihre Gäste fragend an.

Da war es Onkel Henry, der martinibeeinflusst zu Worte kam. Er sah seine Jackendame sehr herzlich an, nickte ihr zu und fragte:

‚Möchtest du heute wieder den Schonkaffee, Luise?'

Sie zog die Augenbrauen, ein Lächeln breitete sich um ihren Mund:

‚Heute normal, Friedrich-Wilhelm. Heute einmal normal mit Großmutters Backkunst.'

Die Bedienung eilte fort, um den Herrschaften den Normalbohnenkaffee und Großmutters Generationenkuchen zu bringen. Die Dame und Onkel

Henry sahen sich an, lächelten sich an, bis sich das Lächeln breitete, bis das Lachen kam und sie das Taschentuch brauchten.

,Wieso Luise?' fragte sie.

,Wieso Friedrich-Wilhelm?, fragte er.

Na ja, ihm war die beherzte Königin Luise von Preußen eingefallen, die Napoleon gegenüber so viel Selbstbewusstsein gezeigt hatte und sie meinte, dass zu einer Luise immer so etwas von einem Friedrich-Wilhelm passe.

Und alles das ist wahr, wie es hier aufgeschrieben ist, denn Onkel Henry hat selbst Tagebuch geführt und mich das lesen lassen.

Ach ja – die Sache ging tatsächlich weiter. Luise und Friedrich-Wilhelm trafen sich einmal – dann noch einmal – danach regelmäßig. Das Spielchen vom Fuße der Rolltreppe an bis zum Gugelhupf nach Omas Rezept wurde fortgesetzt zwischen den beiden. Ja, sie beließen es lange bei ihren Anreden und heimsten auch sonst noch allerlei in ihre Begegnungen, weil es einfach Spaß machte und sie beide die Ader dafür hatten.

Taten sie dabei nur so – oder wussten sie beide wirklich nicht, dass sie schon bei der ersten Begegnung an der Rolltreppe gegen die Liebe verloren hatten?"

Lambert hält inne und greift nach der Teetasse. Er trinkt und sieht über den Rand des Gefäßes hinweg zu Berta.

„Ist das nicht eine schöne Geschichte?" fragt er heiter.

Berta schürzt die Lippen, zieht lausbübisch die Schultern und nickt mehrmals.

„Eine schöne Geschichte für alle Bertas der Welt!" lacht sie dann.

Lambert wedelt mit den Blättern. „Wie soll es denn nun weitergehen, liebste Berta?"

Berta verzieht den Mund: „Diesmal führen Sie mich nicht aufs Glatteis, mein Herr! Luise von Preußen wird Friedrich-Wilhelm den Weg schon gewiesen haben!"

Berta sitzt steif wie ein Soldat mit dem Stock im Rücken.

„Also", schmunzelt Lambert, „Hören wir weiter. Natürlich sind die beiden heute unzertrennlich und wissen auch, dass Luise als Annegret getauft wurde und der gute Onkel als ein Henry-Maximilian, der noch immer auf einen Martini zu Massimo geht und an der Stelle beschwingt stockt, an der ihn eine fremde Dame bat: ‚Halt doch mal!'

‚Henrrrry – wo ist daine Frrrau?' rrrollt Massimo. Und Henry nimmt einen weichen Schluck vom Martini trocken.

‚Rrrrrrock prrrrobieren, mein Frrrreund!'"

Lambert legt die Blätter aus der Hand. Er grient jetzt richtig und sieht mich an.

„Ist das keine Geschichte für das Herz?"

„Doch", nicke ich, „doch. Sie gefällt mir!"

Lambert wendet sich Berta zu. „Und wie ist das mit Ihnen?"

Berta steht auf und geht zum Telefon. Sie hebt den Hörer ab und hält ihn in der Hand. „Ich will nur meinen Mann sprechen", lächelt sie uns an. „Ich will ihm sagen, dass wir Frauen von einem Herrn zum Italiener eingeladen sind!"

Sie telefoniert und Lambert hat große Augen.

„Gut", nickt er dann, „gehen wir, meine Damen."

RÖNNES ZUG

Wir sitzen noch bei geöffnetem Fenster, als der Herbstabend in die Nacht fällt. Wir sinnen und schweigen in das Draußen. Lambert horcht zuerst auf und geht an das Fenster. Da höre auch ich die heiseren, klagenden und blechern sägenden Laute hoch vom Himmel her und trete neben den Freund. Er zeigt in das helle Grau und ich hebe den Blick. Ich bin mir nicht sicher, ob ich den Schrei von Wildgänsen oder das Signal von Kranichen vernehme.

Nun ist auch Berta leise zu uns getreten. Sie sucht den Himmel ab.

„Da!" zeigt sie und ihre Stimme zittert in Spannung.

„Es ist Rönnes Zug", sagt Lambert leise. „Rönnes Zug!"

Berta zählt flüsternd. „Dreißig oder vierzig", nickt sie mir zu. „Oder noch mehr?"

Wir stehen still, unsere Augen verfolgen die Vögel, wie sie über uns hinwegziehen. Ihre Schreie werden leiser, verebben gar. Wir starren, bis es uns vor den Augen schwimmt.

„Diese Schreie aus der Nacht", flüstert Berta und wiederholt es.

Lambert wendet sich ihr zu. „Rufe aus einer anderen Welt – oder?"

„Ja", nickt sie, „aus einer Welt, die eine unbestimmte Sehnsucht machen kann und unheimlich zugleich ist."

Ich gehe ins Zimmer zurück und setze mich. Gegen die Nacht stehen die Silhouetten von Lambert und Berta. Gibt es auch eine Sehnsucht zwischen den beiden?

Jacobs Geschichten hatten andere Werte zwischen uns gesetzt, als das herkömmlich war. Die Unterschiede zwischen uns, wie sie die Jahre gaben oder das Herkommen, hatten sich wie von selbst gelöst.

Ich kann mir vorstellen, dass Lambert und Berta sich jetzt wie ein liebendes Paar umarmen und die Sehnsucht des einen in den anderen fließt. Ja, das denke ich hin zu dem alten Manne und der jungen Frau. Fast ist es mir, als wünsche ich das. Da geschieht es auch wirklich, dass Lambert seinen Arm um die Schulter Bertas legt und sie zu ihrem Platz geleitet. Er selbst bleibt neben meinem Sessel stehen und legt mir die Hand auf die Schulter.

„Rönnes Zug?" frage ich. „Sagten Sie das?"

Ich spüre seine Hand auf meinem Haar. „Ja, Rönnes Zug, sagte ich!"

Er nimmt seinen Platz wieder ein.

„Was ist das für ein Name: *Rönne*?" fragt Berta.

„Er gehört in den Norden, Berta. Aber ich weiß nicht, ob er so geschrieben wird, wie ich ihn sprach, wie Sie beide ihn wiederholten. Das tut auch nichts zur Sache. Rönne war ein Mann, von dem ich hörte. Von ihm und von Lene, seiner Frau. Ein Sohn war da wohl auch da."

„Und ist die Geschichte so schwer wie die von Jacob, Hanni und Arne?" unterbricht Berta leise.

Ich spüre Lamberts Lächeln, als er wieder redet: „Vielleicht ist die Geschichte nur erfunden, ein Märchen gar, das dort oben erzählt wird, wo die Elche ziehen."

Lambert schweigt und ich habe ein Bild großer Weite vor Augen, wie ich es einmal auf einem Kalenderbild sah.

„Erzählen Sie von Rönne, Lambert", bittet Berta. Sie hat einen Ton in der Stimme, als spüre sie einen Arm um sich, in dem sie geborgen sei.

„Da wird irgendwo im Norden zwischen Seen, Moor und Birken ein Knabe geboren, dem man den Namen Rönne gibt", antwortet Lambert und es liegt die Zärtlichkeit in seiner Stimme, wie sie ein Vater dem ersehnten Sohne gegenüber spüren lässt.

„Es ist eine viel weitere Welt als unsere hier. Da schließt auch ein so anderes Leben den Jungen in die Arme und führt ihn Wege, die sich im Unendlichen verlieren. Wer Rönne kennt, spricht von seinen Augen, von seinem Blick, der mit den Wolken geht, von seinem Lächeln, das sich mit den Winden verwebt, von seinen Händen, mit denen er sich dem Himmel schenkt. – Ja, so sagte man.

Rönne war ein Einzelgänger. Das blieb er auch unter denen, die gleich ihm aus der Einsamkeit mit den Booten über die Seen zur Schule kamen. Des Lehrers Blick ruhte öfter auf dem Gesicht Rönnes, und in das Lächeln des Älteren floss das Vertrauen des Kindes.

Der Junge war eingewoben in sein Zuhause, das vor der Tür schon überging in die Weite *bis fern hinter die Zeit*, wie man das sagte. Die Pflichten, die Schule und Elternhaus ihm abforderten, erfüllte Rönne mit großem Ernst. Da war er wie sein Vater, von dem der Junge es hatte, träumend unter den Birken zu stehen und mit den Händen das Haar des feinen Geästes zu berühren. Der Mutter lag ein glückliches wie fragendes Lächeln auf dem Gesicht, wenn sie den Augen ihres Kindes begegnete.

Als Rönne die Schule verlassen durfte, gab ihn der Vater bei einem Schreiner in die Lehre. Der Meister lobte, wie willig und gelehrsam der Junge sei. Aber nach dem Tage in der Werkstatt schwang sich Rönne auf sein Rad und fuhr die sandigen, von den Birken gesäumten Wege ab. Da legte er sich unter einen Baum, starrte in den Himmel, kaute an einem Halme und ließ die Augen mit den Wolken fliegen. So nannten sie ihn Rönne den Träumer und Wolkenflieger.

In den Zeiten, da die Wildgänse nach Süden flogen oder von dort zurückkehrten, überfiel Rönne eine suchende Unruhe. So ging er in die Abende den Winden entgegen dahin, wo die Sonne den Tag verließ, bis er die heiser klagenden Rufe der Vögel vernahm. Er hob ihnen die Arme entgegen, als könnte er sie umfassen und mitfliegen.

‚Rönnes Sehnsucht macht ihn unruhig', nickten sich die Männer zu. Die Frauen aber warnten die Mädchen vor dem jungen Mann: ‚Er ist unstet – und er wird es bleiben!'

Hörte man ihn nicht selber, wie er unablässig den Lockruf der Gänse nach dem Ganter schrie?! Und man hatte es mit eigenen Augen gesehen, wie sich ein verliebter Gänsekerl aus dem Pulk vom Himmel fallen ließ und eine Hochzeiterin suchte. Rönne hatte sich versteckt. Er beobachtete das Tier und sprach es mit singender Stimme an. So verdichtete sich das Reden, Rönne verstehe die Sprache der Gänse und locke sie gar an, um mit ihnen zu reden.

Als Rönne nach der Lehrzeit Urlaub nahm und auf langen Wanderungen dem Vogelzug folgte, so wunderte das niemanden. Man war nur neugierig: ‚Wo ist Rönne?' fragte man den Vater, forschte man bei der Mutter.

So hieß es, Rönne sei zu den Fischern gegangen. An anderen Tagen wurde gesagt, er sei mit Fremden unterwegs, die das Leben der wilden Tiere erforschen wollten."

Lambert unterbricht sein Erzählen, greift nach einem Glas, gießt sich Wasser ein, tritt zum Fenster, sieht nach draußen, trinkt in kleinen Zügen. Berta steht auf, tritt neben Lambert und hebt das Gesicht in die Nacht.

„Leben wir Menschen aus unseren Träumen heraus?" fragt sie.

Lambert wendet sich ihr zur: „Ja, aus Träumen und der Sehnsucht."

Ich sehe wieder die Silhouetten beider und spüre fast körperlich, dass zwischen ihnen Ströme fließen. Berta wiederholt:

„Wir alle leben in einer Sehnsucht!"

Lambert antwortet mit warmer Stimme wie zu einem Kinde: „Wir sind auf der Suche, Berta, ein ganzes Leben!"

Lambert geht auf mich zu, greift nach meinen Händen: „Alle Wege, die wir gehen, haben das gleiche Ziel. Aber wann kennen wir es?"

„Also musste Ihr Rönne fortgehen und immer seinen Träumen nach?"

Berta tritt zu uns. Lambert nickt. Er lässt meine Hände weich aus den seinen. Die Wärme, die von ihm ausgeht, überflutet mich.

Wir sitzen uns wieder gegenüber, als Lambert weiterspricht:

„Da war das Mädchen Lene, das nicht von Rönne ließ trotz aller Warnungen derer, die mehr um ihn zu wissen meinten.

‚Und sein Großvater Kärlis, das war auch so einer, ihr wisst es. Seine Unruhe hatte ihn von irgendwo aus dem Süden zu uns getrieben!' – So redeten sie in ihren Fragen nach der Sehnsucht, die der Gänsezug in die Seelen bringe. – Lene lächelte über die Bedenken, denn die Liebe trägt über alle Fährnisse hinweg.

Rönne waren die Schönheit und Anmut Lenes tief ins Herz gegangen. Wo immer er sich befand, stand ihr Bild in seinen Träumen. Trotzdem erzählte er ihr von seinem Großvater Kärlis, der dem Enkel Rönne den ewigen Trieb in die Ferne vererbt hatte. Das solle sich Lene wohl überlegen. Aber das Mädchen ließ nicht von dem Manne und ihrem Wege."

Lambert hält inne und ich spüre sein spitzbübisches Lächeln, mit dem er uns Frauen zu Bemerkungen herausfordern will. Ich beobachte ihn und Berta, so gut das in der Dunkelheit möglich ist.

„Mich führst du nicht auf das Eis", denke ich und behalte Berta im Blick. Sie reagiert auf Lamberts Schweigen recht trocken:

„Ja, wenn uns Frauen das eigene Herz etwas in den Kopf setzt, dann ...!" Sie zieht das *dann* richtig nach oben und schweigt genüsslich. Ich verbeiße mir ein helles Lachen und möchte das Gesicht des Mannes sehen. Jedoch höre ich nur ein verlegenes Räuspern. Als er fortfährt, meine ich eine gewisse Irritation zu spüren.

„Es gibt eine Hochzeit, wie sie wohl alle Frauen wünschen, soweit sie noch Träume spinnen. Man feiert im großen Garten und tanzt unter den Birken. So bringen auch die kommenden Wochen und Monate Tage der Zweisamkeit, wie sie alle Bertas lieben. Sie sind weich und warm mit den tausend Sonnen am Tageshimmel und den Mondnächten zum Summen."

Lambert stockt ein wenig, spürt aber, dass sich jetzt auch Berta nicht herausfordern lässt. Ich aber frage mich, wie weit wir schon in der Sprache Jacobs zu denken und erzählen vermögen. So habe ich Lambert noch nicht sprechen hören. Drum sage ich:

„Das können Sie doch nicht erfunden haben, lieber Freund?!"

„Nein – nicht erfunden, meine Damen! Aber wohl so gelesen, dass es in mir geblieben ist und jetzt wieder ans Licht kommt. Es prägen sich die Bilder von dem, was man am offenen Feuer erzählt oder hört. Rönnes und Lenes Hochzeit muss so ein Fest gewesen sein, wie es Carl Olof Larsson gemalt hätte. Ich denke mir so ein helles Haus aus Holz mit den farbig abgesetzten Fenstern. Da leben sie. Rönne übt seinen Beruf wieder aus und verlässt das Haus im ersten Morgenlicht. Lene ist die sorgende Seele der Heimstatt. Das geht die Zeit, bis ihnen der Sohn Ingvald geboren wird."

Als Lambert schweigt, sind unser aller Gedanken bis in die Stille lichtflimmernder Seen, sumpfiger Moore, samtener Moose und leuchtender Birken gegangen. Ich spüre Bertas Lächeln, als sie Lamberts letzten Satz wiederholt: „Da geht die Zeit, bis ihnen der Sohn Ingvald geboren wird." Sie spricht das so, dass in mir ein Staunen aufkommt und ich mich ihr zuwende.

Und nun sehe ich dieses Lächeln auch und ihre auf dem Bauche ruhenden Hände, als horchten sie in den Leib hinein. Ich suche Bertas Augen. Unsere Blicke begegnen sich. Es strömt in mir wie tiefes Glück. Als ich ihr zunicke, strahlen ihre Augen und sie nickt zurück. Da schließt sich das Bündnis unter Frauen. Ich lege meine Handflächen gegeneinander und führe die Finger zum Munde. Als ich mich Lambert zuwenden will, verneint das Berta mit einer kleinen Bewegung. So sage ich, dass es wohl genug für heute sei.

„Aber mir ist eine Idee gekommen. Sie, lieber Lambert, kennen den Fortgang Ihrer Geschichte um den fernen Rönne. Wir Frauen indes", und hier nicke ich Berta heiter zu – „wir Frauen wünschen uns Rönnes wie auch Lenes weiteres Leben auf unsere Weise. Wir möchten da eigene Träume spinnen – was meinen Sie, Berta?"

Sie lacht und wehrt mit den Händen: „Ich habe noch nie eine Geschichte erfunden. Und nun soll es gar eine bis zum Nordpol sein!"

Lambert hebt den Finger und nickt mir zu: „Das ist eine gute Idee, liebe Ollo. Die Damen haben bestimmt ihre eigenen Vorstellungen davon, wie die schöne Lene dem ungestümen Rönne die Zügel der Liebe anlegt. – Ich bin gerne überrascht!"

Lambert ist gegangen. Berta packt ihre Tasche. Ich lege meine Arme um die Frau und für einen Augenblick spüren wir den Puls unseres Lebens.

„Es wird ein Kind geboren werden", flüstere ich. „Berta, wie ich mich freue!"

Da ist es, dass sie mich küsst und mir wie einer Mutter über die Wange streicht.

Berta wird ein Kind bekommen und das weckt in mir zärtliche Gefühle für die junge Frau. Mein Herz ist voller Freude. Es kommt das Erinnern, als ich mein erstes Kind im Leibe trug. Da suchte ich besonders die

Stille und sprach mit Gott und dem Leben in meinem Bauche. Ich weiß, dass ich mich nächtlich draußen im Garten an einen Baum lehnte, die Rinde griff und abtastete, als wollte ich ein Geheimnis erfahren. Und doch war es nur, dass ich zu mir selber gehen wollte. Im Nachdenken darüber geschah fast Märchenhaftes an mir: Ich war aus meiner ersten Welt ausgetreten und trug mein Kind wie das kostbarste mir Anvertraute – und das obendrein mit einer großen Neugier.

So höre ich die Stimme Bertas, mit der sie sich wiederholt von den Papieren abwenden wollte. „Ich möchte aus der Zeit Jacobs fortgehen", sagte sie einmal. „Ich bin zu jung für sein Leben, wie er es in seine Kisten gepackt hat. Ja, ich möchte aus seiner Zeit gehen und die Tür schließen."

Das wird sie nun bald tun und ein anderes Tor für sich, das Kind, ihre Familie weit öffnen. Das Kind wird die Kraft für die Zukunft sein.

So geschieht es auch in der Stunde, als Lambert Rönnes Geschichte zu Ende bringt. Berta scheint gar vergnügt zu sein und wie ein Mensch, der unbefangen eine ferne Begebenheit verfolgt. Als Lambert zu erzählen beginnt, sehe ich Bertas Gesicht. Sie sitzt am Fenster. Sonnenschein beleuchtet den Hibiskus und breitet sich auch über die junge Frau. Selbst Lambert erfasst dieses Bild ruhiger Gelassenheit und Schönheit. Es kommt wie Staunen über ihn – und er erzählt:

„Das Mädchen Lene hatte sein Leben mit dem Rönnes verbunden. Der Sohn Ingvald war ihnen geboren und bei seinem Anblick lag das Lächeln in den Gesichtern der Eltern. Nicht selten mischte sich bei der Frau ein Zug des Trotzes mit ein. Der Sohn hob seine Augen noch nicht suchend gegen den Himmel, er lauschte noch nicht in die Schreie nächtlicher Vogelzüge. Seiner wähnte sich die Mutter sicher.

Und Rönne? Wie er auch in sein Haus trat, nahm er seine Frau in die Arme, suchte er ihr Lächeln und fragte nach dem Sohne. Ihn nahm er auf die Arme und später an der Hand, um ihm das Haus und die Welt vor der Tür zu erschließen. Da geschah es auch, dass er ihm den Zug der Gänse wies, ihr Rufen nachahmte und das Kind in die Höhe schwang.

So gingen die Jahre, die Rönne das Glück seiner Familie leben ließen. Mit dem Jungen durchstreifte er die lichten Wälder, trieb er mit dem Nachen auf den Seen. An Sonntagen auch saß Lene mit in dem Boot. Sie ließen es dem Winde, wie er es trieb, streckten sich aus mit der Nase in die Bläue des Himmels. Der Junge spielte mit dem Riemen im Wasser.

‚Die Weite des Himmels macht sehnen, dass man schier fortgehen möchte – einfach in das Irgendwo', sagte Lene und sie spielte versonnen mit einem Reis, das sie aus dem Wasser griff. Rönne schwieg. Er lächelte und strich ihr zärtlich über die Wange.

Ein anderes Mal, als sie zu nächtlicher Sommerstunde auf der Bank vor dem Hause saßen, nahm Lene ihres Mannes Hand und umschloss sie.

‚Wie ich dich liebe, Rönne! Wie sehr ich dich liebe! Und doch nicht so, dass du gefesselt sein sollst an mich und das Haus. Wenn dir die Nächte der Schlaf nicht mehr kommt und deine Seele dich drängt fortzugehen, so gib mir die Hand zum Abschied. Und ich werde dich segnen.'

Auch jetzt schwieg der Mann, suchte ihre Hand und beide lauschten ins Haus auf den Schlaf des Sohnes.

Viel später war es dann, dass Lene eine Unruhe Rönnes spürte, die ihn nicht zu verlassen schien.

‚Wenn du bleiben könntest, bis Ingvald so stark ist, wie du es bist', hatte Lene in die Dunkelheit des Schlafraums gesagt, als sie das Wachsein ihres Mannes spürte. Da hatte er sie auf sich gezogen und fest mit den Armen umschlossen. Sie spürte seine Tränen und schmiegte ihr Gesicht an das seine. ‚Ich werde dich ewig lieben, Lene – ich werde dich ewig lieben.' Da wusste sie, dass er eines Tages gehen würde.

So mag das zu der Zeit gewesen sein, als Ingvald 16 Jahre und ein Bursche war, der in vielem des Vaters Kraft ersetzen konnte, als Rönne einen großen Urlaub nahm, ohne dass schon die Vögel zogen. Es war ein Fieber über ihn gekommen, dass er schier zitterte und nichts mehr aß.

Da stellte Lene alles das zusammen, wovon sie glaubte, dass ihr Mann das für seinen Weg brauchte. Als er das sah, brach er wieder in Tränen aus, die sie ihm trocknete.

Lene blieb im Hause, als ihr Mann auf seine Reise ging. Ingvald begleitete seinen Vater bis zu der Stelle, da das Boot lag. Vater und Sohn gaben sich die Hand. Sie sahen sich fest an und da erschrak der Vater vor dem Leuchten in den Augen des Jungen.

‚Hüte das Haus, Ingvald!'

Der Vater fuhr und der Sohn stand, bis das Boot seinen Blicken entschwunden war."

Lambert unterbricht sich. Er sieht uns Frauen nacheinander an und nickt wie im Zweifel. „Das ist es, was mich so berührt. Der Junge hatte das

Leuchten in den Augen, wie das der Vater selber kannte aus seinen Träumen. Das ist so ein Moment, wenn man sich in einem Kinde blitzartig wieder erkennt. Das ist Schrecken und Beruhigung zugleich. Schreck vor dem Selbstbild, Beruhigung darüber, dass man schon abgelöst ist aus seinem Leben. Die Nachfolge ist geregelt. Ein Stück der Unsterblichkeit hat sich offenbart.

Als ich das von diesem Abschied las oder hörte, meinte ich erst, jetzt würde Rönne umkehren. Dieser Augenblick zwischen dem Alten und dem Jungen musste ihm zeigen, dass Ingvald seine Forderung auf solch eine Reise schon jetzt angemeldet hatte."

Lambert hält inne. Doch schon da, als er von der Ablösung des eigenen Lebens durch die Kinder sprach, hatten Berta und ich uns lange angesehen. Unausgesprochen empfanden wir Lamberts Worte als die wehmütige Klage eines Mannes, dem der Sohn verwehrt blieb. Es berührte uns um so stärker, weil mir Berta erst vor wenigen Tagen von ihrem Vater und seiner Sehnsucht nach einem Sohn sprach, der ihm nicht geboren wurde.

„War dieser Abschied zwischen Vater und Sohn eine Art Schlagabtausch? Kann man das so sehen? Ich fühle eine große Spannung, wie sie in dieser Stunde zwischen den Männern lag." Das frage ich Lambert.

Er dreht den Kopf und sieht in den Garten. „Es kann ein Schlagabtausch gewesen sein, eine Klärung. Das Leuchten in den Augen des Sohnes war wie ein Triumph, ein Sieg. – Worüber? – Nein, nicht über den Vater. – Aber über alles Gewesene. Die Kindheit Ingvalds war beendet. Der Mann in ihm hatte die Pflichten für das Haus und die Mutter übernommen. So wie der Vater das Boot sicher kräftig in die Weite trieb, so selbstbewusst schritt der Sohn in das Haus zurück, dessen Hüter er jetzt war."

Lambert wendet sich uns wieder zu. „Tja – so wird das gewesen sein!"

Berta sitzt mit gefalteten Händen. Sie hat die Augen geschlossen. Sie lächelt.

„Sie sind ein Mann", antworte ich Lambert. „Männer fühlen anders als Frauen. Es wird wohl so gewesen sein."

„Und Rönnes Zug?" fragt Berta.

„Es ist mir nicht mehr im Gedächtnis, welche Zeit Rönne in die Welt gegangen war", sagt Lambert. „Ingvald war ein Mann von Entscheidungen geworden, der dem Hause vorstand, als sein Vater nach Hause kam. Lene hatte den Mann ihrer Liebe jeden Tag und alle Nächte begleitet, wo er auch sei. Da gab es Zeiten großer Ruhe, in denen sie Rönne geborgen wusste. Es waren aber auch Stunden dunkler Angst, als sie um ihn bangte.

Diese Angst verdichtete sich eines Tages. Sie lähmte die Frau jedoch nicht. Vielmehr richtete sie alles im Hause so her, wie es zu Zeiten ihrer Gemeinsamkeit mit Rönne zu sehen war. Immer wieder trieb sie es zum Ufer des Sees. Dort stand sie und forschte bis zum Horizont. Sie tat das in die Nächte hinein, und wenn sie nach Hause kam, legte sie sich oft angekleidet in ihr Bett.

Eines Nachts schreckte sie auf. Unruhe trieb sie zum See. Dort ging sie das südliche Ufer ab. Da brach der Tag an und sie sah, was sie schon tausendfach gesehen zu haben glaubte: Ein Boot war angetrieben. Auf eine Plane gekrümmt und wie leblos lag Rönne.

Es war kein Schrei, der aus Lenes Mund stieß. Es floss ein immer wiederkehrendes Flüstern von ihren Lippen, als sie in das Boot sprang, sich zu ihrem Liebsten beugte, sein Gesicht zwischen ihre Hände nahm und es küsste. Sie flüsterte seinen Namen und die der Zärtlichkeit aus ihren gemeinsamen Nächten. Sie küsste ihn wieder und wieder, spürte die leichte Wärme seiner Lippen, die aber bewegungslos blieben. So schüttelte Lene ihren Mann, rief ihn an, tastete seinen Körper ab und fühlte dessen Kühle. Sie eilte ins Haus, weckte den Sohn, suchte die Einradkarre und schob sie zum See. Gemeinsam bargen Lene und Ingvald den Heimgekehrten.

Zu Hause taten sie, was geschehen musste. Sie entkleideten den Bewusstlosen, sie entdeckten eine böse offene Beinwunde, die sie notdürftig säuberten und verbanden. Mit feuchten heißen Tüchern rieben sie Rönnes Körper. Sie massierten die Haut mit würzigem Öl, hüllten den Kranken in Tücher und legten ihn in das große Zimmer mit dem Blick in die Weite.

Während Ingvald für ärztliche Hilfe unterwegs war, saß Lene neben dem Lager ihres Mannes. Sie tropfte Tee zwischen seine Lippen und sprach zu ihm."

Lambert hält wieder ein, gießt sich Wasser in ein Glas und trinkt.

„Die Wunde an Rönnes Bein", sagt er dann, „ich weiß davon nichts zu sagen. Eigentlich gehört zu der Geschichte etwas Heroisches oder Märchenhaftes oder etwas anderes Dunkles. Aber ich erinnere mich nicht. Vielmehr habe ich in meinem Schädel aufgehoben, was man als ein Gesang Lenes an den heimgekehrten Geliebten bezeichnen könnte."

Lambert lächelt Berta an, nickt mir zu.

„Ein Dichter müsste ich sein oder ein Erzähler wie Jacob, könnte ich das Lied Lenes wiedergeben, wie sie es ihrem Rönne sang. Ich will die Augen schließen und Lene singen lassen. So habe ich das Erinnern:

‚Rönne, mein Rönne! Das Fernweh deines Herzens ließ dich von uns gehen, dass wir weinten. Die Gnade Gottes hat dich wieder heimgeführt. Es war kein Tag, es gab keine Nacht, da meine Liebe nicht bei dir war. Wie ich an dich dachte und in allem Beten segnete, umsorgte ich unseren Sohn, der nun ein Mann ist mit eigenem Willen. Wie er heranwuchs in seiner Stärke, sah ich dich in deiner Kraft. Das machte mein Herz ruhig. Abertausend Stunden ging ich zum See und wartete auf das Boot, das dich mir heimbrächte. Nun hat mich Gott erhört, wie er sich mancher Frau in der Bibelgeschichte erbarmte. Du bist wieder da, mein Rönne. Wir werden erfahren, was Gott mit uns vorhat. Ich will ihn loben und ihm vertrauen.'

So kann es gewesen sein, was ich als Lenes Lied bezeichnete. Was wirkt nicht alles zusammen, wenn ein sehr kranker Mensch genesen darf? Da war der Arzt in seinen ernsten Zweifeln, da gab es die resolute Signe, die die Heilkraft der Kräuter anzuwenden verstand, da stand der tatkräftige Sohn am Lager, und es war eine liebende Frau unerschütterlichen Glaubens.

Rönnes Augen öffneten sich wieder und gingen zu den Menschen und durch den Raum. Das Erinnern kam und brachte das Lächeln. Seine ersten Worte wiederholten den Namen seiner Frau: ‚Lene', sagte er leise, ‚Lene!'

Wie er es sprach, kann man es nur sagen, wenn man nach einer Sehnsucht angekommen, am Ziel ist. Denn so liebend, wie Lene ihren Mann gepflegt hatte, so bestimmt auch hatte sie ihn gefragt, ob er wirklich heimgekommen sei.

‚Ich habe hinter deine Augen gesehen, Rönne, dort stehen noch die vielen tausend Bilder einer anderen Welt', hatte sie gesagt. Und in ihrem Lächeln lagen Zweifel und ein trotziger Spott. Rönne hatte auf sein Bein gezeigt, das er nun nachziehen musste.

‚Nicht deswegen werde ich nun in meinem Hause bleiben. Nicht deswegen, denn mein Herz ist heimgekommen.'

So ist das also gewesen mit Rönne und Lene.

Und wer es wissen will, dem sei es gesagt, dass Rönnes Sehnsuchtsreise in die Welt allmählich verblasste und sich das Band zwischen ihm, seiner Frau und Ingvald immer stärker festigte. Wenn Rönne jetzt aus dem Hause zu seinen Pflichten ging, so drehte er sich um auf seinem Wege, hob seiner Frau die Hand zum Gruß und sie wusste, wie sehr sie dieser Hand vertrauen konnte."

Lambert ist zu Ende gekommen. Ich spüre, dass er erschöpft ist. Berta hat wohl weite Gedanken. Sie nickt wie zur eigenen Bestätigung und fragt doch:

„Von da an verhallten die Schreie der Wildvögel unbeachtet über Rönnes Haus?"

Lambert hebt die Schultern. „Das weiß ich nicht. Für Rönne werden sie immer eine Forderung an sein Erinnern geblieben sein. Und Lene? Jeder von uns dreien hat sein eigenes Bild von ihr. Könnte ich es, würde ich ihr Gesicht malen, wie es sich beim Trompeten der Gänse zur Höhe hebt mit weiten Augen und einem schmerzlich zitternden Mund. Denn was ihre Liebe mit Rönne nicht gemeinsam leben durfte in den Jahren der Odyssee ihres Mannes, das war schließlich verloren.

Eines Wortes zum Schluss der Geschichte erinnere ich mich, Berta. Da heißt es:

Und wenn der Schrei der Vögel wie aus den Wolken brach, so wurde gesagt: Das ist Rönnes Zug auf einem weiten und langen Wege."

So also war Rönne heimgekehrt, und in mir blieb es stumm in der Suche nach einer anderen Geschichte des Fortgegangenen, die ich wohl erzählen könnte. Es klangen nur Fragen in mir auf, welche Sehnsüchte bei mir eingeschlossen blieben. Wollte ich nicht auch da und dort einmal ausbrechen aus dem Garten meines Lebens, eine bekannte Straße der Sicherheit verlassen?

Wie war das bei dem Freunde meines Mannes gewesen, bei Konradi? Wie oft hatte ich in seinen grauen Augen geforscht, wenn sie sprühten und blitzten zu seinen weiten Gedanken, die aus der Zeit fliegen ließen. Wie hatte ich da verglichen zwischen dem Manne an meiner Seite, dem zuverlässigen, seiner Arbeit und der Familie dienenden pflichtbewussten Menschen, mit dem sich die Zeit zuverlässig drehte wie ein schweres Mühlrad – und mit dem anderen, mit Konradi, seinem Lachen in den Augenwinkeln, der den Tag einfach fortwischen konnte und mit den Wolken zog?

Da war es schon gewesen, dass ich in der Nacht mit fiebernden Sinnen lag, die ruhigen Atemzüge meines Mannes spürte – und doch die Geborgenheit bei ihm und mein Leben bis dahin hätte verlassen können, um es einem wie Konradi zuzuwerfen und in brennender Neugier den Weg ins Unbekannte zu wagen. Da war es mir, als gäbe es die Straße den Sternen zu, wie sie mit einem Konradi zu gehen wäre. Der Morgen dann löschte mit seinen Pflichten die Träume aus. Konradi – Jonas Konradi – verscholl auf einer seiner Reisen irgendwo in Asien.

„Ich bin nicht auf der Suche nach Erfüllung. Sie wird mir eines Tages zufallen, wo immer ich sei."

Diese seine Worte höre ich immer noch, wenn ich an ihn denke. Und „Om mani padme hum" schrieb er auf einer seiner letzten Karten. Mit Robert, meinem Manne, versuchte ich damals durch Lexika genau zu erfahren, was diese Worte bedeuten. Ich weiß es nicht mehr. Sie sind mir so rätselhaft wie das Fortgehen Jonas Konradis, dessen Seele wohl doch an die Sterne strich.

Nein, es kommt mir keine Rönne-Geschichte in den Sinn.

Eine Zeit später erzähle ich Lambert vom Freunde Roberts und von den schlaflosen Nächten damals, da ich hätte aufstehen und mit Konradi zusammen oder in dessen Art auch für mich alleine fortgehen mögen. Er antwortet:

„Mir ist das auch so gegangen – und nicht nur einmal. Da wollte ich aus meinem Leben heraus und in anderes gehen, wie man mit dem Nötigsten im Rucksack sein Haus verlässt und sich nicht mehr umdreht, weil etwas bis zur Neige ausgelebt wurde. Es hat sein Ende gefunden - und wir sind neu Suchende, wie uns das alle Geschichten aus den Kisten sagen."

Ich lächle den Mann an und nicke ihm zu. „Wenn wir zu philosophieren anfangen, sieht uns Jacob neugierig über die Schultern."

Lambert dreht den Kopf zur Tür. „Ich höre Berta kommen, verschonen wir das Kind!" rezitiert er spöttisch.

Bertas Neugier aber verschont uns nicht. „Sie sind heute dran!" nickt sie mir zu. „Wie erging es Ihrem Rönne?"

Ich muss lachen und zeige die Geste der Ratlosigkeit. „Ich kann bloß etwas über Konradi erzählen. Er war der Freund meines Mannes und hatte Rönnes Fernweh im Blute. Eines Tages ist Konradi fortgegangen und in Asien verschollen. Om – mani – padme – hum."

Berta zieht die Stirn kraus: „Omni was?"

„Es ist ein asiatischer Sinnspruch oder so etwas in der Art. Ich weiß auch nicht mehr, was die Worte bedeuten. Konradi schrieb sie uns mal auf eine bunte Karte. Om mani padme hum. Sicher heißt das etwas Bedeutendes. So habe ich manchmal dieses Bild vor Augen, wie auf einem heiligen Jahrmarkt bunte Gebetsmühlen gedreht werden, dass sie surren."

Berta sieht mich ungläubig an. „Das ist aber weit auseinander – da, wo Rönne lebte – und wo sich die Gebetsmühlen in Tibet oder anderswo drehen."

Ich sehe mich in einer Geste der Hilflosigkeit, bitte meine Gäste in die kleine Runde, stelle jedem sein Glas auf den Tisch, zünde eine Kerze an. Lambert schenkt uns ein und zwinkert Berta zu, als suche er eine Verbündete, um mich noch mehr verlegen zu machen.

„Nein", sage ich dann und zucke mit den Schultern.

„Über Rönne ist mir nichts eingefallen, was ich erzählen könnte. So will ich etwas weitergeben aus einer Stunde am Feuer. Sie kennen ja die Stimmung, in die uns weiche Flammen oder rauschende Wasser versetzen können. Im Kamin knistert, bricht und funkt es. Ich starre in die Flammen und sehe Bilder in ihrem Spiel. Da öffnet sich mir die Lohe und ich schreite unverletzt hindurch bis in ein graues Felsengewirr. Die steinernen Wände zeigen Öffnungen wie geheime Eingänge. Da und dort hängen Vorhänge herab oder Türen schräg in ihren Angeln. Seit der Zeit des Gartens Eden wohnen Menschen in der Armut dieser Einöde.

Als führte mich eine fremde Kraft, so gehe ich auf eine Tür zu und bleibe nahe vor ihr stehen. Es ist eine Tür wie die, von der Konradi erzählte. Sie ist von kräftigem Holz und neigt sich in den Halterungen wie zeitvergessen. Farbschichten lassen sich erkenne, wie sie oft aufgetragen wurden und doch rissig abblättern. Alles Grau, Blau, Rotbraun und Grünliche hebt den Eingang ab vom dunklen Glanz des Steins. Ein geflochtener Riemen wurde durch ein Loch geführt. So kann man die Tür von innen zuziehen und das Leder einhängen. – Jetzt ist die Tür einen Spalt breit geöffnet. Der Lederriemen hängt bewegungslos. Ich trete näher. Meine Augen gehen die Tür ab. Ihre Farben spielen wie die einer uralten Landkarte ineinander. Mit einem Finger streiche ich darüber und folge den Farblinien. Mir ist dabei seltsam zu Mute. Mich überkommt ein Gefühl völliger Freiheit, das ich einatme wie eine Erlösung. Mein bisheriges Leben geht von mir fort und ich gleite in eine andere Zeit.

So stehe ich an dieser Tür und denke an Konradi. Ja, ich wende mich nach allen Seiten und rufe diesen Namen laut gegen die Felswände. Aber es gibt kein Echo. Meine Worte sind wie in ein Wasser gefallen und ertrunken.

Da bewegt sich die Tür, von innen aufgedrückt. Es gibt ein Geräusch, als wenn Leder auf Holz reibt. Die Tür wird bis zum Felsen angeschlagen und schwingt zitternd ein wenig zurück. Auch die Innenseite bietet sich dem Blick wie eine verschossene Landkarte alter Meister.

Aus dem Raumdunkel tritt eine Gestalt ins Licht. Es ist eine schmale Frau mit einem durch die Zeit gegangenen Gesicht. Die Frau hebt mir den Blick entgegen und lächelt. Ich verbeuge mich und zeige ihr meine geöffneten Hände.

‚Konradi', sage ich, ‚Konradi!'

Sie nickt mehrmals. ‚Kon-radi', antwortet sie mir.

Meine Augen werden groß. Ich wiederhole fragend: ‚Konradi?'

Sie nickt wieder und ihr Mund formt das Wort nach: ‚Kon-ra-di'.

Dann deutet sie mir, mich auf einen Stein neben der Tür zu setzen. Sie geht in den Raum zurück, bringt mir eine Schale mit gesäuerter Milch. Ich stehe auf, verneige mich wieder, sie reicht mir das Gefäß und ich trinke. Der Trunk erfrischt mich. Unterwegs hatte ich einen silbern geäderten Stein gefunden. Den lege ich in die geleerte Schale. Ich führe meine Hände zum Munde und bedanke mich. Sie nimmt die Schale zurück.

‚Kon-ra-di', nickt sie.

‚Konradi', lächle ich zurück.

Dann zeige ich in den Raum. ‚Kon-ra-di?' frage ich.

Sie hebt die Hände, wendet sich und ich folge ihr in die Höhle aus rauhem Stein. Sie zeigt, dass ich mich umsehen möge. Eine Katze buckelt und wischt nach draußen. Da sind eine Feuerstelle, ein Tisch, eine Bank. Krüge stehen aufgereiht. An der hinteren Wand verschließt ein Fellvorhang eine Öffnung. Ich streiche mit dem Handrücken leicht dagegen.

In meinem Rücken spüre ich den Blick der Bewohnerin. Ich drehe mich zu ihr um. Sie lächelt wieder und legt einen Finger auf die Lippen. Ich neige meinen Kopf. Sie geht mir voraus nach draußen und dreht die Tür so zu, dass der Raum im dunklen Grau verschwimmt.

‚Kon-ra-di?' fragt sie wieder und schlägt mit den Armen einen weiten Bogen zu den Bergen ringsum.

Ich nicke und führe meine aneinander gelegten Hände zum Munde. Sie schließt die Tür ganz und wie sie das tut, fährt sie mit den Händen die Farblinien ab und erzählt mit singender Stimme. Mein Körper beginnt sich zu wiegen. – Mir ist, als löste ich mich wie ein Nebelschwaden auf. Da verebbt die wiegende Stimme der Frau in der Ferne.

Mir ist es, als schwänden mir die Sinne. Von weit her höre ich mich selber rufen ‚Kon-ra-di' und falle durch den Klang meines eigenen Rufens aus den Weiten des Traums."

Berta kniet vor mir. Sie hat Kopf und Arme in meinen Schoß gelegt wie ein lauschendes Kind.

Ich spüre die Wärme Lamberts. Er hat mir von hinten die Hände auf die Schultern und seinen Mund auf meinen Scheitel gelegt. Da halte ich die zwei fest wie eine, die endlich heimgekommen ist zu denen, die sich in sorgender Liebe nach ihr sehnten.

Als Lambert gegangen ist, halten Berta und ich uns noch an den Händen.

„Es wächst gut in mir! Jeden Tag gibt das neue Kraft. Der Doktor hat mit dem Ultraschall untersucht. Und ich habe zu ihm gesagt, dass wir nicht wissen wollen, ob uns Gott ein Mädchen oder einen Jungen schenkt. Wir wollen neugierig bleiben bis zuletzt, denn ich glaube, dass die Geburt unseres Kindes eine wunderbare Stunde sein wird – ein einmaliges **Erleben**."

Ich spüre Bertas Glück und fühle, wie sehr das auch meine Freude ist.

Lambert ist einige Tage zu einem Treffen von Menschen gefahren, die nun schon lange ihre Heimat verließen, zerstreut wurden und sich wieder einmal sehen wollen.

„Es ist einer dabei", hatte Lambert versonnen gesagt, „mit dem es sich lohnt, ein Stück fast vergessener Wege zu gehen – Wege von damals, wie ich sie noch heute mit meinen Kinderaugen sehe. Damals – diese Zeit ist nun schon eine alte, graue und müde Frau geworden – war Martin Kollusch mit auf dem Treck. Seine Mutter hatte ihn mit einer Leine an sich gebunden in dem Wirrwarr von Wagen, Tieren, Menschen, Schreien, Bomben und Tod. Der Mann war im Kriege geblieben. Und als auf diesem Wege der Elenden meine Mutter starb und schnell unter ein bisschen Erde gebracht war, nahm die Kollusch mich bei der Hand, wischte mir die Tränen in ihre weite Schürze und band auch mir einen Strick um wie ihrem Martin, damit ich bei ihnen blieb.

Der Strick zwischen Kolluschs und mir hat gehalten."

BERTAS RÖNNE-GESCHICHTE

Wir beiden Frauen lassen die Arbeit liegen und spinnen mit vergnüglichem Lächeln und in Heiterkeit Kinder-kriegen-Geschichten. Dann nestelt Berta am Verschluss ihres Beutels und zieht einige Bogen heraus.

„Die Geschichte Rönnes geht mir doch im Kopfe rum", sagt sie. „Ich habe sie Conny erzählt und auch meiner Schwägerin Sonja, die sich mit einem Buchhändler liebt. Da haben wir uns einige Abende zusammengesetzt. Vor allem Sonja ist nicht auf den Mund gefallen und der Buchhändler kann so schön in der Sprache herumschnörkeln. Jeder hat seine Idee vorgetragen und da gab es viel Lachen und Spinnen. Sonja hat mitgeschrieben, geändert, gestrichen und die Geschichte dann getippt. Lambert möchte ich das nicht zeigen, aber Sie müssen es bitte lesen."

Sie gibt mir zwei Bogen Papier und setzt sich mir belustigt gegenüber.

„Das gilt nicht, Berta! Sie müssen schon selbst vortragen! Ich musste das auch."

„Bitte nicht", lachte sie. „Ich muss mich um mein Kind kümmern." Und sie legt ihre Hände mit gespreizten Fingern auf ihren Leib.

„Gut", antworte ich, „so lese ich die Sache vor!"

Berta nickt vergnügt und ich bedaure, dass Lambert nicht bei uns ist und dabei sprachlos wird.

„Oben im Norden lebten sie als Mann und Frau. Rönne war ein Schreiner mit der Sehnsucht in die große Weite. Immer, wenn die Wildgänse zogen, packte ihn das Fieber, gleich ihnen über Land und Meer zu ziehen. Schon als Junge hatte er den Schrei der Gans, den Ruf des Ganters nachgeahmt und so Gänse angelockt. Man sagte gar, er verstehe die Sprache der Gänse.

So warnte man Lene, das Mädchen, sich in Rönne zu verlieben und ihn gar zu heiraten. Aber die Liebe war stärker als alles Gerede. Es gab eine Hochzeit im vollen Sommer.

Und Rönnes Sehnsucht in die Weite? Eine hatte Lene nicht vor der Liebe zu Rönne gewarnt. Das war *Selma die Seherin*, wie man sie nannte.

‚Papperlapapp!' rief sie und drehte das Mädchen Lene nach allen Seiten. ‚Papperlapapp! Seit wann denn sind Gänse hoch in der Luft stärker als solche süßen Frauenschenkel, wie du sie hier auf der grünen Erde hast, Mädchen Lene?'

Das hatte Lene wohl beherzigt. Und immer dann, wenn sie den Drang Rönnes in die unendliche Weite spürte, packte sie ihm fürsorglich den Fellsack und begleitete ihn munter und fröhlich ein Stück seines Weges ins Irgendwo.

Wie Liebende so etwas tun, hatten Lene und Rönne die Stunde des Sonnenuntergangs dafür bestimmt, aneinander zu denken und dem Winde, woher er auch wehe, wie leise auch sein Hauch sei, ihre Liebe zueinander zu sagen. Und sollte Lene weinen dabei, so würde der Wind ihre Tränen trocknen, als sei es Rönne mit weicher Hand.

Ja, so hatten sie das beschlossen.

So also waren sie unterwegs bis zu der Stelle, da sie voneinander Abschied nehmen wollten. Und dort mischten sich Gras und Moos wie ein Bett. Als Rönne seine Frau im Arme hielt, floss ihre süße Wärme in den Leib des Mannes, dass er sich erst des Fellsacks entledigte und nach zärtlichen Stunden gar der Reisegedanken. Und doch war nichts weiter geschehen, als dass die Gänse sich aus Rönnes Kopf durch die Süße eines Frauenschoßes einfach verloren. Mit nicht einem einzigen Worte hatte das Weib den Mann am Flug mit den Wildgänsen gehindert.

Weil das nun aber doch öfter geschah, dass Lene dem Liebsten den Fellsack packte, ihn begleitete bis dahin, wo das Gras und Moos sich weich mischten, so erblickte ein Rönne- und Lene-Kind nach dem anderen das Licht der Mitternachtssonne, bis es neun waren. Sechs Buben und drei Mädchen.

Da ging ein fröhliches Gelächter um bei den Leuten, die von dem Rönne sprachen, der so gerne mit den Wildgänsen gezogen wäre. Denn bei welchem Feste auch Lene, Rönne und ihre neuen Kinder auftauchten, da gab es Fingerzeige und die Männer schlugen sich auf die Schenkel: ‚Eins', zählten die Leute, ‚zwei, drei ...', bis sie bei neun waren und die Eltern noch zufügten. Dann deuten sie, als zählten sie die ziehenden und schreienden Vögel am Himmel.

‚Elf', riefen sie sich zu. ‚Elf! Das ist Rönnes Zug!'

Lene aber hatte nicht vergessen, wie sie sich dem Sonnenuntergang und dem Winde versprochen hatten. So geschah es immer einmal, dass sie sich selbst als Schwangere im sonnigen Garten auf die Schaukel setzte und schwang, dass sie den Wind spürte und sich umschmeicheln ließ. Und nur wie es wissende Frauen können, lächelte sie dabei."

Bertas Geschichte liegt wie ein Sonnenstrahl im Zimmer, als ich die Blätter noch lange in der Hand habe, die junge Frau küssen möchte ob ihrer kessen Fröhlichkeit und immer wieder den Kopf schütteln muss, als begriffe ich etwas nicht.

Und Berta sitzt, lächelt verschmitzt, hat die Hände vor den Knien verschlungen, wiegt sich hin und her mit tausend Lichtern eines bunten Kobolds in den Augen.

„Berta", sage ich, und wieder „Berta! Das muss Lambert lesen!"

„Nei-hein", wiegt sich Berta weiter. „Lambert soll das nicht lesen. Lambert ist viel zu klug für solche Geschichten!"

„Doch!" widerspreche ich. „Lambert wird das lesen – und Lambert wird gerecht gegen Sie sein, Berta. Ihre Geschichte von Lene und Rönne ist Ihr Sieg über alles das, was Sie fürchten machte von dem Geschriebenen her aus Jacobs Kisten. Ihre Geschichte führt geradewegs in die Sonne."

Berta lacht, steht auf, dreht sich mit gebreiteten Armen um sich selbst wie ein Kind. Abrupt bleibt sie stehen, hebt ihr Gesicht wie in den Wind und schließt die Augen:

„Das mit der Frau am Strand von Sansibar – es war doch Sansibar, oder? Das hat mir gut gefallen. Und auch, wie die Frau mit dem Fahrrad bei

Jacob Geborgenheit und Wärme suchte. Das sind richtige Sonnengeschichten."

Bertas Fröhlichkeit füllt den Raum, als sei kein Platz für anderes mehr. Jeder ihrer Gedanken ist das Kind in ihrem Bauche. So ist sie nicht erst mit ihrer Rönne-Geschichte aus dem Leben Jacobs fortgegangen. Ich spüre das wie eine Befreiung nicht nur für sie.

STEHE AUF UND GEHE DEM MORGEN ENTGEGEN

Lambert ist zurück. Er kommt und bleibt verwundert in der Diele stehen. Berta wischt Staub in Jacobs Zimmer und pfeift fröhlich und sorglos vor sich hin. Lambert sieht mich fragen an.

„Sie staubt Jacobs Regal ab und pfeift", lächle ich ihn an. Lambert ist erstaunt.

„Pfeift sie auf Jacobs Erzählungen?"

„Nein, Lambert, nicht **auf** – sie pfeift **neben** all dem, was aus Jacobs Leben aufgeschrieben wurde."

Lambert lacht: „Es muss schon Denkwürdiges zwischen oder mit meinen Damen geschehen sein, als ich bei Kolluschs war!"

„Vielleicht", lächle ich. „Was bringen Sie von Kolluschs mit?"

Ich fordere Berta auf, mit uns in das Wohnzimmer zu gehen. Wir setzen uns an das Gartenfenster.

„Was bringe ich von Kolluschs mit?" Lambert knetet die Hände, reibt sich das Kinn und überlegt.

„Einen guten Kerl habe ich wieder mitgenommen da innen drin bei mir. Er ist gut geblieben, der Martin Kollusch. Das Böse, was ihm einst durch das Schicksal – und das Schicksal besteht vornehmlich aus anderen Menschen – angetan wurde, hat seine gute Seele nicht krank werden lassen. Vielleicht sehen das andere Leute als Naivität oder Einfalt, dass aus dem Kollusch auf der Flucht in Eiseskälte und am Strick der Mutter nichts anderes wurde als ein guter Kerl, den man von Herzen gerne hat.

Da ist das Kind durch eine Form der Hölle gegangen und verdarb nicht. – Naivität? Einfalt? Nein! Martin hat wie viele andere auch aus dem Staube in das Menschsein wachsen müssen. – Welche Kraft der Mutter trug ihn fort – und welche Hoffnung!"

Lambert schweigt und in die Stille zwischen uns fügt sich ein Lächeln zueinander. Um dieses Lächeln zu deuten, müsste der Weg eines langen Lebens nachgezeichnet werden.

„Es ist gut, dass Sie wieder zu Hause sind!"

Es ist einer der stillen Herbsttage mit dem Duft nach reifen Äpfeln und dem Glühen der Astern. Wir sitzen in der wärmenden Sonne. Lambert hat von seinem guten Wein mitgebracht.

„Für einen tiefen Schluck auf die Zukunft von uns fünfen", lacht er. Dabei gehen seine Augen erst zu mir, dann zu Berta. Wir Frauen sehen uns an. Berta hebt die Schultern.

Lambert gießt sich einen Schluck ein, hält das Glas gegen das Licht, schwenkt den Roten, schnüffelt ihn, schwenkt wieder, hebt ihn erneut gegen den Himmel, kostet, schlürft, schmeckt nach und nickt. Jetzt füllt er unsere Gläser und das geschieht mit einer fast umständlichen Feierlichkeit.

„Wissen Sie, meine Damen, dieser Tropfen ist aus einem guten Herbst gewachsen. Aus solchen Herbsten wachsen edlen Weine und prächtige Kinder. Prachtexemplare! Nicht wahr, Berta?" Lamberts Augen blitzen. Er scheint sich in Heiterkeit zu baden.

Bertas Blick sucht bei mir Hilfe. Ich hebe ratlos die Hände. Lambert zeigt sich immer vergnügter.

„Sie müssen nicht ratlos sein, meine Damen. Die Erfahrungen eines langen Lebens geben sich vielfältig. So sind es nicht nur wissende Frauen, die den Zustand von Schwangeren erkennen!"

Lambert ist still, hebt sein Glas noch einmal gegen das Licht. Dann erst wendet er sich uns Frauen wieder zu.

„Bitte nehmen Sie Ihre Gläser zur Hand, meine Damen", sagt er leise. Erst neigt er sich Berta entgegen und die Gläser klingen weich an. Nun berühren sich sein und mein Glas. Lambert strafft sich wie ein Soldat.

„Lassen Sie uns auf die Zukunft von uns fünfen trinken. Prosit!" Lambert trinkt und scheint dabei unsere Ratlosigkeit mit zu genießen. In einer Bewegung gebe ich Berta zu verstehen, dass von mir aus niemand etwas über ihre Schwangerschaft wissen kann. Lambert hat das gesehen und lacht.

„Falls die Damen rätseln, auf welche fünf ich trank, so sei das gesagt: auf Ollo, Frau Berta mit ihrem Stolz im Leibe, auf Bertas liebsten Conny und meine Mannsperson." Er hebt sein Glas gegen uns Frauen und trinkt es langsam aus.

„Einmal", sagt er, „habe ich mir aus Burgund einen Weißen mitgebracht. Ich könnte ihn fünfundzwanzig Jahre lagern, garantierte mir der Winzer. Als ich ihn ungläubig ansah, patschte er mir die Hand, rief *värspro-chän* und drückte mir seinen Firmenstempel in die Handfläche. Wir lachten uns an und er packte noch einen alten Roten dazu.

Ja, ich habe den Weißen fünfundzwanzig Jahre gelagert und die Flaschen verstauben lassen. Es sollte ein besonderer Anlass sein, den Wein zu trinken. Der Sohn blieb mir aus, dem zu Ehren ich die erste Flasche köpfen wollte. So trank ich für mich und mit mir alleine die eine oder andere *bouteille* dieser Köstlichkeit, wie man das in der Stille tut an langen Abenden. Aber nun!"

Lambert hebt die Stimme, dass er uns mitreißt, „nun werden bald die anderen Langhalsigen entstaubt zur Geburt des Sohnes von Berta und Conny. Der Wein liegt fast vergessen mit dem grauen Überzug der Zeit. Aber wenn erst Bertas neues Leben in die Welt springt, werden wir uns mit den restlichen staubigen Brüdern in einen Kreis setzen, sie höflichst entkorken, ein paar Tropfen wie zur Taufe einschenken, werden das Aroma vergangener Sonnenzeit atmen, das Gold schwenken und gegen das Licht heben, den ewigen Sommer sehen und – kosten – kosten und nachschenken und trinken auf die prächtige Berta und den, den sie direkt in die Mitte der Menschen geboren hat. Sein Vater Conny ist wohl sicher als Cornelius getauft. So will ich für mich den Sohn Cornelius nennen, nach jenem alten Römergeschlecht, und ich werde das Glas heben und auf ihn trinken, vielleicht mit dem, was da bei der Majorin geschrieben war: Grabe deinen Namen in die

Erde! Trockne die Tränen und greife zum Pfluge. Stehe auf und gehe dem Morgen entgegen. Stehe immer wieder auf."

Lambert steht und lacht Berta an. Er nimmt sie in den Arm. „Gott segne Sie!" sagt er. Dann bittet er mich, zu ihm zu treten. So hat er Berta zur einen und mich zur anderen Seite im Arm.

„Vielleicht sollten wir Jacob jetzt danken für alles, was uns sein Leben offenbarte und wie es uns zusammenführte. Berta wird nun eigene Geschichten erleben – und vielleicht schöpfte sie doch Kraft aus dem, was sie mittrug an den Schicksalen aus Jacobs Kisten. Aber solange Berta noch nicht im Mutterschaftsurlaub steht, sollten uns Teestunden oder Spaziergänge durch den Garten in die Zukunft tragen. Meinen Sie nicht auch?"

Lambert ist mit mir an die See gefahren. Der Strand ist jetzt menschenleer. Wir geben das Gesicht dem Meereswind. Wir ziehen die Deiche entlang und stiefeln durch das flache Wasser.

Lambert liebt mich. Das ist Geborgenheit.

Berta wird bald gebären.

Seit der Stunde, in welcher Lambert eine Vortaufe auf *Cornelius* trank, hatten wir keine Papiere Jacobs mehr zur Hand genommen. Fast hatte ich ein schlechtes Gewissen. Lambert spürte das.

„Jacob hat Sie in seiner besonderen Art geliebt, Ollo", sagte er. „Es war die Liebe des Vertrauens. Sie haben sich dieser Liebe würdig erwiesen und Sie dürfen sie als erfüllt betrachten. Jacob und Sie – Jacob und wir sollten uns nun in die Freiheit entlassen."

Ja, so war das gewesen, dass wir die Papiere Jacobs schweigend in die Kisten zurücklegten und sie verschlossen. Und als ich Lambert fragend ansah, nahm er mich um die Schulter. „Sie haben doch ein Gastzimmer, von dem ich weiß, dass es so gut wie nie benutzt wird. Stellen wir Jacobs Kisten in diesen Raum. So bleibt Dagas Gast in Ihrem Hause – bis er von selbst geht. Sie werden das spüren und dann anders über die Kisten verfügen."

So ist es geschehen und ich habe die Kisten mit bunten Tüchern bedeckt.

Schon den Morgen danach rief mich Lambert an. Er sagte du zu mir. „Ich will mit dir fortfahren", sagte er. „Kannst du für morgen gepackt haben?"

Mir schlug das Herz im Halse. Ich war verwirrt und hörte mich doch sagen:

„Ich werde meinen Koffer zur Reise mit dir packen."

Den Abend noch stand Lambert vor meiner Tür. Wir nahmen uns in die Arme, wie das Liebende tun.

Der Autor

Hans Döpping wurde 1924 in Bischleben bei Erfurt geboren. Seine glückliche Kindheit und Jugend wurden geprägt vom Leben auf dem Lande.
1942 bis 1948 war er Soldat und Kriegsgefangener.
Nach seiner Heimkehr aus der Gefangenschaft hatte er sich in der (nun) DDR als Arbeiter zu bewähren.
Er arbeitete bei der Reichsbahn auf der Strecke, besuchte die Reichsbahnfachschule und quittierte dann den Dienst als RB-Assistent, um in Schmalkalden, Weimar und Potsdam Germanistik und Pädagogik zu studieren.

Er unterrichtete an einer Internatsoberschule und ging -politisch enttäuscht- 1958 mit seiner Familie in die Bundesrepublik Deutschland.

Nach der Arbeit auf dem Bau und einem `Ergänzungsstudium` in Weilburg wurde er in den hessischen Schuldienst übernommen.

Neben seinem Beruf und der Musik blieb das Schreiben Döppings Leidenschaft.

So entstanden im Laufe der Jahre zahlreiche literarische Arbeiten.

LITERARISCHE ARBEITEN

„Sie nannten ihn Baum"
(Roman, 2. Auflage 2001)
ISBN 3-934772-22-6

„Der grüne Briefkasten"
(Erzählungen, illustriert, 2002)
ISBN 3-936030-60-x

„Jacobs Kisten"
(Roman, 2004)
ISBN 3-937135-59-6

„Freiensteinauer Dezemberhefte" I bis VII

I Geschichten, Gedichte und Gebete zur Weihnacht
II Aus den Schalen meiner Hände - Märchen für Liebende und Träumer
III Zaubermärchen
IV Erzählungen, die dich in die Ferne führen, um bei dir Einkehr zu halten
V Erzählungen zur Weihnacht aus der Kindheit auf dem Dorfe
VI Herbstwege
VII Jahresringe

Verkündigungsspiele für Erwachsene:
„Der werfe den ersten Stein"
„Es wird ein Stern aus Jacob aufgehen"

Gedichtzyklen
(in Vorbereitung)